文学固原丛书　主编　王正儒

绝　境

了一容　著

黄河出版传媒集团
宁夏人民教育出版社

图书在版编目(CIP)数据

绝境 / 了一容著. -- 银川 : 宁夏人民教育出版社,
2015.12
ISBN 978-7-5544-1439-2

Ⅰ. ①绝… Ⅱ. ①了… Ⅲ. ①中篇小说-小说集-中
国-当代②短篇小说-小说集-中国-当代 Ⅳ.
①I247.7

中国版本图书馆 CIP 数据核字(2016)第 021664 号

绝境 了一容 著

责任编辑 孔 畅 裴子桐
封面设计 倪万军 单永珍
责任印制 殷 戈

黄河出版传媒集团
宁夏人民教育出版社 出版发行

出 版 人 王杨宝
地 址 宁夏银川市北京东路 139 号出版大厦(750001)
网 址 http://www.yrpubm.com
网上书店 http://www.hh-book.com
电子信箱 jiaoyushe@yrpubm.com
邮购电话 0951-5014284
经 销 全国新华书店
印刷装订 固原博奥彩色印刷有限公司
印刷委托书号(宁)0000254

开 本 700 mm×1020 mm 1/16
印 张 14 字数 224 千字
版 次 2015 年 12 月第 1 版
印 次 2016 年 1 月第 1 次印刷
书 号 ISBN 978-7-5544-1439-2/I·95
定 价 28.00 元

序

王正儒

“东潼关，南武关，西散关，北萧关”，作为关中四大关隘之一的北萧关，亦称汉萧关，雄踞六盘山北麓。因为其重要的军事价值，历代王朝极为重视对固原的经营，也因其地处北方游牧文化和中原农耕文化的交合地带，古代丝绸之路的必经之处，所以固原的政治、经济、文化在中国历史上素来占有一席之地。

在《诗经·小雅·六月》里，那一声“薄伐玁狁，至于大原”的远古吟唱，使固原作为文化符号屹立在文学大河的上游，或隐或显地贯穿着文学史的脉络。这是《诗经》的固原，班彪的固原，王维的固原，岑参的固原，王昌龄的固原，林则徐的固原，谭嗣同的固原，毛泽东的固原，张承志的固原，因为文学的表达，固原被赋予了丰富而深远的诗画意蕴，影响着这一地域的历史积淀。

穿越历史的雾霭，秦长城两侧，萧关古道旁，奔走的是犬戎、西羌、义渠、乌氏、鲜卑、匈奴、党项、蒙古、回回的民众，不同的行装，不同的语言，上演着一幕幕历史的活剧。由此形成的游牧文化、农耕文化、边塞文化、伊斯兰文化、红色文化在这里繁衍生息，相互交融，相互渗透，构筑了固原底蕴丰盈、独具特色的文化内涵。文学是文化最直接传承载体，也是一个民族精神的集中体现。它对时代的触碰，人性的抚摸，世相的洞察，心灵的关照，是人们了解历史、了解社会、了解自然、了解人生最佳渠道。一个时代有一个时代的文学，它经典的、独一的存在方式，证明着文学不死的深刻道理。

伴随着改革开放的大门徐徐洞开，新时期文学吹响了沉睡大地的第一声号角，偏居西部的固原与共和国的脉搏一起跃动，谱写着属于自己的历史。一代知识分子拿起手中的笔，用文字记录着变革中的固原，发展中的固原，奋进中的固原。

于是固原就有了真正属于自己的文学人。

三十多年的文学历程，见证着文学固原的发展变迁，也塑造了这块土地上的文学群像。从 20 世纪 80 年代开始，丁文庆、屈文焜、慕岳、徐兴亚、火仲舫、李成福、马吉福等第一代文学工作者尝试栽种文学的嫩芽，他们立足苦难的黄土地，踏上了艺术的漫漫征程。在他们的努力下，《六盘山》文学杂志的创刊，为培养本土作者提供了重要的发表园地。80 年代中期，王漫西、虎西山、张嵩、张铎、戴凌云、杨梓、钟正平、王治平、罗治平、周彦虎、陈鹏生、兰茂林、杨友桐等一批大中专院校毕业生加入了文学的合唱，他们的作品频频见诸宁夏的报刊，形成了宁夏文学独特的“黄土高原派”，作家群体现象初露端倪，文学的树苗扎根固原的沃土。进入 90 年代，石舒清、郭文斌、梦也、左侧统、火会亮、古原、王怀凌、李方、杨风军、韩聆等第三代文学工作者在储备了丰富的文化积淀后，把宁夏文学天平的重心倾向固原，他们以集团军的方式走出宁夏，冲刺全国，构成了宁夏文学的半壁江山，一片蔚为壮观的文学森林茁壮成长。90 年代中后期，杨建虎、单永珍、程耀东、胡琴、穹宇、泾河、唐晴、郭静等第四代青年文学工作者裹挟着前辈的气势，以扎实的文学功底和新颖的表达方式，为文学固原的壮大注入了新鲜的血液。新世纪以来，了一容，马金莲、竹青、雪舟、李敏、李兴民、倪万军、许艺、马晓燕、红旗、刘汉斌、高丽君、王武军、王玉玺等第五代新生力量的出现，使得固原大地上老中青三代文学工作者共聚一堂，共同谱写文学固原的华章。

三十多年来，茅盾文学奖提名，鲁迅文学奖、全国少数民族文学创作骏马奖、“五个一工程”奖有他们的名字；全国十佳诗人、《人民文学》奖、《民族文学》奖、《小说选刊》奖、冰心散文奖、鲁藜诗歌奖、庄重文文学奖、春天文学奖有他们的名字。

三十多年来，“西海固文学丛书”、《生命的重音》、“六盘山文化丛书”“文学西海固”等丛书的出版，见证着文学固原曾经的辉煌。二百多人的文学队伍，百部个人作品集、小说、诗歌、散文、评论、报告文学等多方位出击，文学固原在当下文坛有了一定的声誉。一些人离开了固原，但他们的文学表达依然是这块熟悉的土地。一些人坚守在固原，他们擦洗着文学这张固原的靓丽名片。

2014 年 10 月 15 日，习近平总书记在全国文艺座谈会上发表重要讲话。总书记说：每个时代都有每个时代的精神。文艺是铸造灵魂的工程，文艺工作者是灵魂的工程师。好的文艺作品就应该像蓝天上的阳光、春季里的清风一样，能够启迪思想、温润心灵、陶冶人生，能够扫除颓废萎靡之风。广大文艺工作者要高扬社会主义核心价值观的旗帜，把社会主义核心价值观生动活泼、活灵活现地体现在文艺创作之中，用栩栩如生的作品形象告诉人们什么是应该肯定和赞扬的，什么是必须反对和否定的，做到春风化雨、润物无声。要把爱国主义作为文艺创作的主旋律，引导人民树立和坚持正确的历史观、民族观、国家观、文化观，增强做中国人的骨气和底气。他要求广大文艺工作者要结合新的时代条件传承和弘扬中华优秀传统文化，传承和弘扬中华美学精神。我们社会主义文艺要繁荣发展起来，必须认真学习借鉴世界各国人民创造的优秀文艺。只有坚持洋为中用、开拓创新，做到中西合璧、融会贯通，我国文艺才能更好发展繁荣起来。

总书记强调，各级党委要把文艺工作纳入重要议事日程，贯彻好党的文艺方针政策，把握文艺发展正确方向。要选好配强文艺单位领导班子，把那些德才兼备、能同文艺工作者打成一片的干部放到文艺工作领导岗位上来。要尊重文艺工作者的创作个性和创造性劳动，政治上充分信任，创作上热情支持，营造有利于文艺创作的良好环境。要通过深化改革、完善政策、健全体制，形成不断出精品、出人才的生动局面。要高度重视和切实加强文艺评论工作，运用历史的、人民的、艺术的、美学的观点评判和鉴赏作品，倡导说真话、讲道理，营造开展文艺批评的良好氛围。

为了总结近年来的文学成就，见证固原的文学历史，编辑出版一套“文学固原丛书”，则是固原的文艺工作者共同铸就的全景式的心灵读本，其文化价值和社会意义显而易见。该丛书的出版，必将对丰富文化固原建设增添光彩。

丛书由小说卷、诗歌卷、散文卷、文学评论卷、原州卷、西吉卷、隆德卷、泾源卷、彭阳卷以及固原最有代表性的五位作家、诗人的个人作品集构成，蔚为壮观。这次结集，是固原市委、市政府贯彻总书记讲话的有力举措，也是我们奋力做大做强文化建设，大力发展文化产业，为推动固原经济快速健康发展提供精神动力、智力支持和人才支持。“文学固原丛书”必然是新世纪以来固原文化传承的有效载体，也是彰显固原文学特色、树立固原文化自信的辉煌成果。

文以载道。我相信，代表着西部文学精神面貌和文化气质的固原作家群，必将在当代中国文学辽阔的原野上呈现花开四野的灿烂画面，为复兴之路上的大梦中国谱写壮丽的华章。

（作者系中共固原市委常委、宣传部部长、统战部部长）

目　录

挂在月光中的铜汤瓶

一天早晨，细雨蒙蒙，一位老得已经难以说清年岁的老奶奶，推着一辆后面挂着小红铜汤瓶且载有瘫痪了的儿子的轮椅，缓缓走在县城的土街上。

街上的人零零星星，偶尔有人走过来掏出面额很小很小的零钱递给老奶奶，或者直接塞到她儿子的怀里。听说老奶奶就这样一面要饭，一面推着轮椅满世界跑，给儿子求医看病，日复一日，几乎走遍了全国各地。儿子的病依然没有好，但儿子却已经由一个年轻人变成了一个老头儿，满脸皱纹，胡子也像干枯的稀稀拉拉的茅草。

街头显得潮湿、泥泞，他们经过的地方到处有蔬菜腐烂的叶子。两只灰溜溜的鸽子飞过县城雨雾笼罩的上空向下跌去。环绕四围的山冈若隐若现。汽车呜呜吼叫着，驶过古老的土街，溅起雨点般的泥水。

路上的行人看着老奶奶和轮椅上的尤素福，都觉得他们两个年龄似乎不相上下，倒像是一对苍老而又十分般配的夫妇。

可是后来一打听才知道，他们一个是母亲，一个是儿子。

据老奶奶讲，她的尤素福生下来不久就患了小儿麻痹症，运动机能出现障碍。老奶奶的男人已经去世许多年了。老奶奶的这个儿子长到七八岁的时候，腰还像个虾米似的弓着，仿佛叫人用绳子抽了起来。尽管如此，尤素福七八岁就已经出门打工，主要是帮别人铡草、喂家畜、打扫院落，以此来养活自己。尤素福不能经常待在家里，因为哥哥们都十分讨厌他，认为大人一定是干了什么见不得人的缺德事，触怒了上苍，才得到这样一个弟弟。这种莫名其妙的猜测给父母带来了不小的压力，都觉得挺不幸、挺冤屈。而父母自己则认为他们是世上最好的人。这是毫无含糊的。而哥哥们则一直觉得尤素福这个生得有点奇形怪状的小东西,简直犹如一颗扫帚星在他们的心头划过。

于是妈妈便叫尤素福到远离村子的地方去打工。由于经常找不到住宿的地方,也找不到东西吃,使得尤素福变得面黄肌瘦,跟个小萝卜头似的。就这样,他到处漂泊,且常常露宿在冰天雪地的荒郊野外。不久,尤素福的神经系统发生病变,身体也似乎丧失知觉,使得起初能磕磕绊绊讲几句话到最后竟然完全变成了一个哑巴。他的脑袋壳儿转过去,转到肩胛骨的一边,口里的涎水老是滴滴答答地掉下来,落在衣裳上。他的身子渐渐收缩成一个像冻得蔫蔫的洋芋疙瘩的形状,怎么站也站不起来了,就连手也蜷曲成一个钩子,倒钩着弯到身子后面。从此,尤素福就不能干活了!

那时,尤素福的妈妈已经老了,已然老成了一个老奶奶。她本以为儿子的病慢慢会好转起来,哪里想竟会落得这么悲惨!于是老奶奶便找来乡村打铁的艺人用钢筋焊了一只矮小的、粗糙的轮椅,然后把洁净身心用的小红铜汤瓶用一截绳儿系挂在轮椅后面,推着这个儿子四处求医。他们以讨饭为生,讨到哪里就睡到哪里。尤素福的哥哥们对他们的母亲说:“你的这个儿子不死,你就不要回来!”“你想,我们侍候你,是因为你养了我们,我们侍候尤素福他又不是我们的爹!”“再说谁给他端屎倒尿呢?”“叫我们把一个残废从轮椅上抱上抱下,我们才不干呢!”

可是后来,尤素福的哥哥们学乖了,一听说母亲和弟弟乞讨上了钱,就高高兴兴地把他们接回来,殷勤地“侍奉”一阵子,等到把他们身上的钱全部花干花光了,便又赶出家门。娘儿两个只好继续四方飘零。母亲和残疾的弟弟仿佛成了他们兄弟赚钱的机器。

多年以前的那个早晨,这个全身瘫痪了的尤素福,仰躺在轮椅上,看上去显得傻乎乎的,牛毛细雨深情脉脉地落在他张开来犹如半个破碗一样的嘴巴上,他莫名其妙地笑着,嘴里的涎水不停地从口角流到下巴枯黄的、如同茅草一样的胡须上,又在胡须上稍作停留,接着就像透明的丝线慢慢垂落在胸脯上。尤素福吃东西时经常会洒落汤水到胸脯上,久了便积攒了厚厚的一层污垢,使得胸脯看上去就像一块乌黑乌黑的铠甲,显得粗糙而坚硬,手指弹上去会发出敲击铁皮似的硬邦邦的声音。于是妈妈就给他专门用针线绣了一件别致的涎水褡裢,围在脖子上,间隔一段时间就把它拿下来用汤瓶里的清水洗得干干净净的,再重新围上去。娘儿两个各自穿着一件冬夏不换的棉衣，由于走到哪儿睡到那儿，任其磨蹭，渐渐棉衣便像是打上了油的皮夹克。倘若从他们的衣领上看，内衣仿佛都异常干净。老奶奶的裤腿用一道约两根手指宽的黑布条裹扎着，似乎是害怕污浊和尘埃钻进去。

阳光舒适的时候，人们看见老奶奶静静地守护在尤素福身边，用铜汤瓶里的水给他洗脸。汤瓶古朴的色泽荧光青青，那高高蹈之的神姿犹如凤凰引颈，它那么举止高雅！一缕清水从壶口溢出，像是在暗处突然打开的花朵，水珠落地似金，那贞洁的声音宛如翡翠般碎裂开来。尤素福的耳郭都被老奶奶用手指洗得干干净净的，洗毕，又给尤素福慢慢地梳头，她的手微微地，一梳子又一梳子梳着。老奶奶那么安详！尤素福裂开嘴巴懒洋洋地傻笑着，以喜不自禁的神情细细端详着妈妈的衣襟。尤素福悄悄地、柔声地出气，用头轻轻地摩挲着妈妈的手，似乎满含眷恋之情。老奶奶小心翼翼地照料他，用一种异乎寻常的爱的声音跟他说话。尤素福仿佛对所有的人都失去了警惕，老是傻乎乎笑得跟个孩子似的。他的智力看起来跟个儿童一样。其实不然，因为他可以和许多人下象棋。他发呆的时候，除了眼睛空洞的动弹着，其余再也不会觉得他是一个生命。只有老奶奶喜欢静静地看着尤素福在轮椅上像书呆子那样冰凉的坐着；喜欢看尤素福用脚把东西夹到自己的嘴巴里；喜欢尤素福捉弄别人时得意洋洋发出莫名叫声的神气；还喜欢看尤素福怡然自得和疲倦般的满足，以及无忧无虑的打盹。要知道，尤素福的那两只脚上的脚指头的确像手指一样灵活，不时轮换夹住施舍者递过来的钱，仿佛是在给大家进行某种表演，无论是纸币还是很小的一分硬币，他都能把它轻而易举且又慢条斯理地接过来，然后就像是怀着某种感激而快乐的心情把脚弯过来装入怀里。这个精彩的动作曾给大家留下深刻而难以磨灭的印象。老奶奶面无表情地望着儿子的一举一动，不慌不忙地剥掉一只香蕉的皮一截一截喂到他的嘴里；或者剥掉橘子的皮，一瓣一瓣地掰下来，轻轻放进他的嘴巴里。他的嘴巴就像肌肉已经退化了的老奶奶的嘴巴，有时候猛然一看，他的那种老迈的近乎有些残酷的样子让人会猝不及防地想到人是要死的。

好多年前看见这个老奶奶推着轮椅上的儿子的情形，人们就已经发现她老得不成样子了。尽管时间已经过去了半个世纪。可老奶奶依然活着，旺旺的活着，倘不成为永恒和不朽，仿佛誓不罢休似的。但有时候，看他们看得久了，就会不由自主地觉得尤素福比生养他的妈妈还显得苍老啊！

如此一来,人们觉得他们更像是老两口了。

谁也想不到,白发苍苍的老奶奶推着儿子已经在这辆贴近在地皮上行驶的小轮椅上度过了无数个春秋!

老奶奶十分难过地记得生下尤素福的那年夏天的前一天夜里,自己做了一个淡绿色的梦。一种宿命的意味在她的记忆里散发出悲凉的气息。那天早上,尤素福顺顺当当来到了这个世上。

也许,老奶奶常常在想:为什么不叫尤素福的病给我得上?我更能承受这世上的苦难啊!

“这么大岁数了,在家不歇着!”

“真是老糊涂了,推着个残疾人到处乱转!”

人们在背后悄悄议论。

多年以前见过老奶奶的人们,觉得她竟然还活着。活得够长了啊!活上些年就行了吧,和你年前年后的人都已经进土了啊,就你能,还活着?活得叫人都有些不好意思了。

有时候,人们几年就不见了老奶奶,就都以为她殁了,渐渐地竟把她给淡忘了。可是突然一天,人们又在街上碰见了她,便失声叫道:“这个老奶奶还活着啊!”当然说这话不全是嫉妒,也有赞叹、佩服和一丝说不清的敬意。同时也为老奶奶的这种锲而不舍的精神暗暗敬佩。无数的人看过他们后,都觉得尤素福比老奶奶显得更老了。

有一天中午,老奶奶给尤素福喂着煮熟的玉米棒子。老奶奶用手一边搓一边将搓下来的玉米粒小心地灌进尤素福的嘴里。喂完一只玉米棒子,她又用小红铜汤瓶洗净了一只苹果,用调羹在苹果上面掏了一个小坑,把小坑周围的苹果肉汁一点点地挖入坑里,抹成沫糊状,方才用调羹捞起来喂进尤素福嘴里。老奶奶的样子就像是在喂养一个永远长不大的婴儿。尤素福吃东西的时候,跟一个老太婆似的,下面的嘴唇包裹着上面的嘴唇,口一张又一翕地蠕动着,食物长时间地在他的嘴里转动着。东西吃完后,尤素福便悠闲地用两只脚踩在轮椅前轮两边焊接的脚踏上,掌握着方向,老奶奶则在轮椅的后背上用力推着。挂在轮椅后面的铜汤瓶便在阳光下放射出耀眼的光芒,并敲打在轮椅后面的铁靠背上,当啷、当啷发出悦耳动人的声响。走着走着,尤素福看见了经常给他们施舍的老熟人伊斯玛乃,立时用脚转动着轮椅的方向,借助下坡和妈妈推动轮椅的惯性，快速撞过去。伊斯玛乃一个趔趄，弄得面红耳赤。可是，尤素福不待撞上，双脚在脚踏上猛然一扭，就改变了轮椅的方向，轮椅吱吱地叫唤着从伊斯玛乃的身子边擦了过去。尤素福回过头咧开半个破碗一样的嘴巴傻乎乎地笑着，洋洋得意的样子。伊斯玛乃虚惊了一场，见尤素福开心地在一边笑，便也摇晃着头微笑着，心里似乎有些哭笑不得。

老奶奶把尤素福推到一个向阳的路边，坐下来。她弓着腰，满脸皱纹，拿出针线，开始心平气和地缝补一件不成形的、破破烂烂的衣衫。老奶奶不时停下来用嘴舔着右手的两个手指头，那只手瘦骨嶙峋，青筋毕露。老奶奶的脑袋壳和手一起抖动着，有如秋天的树叶，仿佛风一吹就会轻轻地飘然下来，凄切地凋落在地上。

时间一天一天地过去。

老奶奶的牙齿一个接一个地掉落，头发白得跟白面碗一样。一个人老到如此境况，真是不堪设想啊！听说孙子们都盼着她赶紧无常呢。老奶奶老是游荡在世上不走，他们也感到怪尴尬的。可老奶奶就是不走。她似乎发奋地活着，顽强而又固执地活着。老奶奶老得大约都可以做我们的祖奶奶了吧！有人开始在背地里叫她老不死。还有一些怕死的人，竟然突发奇想地跑到老奶奶的跟前打听长寿的秘诀，了解她的饮食状况。可老奶奶却说她见了可以吃的就吃、可以喝的就喝，除了不吃伊斯兰忌讳的东西之外，饮食上说不上有什么讲究。最后，在别人的苦苦追问下，她告诉他们吃清淡的素食，晚上睡觉的时候肚子不会发胀。

大家听了，似乎觉得很有些学问和道理，便在心里暗暗想着回去是否模仿。但一想到老奶奶那种近似于苦修般的生活，勇气便大打折扣，不敢尝试了。

老奶奶已经愈来愈老了，但她依然推着尤素福在外面转，就像上班的人一样，早出晚归。到了晚上的时候，他们就会找个便宜的店房住下来。如果是夏天，那更不用说了，只随便找个容下身子的角落就睡了，到第二天天刚亮又早早出发了。这种生活久而久之似乎成为老奶奶的一项难以割舍的工作，一种精神上的寄托与牵挂。失去这些，老奶奶似乎惶惶不可终日。倘若换成别人，也可能早就把这样一个拉扯不到世上的孩子撇在家里或者扔到外面让他自生自灭去了。可老奶奶却不，她即使四处乞讨，也要养活尤素福，老奶奶似乎在和衰老、死亡之间进行着一场搏斗，仿佛一方要征服另一方。同时，他们两个又从彼此的身上汲取着难以言说的温暖。尤素福从老奶奶那颤颤发抖的双手中获得了某种力量;老奶奶从尤素福那里、从一种坚守中找到了精神上的寄托。有时,他们都挨着饿,张着两只牙齿寥落的仿佛布满皱纹的嘴巴,两只眼睛彼此怅然地瞅着,好不容易才看清对方的脸。

这是两颗因疲劳和困乏而急剧跳动的衰弱的心!

确实,人都是要死的,这是无论谁都难以抗拒的事情。

老奶奶身体的各个部件都已经开始退化，就像一台机器或者机器上的螺丝一样。如果机器运转的时间过长,就会老化、失灵;螺丝到了一定的时间,就会打滑。一个人也一样。老奶奶她不会像终古长新的太阳一样万古长存的。肯定的,有一天她一定是要离开这个世界的。

然而,有一点需要大家思考,当然许多人都已经开始在纷纷议论和思考这个问题了,那便是老奶奶和尤素福谁会“走”在谁的前头呢?

这是一件重大的事情。

的确是一件十分重大的事情啊!

如果老奶奶走在尤素福的头里,那以后的事情怎么办?尤素福怎么办?谁来照顾他呢?这是多么叫人头疼的事情呀!

老奶奶自己的心里只有一个坚定的信念:活着!有时候,老奶奶打算找个没有人的地方，美美地哭上一场，她伤心自己的身子怎么一天不如一天了,肉身一天比一天力不从心了,但是她不敢有一丝一毫的松懈,要狠劲的挺着。她常常想,只要我不要忘记真主,真主就不会忘记我,就会慈悯给我一个全美而平安的身子,叫我把尤素福先照顾着。每当她用汤瓶里的细小的犹如泉眼般流淌出来的净水洗着自己的时候，便希望这水能洗上自己的心和脑子，把自己的心和脑子也一丝一丝地洗涤干净，好让自己远离人间的浑浊、远离杂乱的意念,一点一点变得纯粹和清明起来。这样,她就可以一心一意地活下来照顾尤素福了。

但是,老奶奶非常平静地想到自己肯定是要走的,然而走掉后尤素福怎么办?被野狗吃了也说不定。她希望在走之前,尤素福能先她而去。这样想的时候,她就显得极其纠结、极其悲伤,觉得自己真是太残忍了呐,竟然一次次诅咒自己的儿子早早地死去。于是她便伤心绝望地哭泣起来。她哭泣的时候还得背过尤素福,不能叫尤素福看见,看见了害怕会对他造成精神上的压力和刺激。

老奶奶希望一切重担都由她一个人来扛着。

关键是,尤素福偏偏不死。他到世上似乎就是为了折磨老奶奶和考验老奶奶的心来的。所以越到后头,尤素福的毛病就越多。有时候老奶奶给他喂饭,他却挑三拣四不好好吃。老奶奶忍不住会唠叨上两句,然而他却就不肯吃了,开始绝食,害得老奶奶像对付一个两三岁的小孩儿似的哄着,等她左劝右劝使他有了要吃的意思时,可是突然由于别人一个微小的令他不悦的眼神,他立时就又铁一样硬着脸皮,耍着脾气,仿佛把他要气死了。他变得脆弱而又敏感,极其敏感,他猜测、疑神疑鬼——似乎妈妈给他所做的一切都是伪装出来的,都是故意做给别人看的。他觉得妈妈已经对他失去了耐性,对他有些不耐烦了,好像渴盼他早点死掉。他常常自以为从妈妈的眼睛里读到了不洁的东西,但一会儿又觉得都是自己的不好。“再也不能这样下去了!”他的脑海一再掠过这样的念头,显得极其忧伤,那一刻他觉得连天空都是灰色的。尤素福越是这么想,他的一些行为就越是显得怪诞和不可理喻。

老奶奶看到尤素福这样摧残自己,心里像钝刀子割一样难受。她也难以向任何人开口说一句“帮帮忙吧”之类的话。她只有真主,她可以在真主那里不停地祈祷。每当祈祷的时候,老奶奶总是满怀着恳求、顺从和感激之情。她坐在尤素福的轮椅旁边,静静地,凝望着天空。

当夜幕降临的时候,老奶奶推着轮椅来到一棵能遮风挡雨的大树底下。月光从树梢和密叶的缝隙间洒下来,打在古色古香的铜汤瓶上,汤瓶一侧的表面就跟一枚铜镜一样,映出老奶奶万古沧桑般的脸。老奶奶一动不动静静地审视着。突然,她发现汤瓶上有一颗硕大无比的月亮,她盯着那颗月亮,脸色慈悲,叹了一口气。一会儿,汤瓶上的月亮里出现了一位漂亮矜持的妇女,推着轮椅行走在天上,她惊愕地看见那轮椅上的孩子就是尤素福。“一定是我的无辜的优素福,是我那没有罪孽的尤素福,一定是的!”她情不自禁地在心里喊了一声:真主啊!她想,她将严守这个秘密,直到永远。夜深了,她倚着轮椅和轮椅上的儿子一道睡熟了。月光在为他们歌唱,并照彻了他们清凉的睡梦和故事。

尤素福更加不消停,有几次他竟从轮椅上故意翻落下来,在地上滚来滚去,老奶奶费尽周折才把他重新扶到轮椅上去,可是他依然一声不吭地抗拒着，直到把妈妈折磨得筋疲力尽，他才满意而狡黠地望着披头散发跪在地上抹泪的妈妈。尤素福似乎在心里冷酷而快活地笑着。还有几次，他滚下轮椅像狗一样爬着吃地上的土，用脚指头捡着吃地上的废纸片。他的力气突然变得异常之大，老奶奶拦也拦不住。更让老奶奶无可奈何的是，一次儿子有意滚进路边一个极其肮脏的垃圾坑里，赖皮似地睡在那儿，老奶奶拉他，他却死命地滚来滚去不肯起来。这一次，害得老奶奶洗了三天三夜，才算洗净了尤素福浑身的污浊和难闻的气味儿。

尤素福一次比一次变本加厉地折磨老奶奶。

“两镢头砸死算了！”有路边走过的人说。

人们已经越来越憎恶和讨厌这个尤素福了。以前的同情和怜悯变成了讨厌和厌恶。人们希望尤素福安分一点，不要无缘无故怨愤和不平。这个世界不允许有怨愤和不平。“什么东西！”连曾对他施舍有嘉的那个伊斯玛乃，也开始有些厌烦他了，走在街上尽量躲避着他。“学得好好的尤素福，再不要这样下去了，这样下去是没有什么好果子吃的！”那些看不惯的人在心里再三告诫说。当然，也有人把问题看在老奶奶的身上，觉得老奶奶一定是唠叨和虐待了儿子。还有一些人，觉得尤素福无可救药了，想着让饥饿来好好教训教训他吧，让他两三天不要吃一点点东西，看他还再有力气折磨人。

但是老奶奶拒绝了人们的好意。

人们见老奶奶不顺从他们的意思，便有意要让这娘儿俩吃许许多多的苦头。首先娘儿两个越来越乞讨不上什么了，他们不仅连肚子也填不饱，甚至大家也不给他们俩任何的帮助。

老奶奶推着尤素福缓缓地走在大街上，人们不屑地从他们身边走过去，或者唯恐避之不及，只有挂在轮椅后面的红铜汤瓶，依旧单调而忧愁地敲打在钢筋焊接的靠背上，发出单调的冰冷的响声。他们也不敢再往人多的地方去了，心里突然涌起一种模糊的对这世界的恐惧。老奶奶害怕陌生的面孔，害怕素不相识的人斥骂和疑虑的眼光，害怕街头的小混混及白天装成残疾人乞讨，夜间出没的窃贼。有时候，小混混和专门以乞讨为生的懒汉们动不动就搜娘儿俩的身，把他们洗劫一空。他们见了这样的人便常常本能地躲进巷子或某个阴暗的角落里面，一声不吭地藏起来。老奶奶跪在轮椅的前面，身子趴下紧紧地护住尤素福，跟一堆破烂布似的轻轻地盖在轮椅和儿子的上面。

冬天来了，人们见了老奶奶和尤素福娘儿两个战战兢兢转悠在县城的大街上,都担心他们过不了这个冬天了！老奶奶推着尤素福迷迷糊糊走着,脚步变得虚飘,一如深秋即将凋零的树叶那样,似乎一阵微风就会把他们轻轻地吹走了。尤素福的脑袋耷拉在轮椅的扶手帮子上,上下颠簸着,仿佛一具冰凉的僵尸。老奶奶现在只有托靠真主这一线希望了。她推着尤素福坐在某个角落里,一动也不动,眼前时不时会闪烁起一大片晶莹发亮的油花和冒出莫名其妙的小金星。她感到阵阵眩晕,累得脚步都有些挪不动了。

不过他们还是出发了。

老奶奶奇迹般地推着尤素福走过长长的大街。

刺骨的寒风老牛一样号叫着,刮得整个西部好似一张牛皮纸哗哗声响。

老奶奶推着尤素福慢慢地走着，很费力地一前一后挪动两条麻杆一样的又干又细的、好像不用磕碰就会折断似的腿。她的神智已经似乎有些不大清楚了,不时地伏在轮椅的后面铁栏杆上歇息上几分钟。她昏昏沉沉,头重脚轻,心里感到无法诉说的凄怆。她只有一个念头:自己一定不能无常在尤素福的前头。

他们就这样狠命地走着,走着……老奶奶推着尤素福居然在县城的大街又上度过了一个漫长的冬天。

树木又开始发芽了!

老奶奶和尤素福一直熬到春暖花开。天气也一天天好转。她和尤素福仿佛刚刚冬眠结束的蛇一样慢慢醒转过来,有点脱胎换骨般的样子。娘儿两个竟然变得似乎跟很久很久以前一样了,人生仿佛又回到了起点。

人们觉得这简直是个奇迹!

于是,大家便开始对老奶奶和尤素福多了几分同情,给他们施舍的人逐渐又多了起来。

有一段时间,老奶奶和尤素福两个竟然一度消失了。人们觉得老奶奶一定是无常了。

可是又过了一段时间，老奶奶那熟悉而又单薄得像一枚树叶样就要飘起来的身影又神秘地出现在县城的大街上。她依然而然地推着尤素福前进。她的脸上仿佛掉了一层皮,换上了新的颜色,显得精神和容光焕发。尤素福在那历经沧桑的轮椅上,微微合着眼睛,仿佛在闭目养神,面孔上还带着一丝淡淡的微笑。他想折过头看一眼妈妈，但接着又慵懒地闭上了眼睛，突然一股平静的清泪从他的眼角缓缓地流了下来。

有人喊：

"尤素福，快别哭了！"

"瞧把你给伤心的！"

那个已经进入了薄暮之年的伊斯玛乃走过来拨了尤素福一把。

尤素福却一下子从轮椅上滚落下来，脑袋戳在地上磕开了一个小孔，血鲜红鲜红汩汩地流着。

人们帮老奶奶把尤素福扶起来，却不见有半点声气，手也一丝丝凉了。

伊斯玛乃慢慢地说："他已经无常了！"

尤素福走后，老奶奶就回了家，虔诚地给自己换了一个洁净的大水。然后，就静静地等着。老奶奶先是所有的牙齿掉得没有留下一个，然后掉尽了头上的全部头发；接着聋了耳朵、花了眼，人站在她身边她都听不见也看不见。老奶奶试探地放松自己，突然觉得全身仿佛散了架，一下子好像所有的疾病的症状都同时涌现出来。老奶奶很想能望一望闲闲地弃置在房子后面那个黑暗角落里的轮椅，可是她什么也看不见。但她知道轮椅上已经空荡荡的了，而那只供他们一生一世用来净身的红铜汤瓶，一定静静地挂在轮椅的后面。过去那习以为常的一幕从她的脑海里淡淡地掠过：一股细微的风从汤瓶内朝出倒水的那个指头般粗的小嘴里吹进去，发出空幻般的声音，就像一曲伊斯兰古歌，一遍又一遍涤荡着人的心灵。

一个星期后，老奶奶走了！

绝　境

章哈与虎牛来时，老板说得好好的，说是要带他们去挖冬虫草的。可是后来，就变卦了。

章哈是从一个遥远的村子里跑出来的，后来，落脚在西安的一家拉面馆里，当了名伙计。就这样他认识了面馆里另一个打杂的，叫虎牛。虎牛和章哈经过一段时间的相处，就成了好朋友。

章哈对虎牛说："以后多加照应！"

"那是、那是。"虎牛歪歪脖子说。

月底了。老板发工资时扣掉虎牛十块钱。虎牛就偷偷骂老板。见章哈过来，便立即装作若无其事的样子。

章哈说："你骂吧虎牛，我他妈都听见了，但我不会告诉老板那杂种的！"

"谁骂老板啦？我可没骂。"虎牛一拧脖子，小心地走到一边去了。

章哈怅然地望着虎牛。

一有空暇，章哈的目光便穿透饭馆的窗户，远眺那座久久屹立的大雁塔。章哈出神地望着塔顶，禁不住便想起家中的亲人。几年来一直没给家人写过信了。也许家人早以为自己不在这世上了吧！他有些伤心。

章哈常常沉于冥想之中。

忽然一天，餐馆里来了一位穿白风衣、顶黑礼帽的中年人。中年人把那顶西部旗帜一样黑色的卷舌礼帽从头上拿下来，轻轻地扣放在那张圆桌上，然后，点燃了一支黑色的"雪茄"。他向老板张口要了两盘凉的，一盘热的，外加一瓶啤酒一碗白皮面。

章哈和虎牛每每走近，那人便抑低了声音说："小伙子，想不想挣钱？"

“大把大把的？”

这世上，谁不想挣大钱呢？

“怕是骗人哩吧？”虎牛不信。

“谁骗让他妈不得好死！去了你们就知道了。”

“犯不犯法？”虎牛对自己这样一个人能挣大钱感到有些怀疑。

“正经生意，到青海挖冬虫草，吃过喝过一月落七百，去不去？”那人左看看章哈，右看看虎牛，笑着摇了摇头：“不去算了！”

“让我们想想。”章哈知道那个什么草是一种药材，只有青海才有。

虎牛已然有些热眼，左一边暗暗给章哈递眼色，让他赶紧应承下来。一顿饭的工夫之后，章哈和虎牛就给那人说，我们给老板打声招呼，咱们即刻就动身。

饭馆老板听说章哈与虎牛中途不干了，要走人，就不给工钱。

章哈说：“我再问一声，给么不给？”

“都是一月一付，中途不给！”老板娘斩钉截铁地说。

章哈急着要走，又知强龙压不住地头蛇，人家不给也拿人家没办法呀！就说：“算了，不给算了，我给你们不给口唤，后世里清算！”

虎牛也说：“后世里算！”他一步三回头，真希望老板能忽然发个善心，把工钱给了他们。

但是，老板夫妇没有一点害怕后世里遭受惩罚的意思。

出西安城时，章哈给虎牛指着大雁塔感伤地说：“虎牛你知道吗？我对着那塔做过多少想家的梦啊！我常常梦想与家人团聚。现在又要到别处漂泊走了，心里不免有些难过。”

“是啊！人一辈子就是今儿在这明天在那儿，没个定所。”

“你为何不好好念书，跑出来做啥呢？”虎牛怨着章哈。

“那你呢？你他妈不也跑出来了吗，那你又是为了啥呢？”

“我和你不一样啦，念书念不进去，穷在家里没事干，烦！”

“你人年岁不大，烦什么烦，我还没了娘呢！”章哈说。

娘便是在他出门去玩的那时节殁的，连声招呼也不打。他回来，见娘像睡着似的。那是人一辈子也忘不了的！后来，有了后娘的日子就难过啦。他只好逃了出来。真烦着呢。

车载着他们往青海前行。接下来，换了一趟车，再后来他们就到了青海的湟中。湟中和西北的许多个县一样，没什么特别。街上空空落落，行人稀稀疏疏。有人说，到青海不看塔尔寺，就等于没去过青海。著名的佛教寺院塔尔寺就建在湟中县，正好在路旁。那寺院，人看后，会想起一些远古的传说、虔诚的朝圣者，还有听起来让人跌入一种遥远梦境中的诵经声。

下了车，青海客人对章哈虎牛说："现在，我就是你们的新老板了。"

章哈虎牛点点头。天气冷得连牲口都紧缩了毛。章哈跺着脚，打着牙。他的那只漂亮的金条一样闪光的鼻子湿湿地红了起来。

虎牛显得有些软弱地对青海客"老板、老板"地巴结个不休。老板即便买盒烟也让虎牛去跑腿。

章哈与虎牛跟着这位新的老板住进了一家私人旅店。

老板说："现在天气还冷，待过一段时日，才能挖冬虫草。咱们暂时在这里先缓着。"章哈和虎牛一伙就都只好点点头。大家吃宿在旅店里，一切费用老板支付。每天大伙只是打牌、吸烟、饮酒、看录像，无所事事。待过了四十天时，大家自知已是欠下老板的债了！老板忽然一改往日的笑脸，道："日妈妈的，天气一直不好，这次我定是赔了。你们一伙在这里吃喝下来，花费真是太大了！想不到你们这么能吃。"

第二天清早，老板迎着冷风出门去了，直到晚上才回来，回来时带着两个满面肃杀且复丑陋的汉子。

老板给章哈一一介绍说，两位是他的侄儿和外甥。其实大家都看出来了，二人是老板的保镖。老板将章哈一伙叫全，说是挖药希望不大了，咱去淘金子。

淘金子？章哈与虎牛一听，先是感到有些诧异，复又觉得已经被金子陶醉了双眼。好奇与富贵梦刺激着大家的心身。说不定乘胜前进不备能带回一疙瘩呢。有人离奇地想。

老板说："谁不想去可以，但是得付了误工费，强人所难的事，日妈妈的我不干！"虎牛不自觉地将手伸进自己的衣袋里。口袋里空空如也。钱他妈的早完了！

收拾了半夜，才算把一切准备齐全。在手扶拖拉机上搭上了一顶帐篷，车上带了十几袋子面粉，四袋子洋芋，六袋子炭，四塑料袋子馒头和二十多斤清油以及其他所需物品。老板带领章哈一伙与庄里另外九辆手扶一同上路了。途中经过了十来个县,又碰上了近百辆同样装扮的手扶。长长的队伍日夜兼程,浩浩荡荡向目的地进发。一到夜里,队伍便犹如一条火龙,煞是好看。

章哈与虎牛跟着老板在手扶上度过了漫长的半个月时间，饿了就在路边的食堂里吃饭。

在接近格尔木护矿检查站时，虎牛从手扶上掉下来摔了一跤趴在地上直呻吟。“这狗日的不想去了？到时丢到沙漠里饿死算啦。”老板粗火地叫骂着,让两位保镖送虎牛到另一辆运物品的手扶上去。虎牛上去,见车厢里有两位漂亮的小姐裹着毛毯躺着。听了她们的自我介绍,虎牛方知两位是老板雇的厨姐。

已是夜里。昏暗的灯光似在向大家说:“欢迎您到格尔木来做客！”

老板说:“下来,下来歇歇脚。”大家从手扶上下来,老板便于工作与手下人推推搡搡把一群沙娃带进了格尔木检查站。大家尚未醒悟过来,老板就已让沙娃们入了死亡保险。签完字时,章哈像猛地触了电一般恐惧。他似乎预感到一些不祥的什么。但是,已经晚了。

虎牛从西大滩出来的几个人口中得知,凡是进戈壁滩的沙娃们,几乎都是九死一生,有病死的,有受不了苦逃跑时被老板打死的,也有坠金而死的。总之,各种各样的死法都在那片荒漠里演绎着。

车辆重新启动了。虎牛又上了老板的那辆手扶。

过了武警驻守的护矿岗卡,章哈发现许多淘金者身上皆带着武器。有人已从手扶隐蔽处抽出了枪支,向远处做瞄准状,或举起枪挥舞着嘴里发出野兽样的叫声。老板的保镖忽然拿枪口指住章哈,“不许动！当！哈哈哈。”一声肆意的野笑。章哈望着黑森森的枪口,脸上神经质地哆嗦了一下,笑着说:“这天好冷啊！”

“去你妈的,去了不好好干活,才冻死你哩。”脖子后的黑痣上长着一撮毛的保镖骂道。

从格尔木过来,又走了一天,终于到达了西大滩。映入章哈和虎牛眼帘的是一眼望不到边的大戈壁滩。车辆分了路,各奔自己物色的采金点去了。趸来顺去的叉路旁偶尔能看见以前淘金者挖过的沙坑。

手扶“哐哐哐”像位患哮喘病的老人,咳嗽着,在沙漠戈壁的原野上奔跑。虎牛要去撒尿。老板说:“你就就着车帮尿,车不停!”虎牛便就着车帮尿了半天尿不下去,急得泪花在眼眶里打转儿。他回头见老板盯着他,就不由有一些淡淡的羞耻感。也许他还没有像猫狗那样养成随地大小便习惯。他有些不相信老板等是怎么在手扶那么大的颠簸中旁若无人尿下去的。

“老板,尿不下来,我憋得快难受死了,叫手扶停一停吧,停一停吧!”虎牛一次又一次央求。“去你妈的!”老板从虎牛屁股上踢了一脚,将虎牛踹下车去。虎牛叫一声栽入沙坑。他爬起来,解开裤子,眼泪和尿水一起流了下来。他想,逃吧。

这茫茫的戈壁,一满的沙漠,每条路大同小异几天不见一丝阳光,迷路的可能性极大啊!能逃到啥地方呢?老板保镖的枪子随时会像长眼睛的流星一样撵上你。虎牛手提着裤子追赶起手扶。有枪声划破辽旷的漠野。子弹落在虎牛不远的左右,激起一层沙漠的烟浪。虎牛听到手扶上不断传来刺耳的笑声。“你妈的!你们会打死他的!”章哈忽然从车上站起来满面通红地制止老板的手下。“我打死你!你吵什么?”一撮毛用红木枪托砸着了章哈。

“我说你们会打死他的!你们不能打死他,打死了谁淘金子?”

“闭嘴!用不着你操心,老子打了多年野物怎么会没分寸?你个杂种!”

“再不要乱开枪,节省些子弹打野驴。”老板正了正那顶旗帜样黑色的礼帽,眉头蹙了一下。

手扶速度慢了的时候,虎牛就追上来,章哈伸手把他拽上车厢时,见他的眼泪又一次流下来。

手扶像一只酒醉的游魂行驶在荒凉而寒冷的沙滩上。老板的人个个穿着羊皮坎子。章哈与虎牛穿着几件毛衣,一件棉袄,依然冻得浑身发颤,流着鼻涕眼泪,脸也肿了。

有人说:“过了嘉峪关,眼泪擦不干。”而章哈曾幻想坐在火车上过嘉峪关该是一种别有情味的享受。而此刻,他的心里却凉透了。

凛冽肃杀的寒风夹杂着星星点点的雪碴,打在手扶车厢上。啊,雪山!看见雪山了。章哈心里喧腾着,目光显得兴奋而阴郁。他从来没见过那么壮观的一座雪山。与天际相接,和白云做伴。看起来离大伙很近,可走了几天,却依然那么遥远,犹如旷漠中的海市蜃楼,可望而不可即。

老板说,日你妈你们晓得吗?咱们看到的是中国有名的巴颜喀拉山。老板歪着嘴,样子极其的夸张。片刻,目光便陷入一种神往与虔敬之中。大概老板在作祈祷。不知为什么,老板竟会如此地敬畏一座雪山?他把帽子谦卑地拿在手里,那样子无不似藏民们面对西藏的神山。

他们在巴颜喀拉山山脚下安营扎寨,搭起了几座帐篷。

当天晚上,两位漂亮的女厨为大伙做了一顿白开水煮洋芋面。这两位女厨浑身散发着一股令人渴望的味道。

章哈去问女厨,为何饭里不放一丝盐?

"小子!去问老板吧,老板让咋做我们就咋做。"一名女厨清脆地说着,系紧了那条苜蓿花的蓝围巾。她的声气里明显有着一种莫名其妙的骄横与优越。

章哈气愤地说:"我这就去问老板。"

虎牛跑过去拉住章哈说:"算了吧,你别没事寻事,你会被打死的!"

"我不怕他们!他们不会这么早就弄死咱们的,他们还要等着我们淘金子呢!"

"老板,这么苦的生活,叫我们怎么干下去?"章哈问。

"苦?就这条件,淘完金子咱们就离开这里,老子和你一样也不想待呢。"老板嘲讽地说。

章哈嘶哑地吼道:"那饭里咋不撒盐?"

"日你妈你没看这鬼地方的气候和水土,为了生存,明白吧?"

章哈怔愣了一阵,转过身回自己的账房去了。

第二天,老板就带着沙娃物色地点,最后选择了一块认为有金子的地方,叫大伙挖。按老板的意思,大家必须得挖一个宽十五米、长八十米约一人深的坑。

沙娃们起初个个犹如刚刚丢出圈的骡子,撒着欢儿干。灰色的沙土在他们头顶飞扬。当挖到一米左右,水出来了时,大家在激动与兴奋的同时,情绪已低落下去。这时,老板的保镖忽然出现在大伙周围,呵斥不休。大家穿上了雨鞋,站在稠稠的寒冷渗骨的冰水中继续淘沙。然而,越往下挖,冻得越牢,只好靠太阳一边晒消,一边再接着挖。风卷着雪碴和沙子,天气变着法儿作冷。章哈与虎牛他们哪里敢歇息,只有拼命淘沙才有望获得一丝自给自足的热量。

老板和女厨们在帐篷里围着火炉玩牌。他们打情骂俏的笑声和天气的寒冷形成一种撕扯人心的反差，在沙娃们的耳际久久萦回。

章哈与虎牛互相照顾着把泥沙扔到坑沿上较远的地方，以不至影响后面的工作。“我们非死在这里不可！”虎牛小声跟章哈忧伤地说。“别说话！老板的人来了。”章哈斜视到一撮毛与另一个叫青龙的保镖走下坑来。他俩背着枪，手里拿一把小锨，常常会出其不意的在工地出现、徘徊。他们让沙娃们只管老老实实干活，别说话。他们担心伙计会商量出什么。

那个因浑身刺满龙而称作青龙的保镖刚才已听见虎牛在说话，就过去打了虎牛两铁锨背，还要用脚踢时，章哈以自己的身子挡住了：“大哥，他心慌得不行，就让他说两句吧。”

“去你妈的！这小子一直不服。”一撮毛一巴掌打在章哈的左脸上。

青龙听了一撮毛的话，道：“不服？哪一个不服？”他丢下虎牛撵向章哈，在章哈的腿腕上狠狠砸了两锨背。

青龙和一撮毛走后，虎牛问章哈打疼了没有，说一路上给章哈添麻烦了。

“还说这些干什么。”章哈豁达地笑了笑。

“都是我刚才嘴长，章哈你知道不，我现在快疯了，这鬼地方让我一夜一夜地失眠，我的心老跳，我担心我是活着出不了这戈壁滩了。”

“别胡说！”章哈过去捂住虎牛的嘴，用棉袄袖口替他抹了泪。可是自己竟然猛烈地伤感起来。

“章哈，你怎么不骂我‘他妈的’了，我知道你说话总喜欢带上他妈的，我听伙计们说，上次你见老板一伙朝我放枪，你对他们竟敢用‘你妈的’，可是你今天怎么不对我也骂呢？”

章哈的泪水差点下来。

在这一片被世事隔绝的地域里，谁会想到这些沙娃？

章哈想，一定要活着走出去，把这些公之于世人。可是，那又能引起什么呢？他不知道。章哈不敢想这戈壁外面的世事，一想便觉得心若猫抠的。他抡起那把洋镐挖向一块冻硬的沙层。虎牛的铁锨也铲了下去。

又挖过一道覆盖的土层和中间的大石子，再挖时，就出现了混合沙。马上就要洗沙、淘金子了。老板兴奋得有些忘乎所以。

章哈和虎牛商量着逃跑的计划。两人已血痂满手，憔悴得人不人鬼不鬼。两人梦中常沐着寒夜冷透心底的风回家。更为严重的是，他们的腿、脚已然冻肿得像充了气似的。

现在,在章哈与虎牛看来,金子已不再让人那么留恋了。

夜里,风沙携着一股邪气噬虐着帐篷,忽而如鬼怪,啾啾呜呜地鸣叫;片刻,又幻化为一股忧伤的调子,继而,又如万马狂奔的阵阵声荡过,突然却静如止水。

章哈、虎牛像两只狗从帐篷的一角里爬出来,一前一后,先是装着撒了泡尿,接着东张张西望望,见老板的帐篷一片死寂。俩人就向远处跑起来。沙子陷着人脚总跑不快,还发出可怕的响声。这已经是俩人第四次实施逃跑了。前三次,还没行动起来,就泡汤了。因为每次他们一走出帐篷"撒尿",青龙与一撮毛就在外面巡视着。他俩只好又溜回帐篷。

可是今天,逃跑的梦想终于实现了。两个人如惊慌失措的野兽,撒腿狂奔。他们总是觉得身后有什么东西在追赶着,仿佛是老板和他的保镖正站在远处的黑暗里,阴险地笑着,扣响了枪板。子弹像长了眼睛似的循着他们的身影飞来。

但是,老板并没有追出来。大地和老板或许都正在做着酣梦。虎牛觉得这沙漠中的一切都像是不复存在,却又是那么的真切。漆黑无比的戈壁深处似乎传来死亡之神的狞笑,还有狰狞着面目的被金钱扭曲了灵魂的笑脸。

两人沿着迤逦的沙岭蜿蜒而行,奔走了一天一夜。他们几乎穷尽了自己所有的努力,绕来绕去,第二日拂晓,他们发现自己依然在那个焚烧得面目全非的死尸旁打转。那些该死的岔路,看似都一模一样。还有,你明明是向着雪山相反的方向前行,可是走一圈。却把人又兜了回来。两人双腿像挂满了铅,口干得连嘴皮都裂开了无数条血缝。

"我们已没有出路可走咧!我想家,我真的好想家!我快要死了!"虎牛斜倚在章哈的身上。声音凄惨。

绝境,绝境!人到了绝境中方觉得世上凡是与生命无关的东西,都是假的。没有比生命更珍贵的啊!

"你千万要挺住啊,我感到很孤独。"章哈鼓着气把虎牛拖扶到一面避风的沙丘旁,说:"你先歇会儿,我去弄点雪来解渴。"他爬滚下一座沙坑,捏了拳头大一个混合着泥沙的雪球,又向着虎牛缓缓爬去。他想,现在即使有一疙瘩金子与他手里这块雪球对换,他是绝不会留下金子的。

虎牛舔吃了雪水，精神陡地一增。已经一天一夜没吃东西了！看来，想侥幸逃走是不可能的。如今，再继续固执下去，极有抛尸戈壁的可能。饿也会把人饿死。何况他们的肢体都已经濒于瓦解了。

两个人抱住哭了一会儿。虎牛说与其逃不出去饿死在这里，还不如回老板那里去。章哈吃力地点点头。他仰望苍天，有一只黑鹰扇动着一对磨盘样的翅膀，似欲在这片戈壁上觅一顿美食。几天以来，太阳连个踪影也不见。“快爬起来！那只该死的黑鹰要冲我们来了。”章哈大声地叫着，把虎牛扶立了起来。他用身子挡住虎牛。

那只鹰扇得沙飞石走。它从低空卷动着强劲有力的冷风，又缓缓升了起来，遥远而去，直至消逝。

黑鹰，据当地人说，性残猛，常捕食野狐、狼、羚羊等动物。

他们还听说这野戈壁经常有野狼出没，许多迷途走失的远客，便成了它们口中的美餐。

想到这些，两人就一阵绝望，感到心似震荡的琴弦跳得厉害，浑身的汗毛根根倒立起来。一定得在天黑前赶到帐篷那里。于是重新振奋起来的两人相携相扶返回。

帐篷的方向传来一声沉闷的枪声。

“老板会处死我们的，等待我们的是枪和子弹！”章哈步伐犹豫地说。

“回去吧，与其饿死或被野狼吃掉，不如就被他们杀死吧，我现在才体会到人总归比野兽亲切一些。”

章哈点点头。

黄昏的时候，两个年轻人就出现在帐篷前的一座沙丘上，他们肩膀搂在一起，搀扶着。

一股亲切的青烟从帐篷头顶升起。两个年轻人的脸庞就挂上了红绸一般高兴且凄怆的微笑。

老板和青龙发现了他们，提着枪奔了过来。章哈与虎牛闭上疲惫的眼睛，等待着老板的惩处。老板叫青龙捆缚了章哈与虎牛，把他们带到帐篷前的一片空地上。

青龙把半桶冷水从两人的头顶灌下去。两人哆嗦着叫出声来。他们的身上迅速结出冰来。青龙把两枚红铜色的子弹头不断在鞋帮上擦磨，说让俩逃跑的小子尝尝这洋花生的滋味儿。他把子弹推上枪膛。大地与高天开始战栗。纷纷扬扬的雪花忽然倏倏地飘落下来。

章哈用一双布满绝望的眼睛审视着那支兽眼一样洞睁的枪口。他的嘴巴动了动挂着一丝不易觉察的冷笑。却什么也没有说。他那变得凝滞的身体只是轻微地摇晃了一下。虎牛的双目紧紧地关闭着,颇有几许极端疲惫后的安详。

远处巴颜喀拉山的绝峰开始被雪片笼罩了,一派莽莽苍苍。

老板忽然目光迷茫,嘴里喃喃地发出一些含糊的声音,听不清在絮叨什么。他又望着那似恼怒的雪山。

老板从青龙手里接过枪,吼叫一声枪便响了。子弹射进皑皑的雪幕中。他冲过去对嘴角尚有一丝不屑的章哈用枪托猛地抽打,每一下都竭尽了全力。青龙与一撮毛在章哈身后用脚狠踢。

章哈想:要打就打我吧,虎牛的身体已是再也经不起折磨了!

此时,虎牛跪倒匍匐在老板的脚下,像一条狗一样蜷曲了身子,把脸贴在老板那双穿着黑色高筒靴子的脚上,泪流如雨,求他们饶恕章哈。说逃跑的主意是他出的,打他吧别打章哈。

章哈实在想不到年幼于己的虎牛会这么做:"你妈的虎牛,你找死?你站起来!"

但是,他知道虎牛是为了他才这么跪下的,才跪下那一双膝盖的。你想,人随便能跪下自己的膝盖吗?

由于章哈躲闪了两下,青龙的脚便落空了,弄得青龙在老板和跑来围观的众沙娃面前很没有面子。他恼羞成怒,冲章哈说:"你他妈妈的还有两下哩,老子要和你单挑(一对一的打斗)!"

老板极想看看二人单挑,就点点头。

章哈被松开了绳索。他差不多两天一夜没进食物了,哪里有力气斗呢?但是青龙说不打不行,强迫章哈动手。

老板的笑声有些像深宫内的太监。

虎牛想不到几个沙娃也在笑,到底有个什么笑头呢?那笑有似划破玻璃样的刺耳。

青龙不等章哈准备,上前就一顿猛踢猛打。

章哈挨了几下，实在遏抑不住胸中的绝望与怒火（人在绝望之际，总是会有意想不到的潜力）。章哈百感交集，想到自己这些年浪迹与漂泊的生涯，一种赴死的悲壮与伤心充盈了他。他用三十六挑打、七十二擒拿中最狠的“恩断义绝”与“情愁恨海”击中了对方的咽喉与睾丸。青龙像车上扔下的一条满载的麻袋，叫唤了一声栽倒在地。人们一片愕然。人们总是喜欢追随和膜拜胜利的人。不管胜者代表邪恶还是正义。大家这时都对章哈投之以微笑。

一撮毛见青龙败了，就绕到章哈的身后，暗自下手，用铁锹铲伤章哈的腿。章哈脸色一寒，便跌倒了，鲜血黏糊糊地从腿上流出来，染红了地上的沙子。虎牛滚爬过去，捧住章哈的腿，哭得惊天动地。

老板让人把章哈与青龙都抬回了帐篷。

第二天，包扎了腿的章哈又和虎牛继续投入了淘金的工作。

沙坑中的伙计，不时有人泣哭，不时有人栽倒。在这个荒凉的地方，病了千万要挺住。躺倒就无望再走出去了！

淘金子时，把那种特制的上大下小形似洗衣用的搓板一样的东西，焊接在一个金属斗子上（名曰金床子），用锹将含金的沙子铲到金床上，接着把积聚的水用手扶加泵抽到一件特制的胶皮筒里剖洗金床上的沙，并摇摆金床。那确如海里捞针呀！剩下的工作由老板带保镖自己处理，被雇的沙娃们，一般是很难见到金子的。

世上，人往往是自己享受不到自己所种的果子。

有几天，虎牛头烧得实在不行，就栽进冻水里弄得脸充了气似的肿得紫红紫红。

老板手里的药像海洛因一样贵重。在虎牛实在难以支持的情况下，老板才吝惜地发几粒。章哈气愤至极，上前去抢夺老板手里的药时，结果严重腿伤的他哪里是老板保镖的对手，又美美挨了一顿。

在这个戈壁滩里偶尔拉进来的柴、米、油、药等物资都成几倍地涨了价。

章哈的腿脚冻伤并发了炎，要化脓了。没办法，他只好在胶鞋里偷偷垫进去一些烂棉花、布条条。不料叫老板的保镖发现，又打了几铁锹板子，骂他撑坏了胶鞋咋办？到哪里去买？章哈不敢反抗。

每天，沙娃们眼望巴颜喀拉山的绝峰，在心里无数次呼喊着家乡的名字，思念着远方的亲人。

那天，青龙与一撮毛到北边打野驴去了。章哈见虎牛难受得在地上蛇一样蠕动着，头烧得手掌都搭不住。他跛着化了脓的腿去帐篷里向老板讨药。可是，在接近帐篷的时候，他听见老板粗烈的喘息与女厨受活的呻吟。章哈小心地揭起帐篷一角，见老板将一名女厨的双腿恣意地架在自己的肩上，身姿昂扬着，做爱。

章哈茫然而恐慌地站在那里发了一阵呆，最后只好退了回来。

没讨着药，只好又赶回工地上，见虎牛正难耐地撕扯着自己身上的衣裳。章哈爬过去紧紧抱住他，哭着说："你安静一会儿，看到你这样，我快难受死了。是我害了你啊！现在我才觉得，我不该带你来的。那时，我想着带你来，挣一笔钱，回老家过安安稳稳的日子。"

"哈儿哥，我怕是不行了！看来，我是活不下去了。当初，我应该劝住你不来才对。可是，我太需要钱了，我娘老了，我想让她的晚年过两天好日子。我快要死了！"

"你他妈的别再说不吉利的话行吗？我现在越来越感到心上恐惧。"

虎牛剧烈地咳嗽起来，有些痛不欲生。章哈放下虎牛，又一次奔向老板的帐篷。当他从脸上红扑扑往出渗汗珠的老板手里讨了药赶回工地时，虎牛的嘴巴不知怎么却深深地埋扎在沙土里。他赶紧过去搬了一下，见虎牛僵硬地倒向一边，已经死了。

冷风簌簌地狼一样来回地窜动回响。

章哈想，也许他们当初更应该选择狼群。当人在绝境时，兽类往往会显现慈悲和母性的一面。不是曾有狼孩的传说吗？

伤心像水流一样冲上来，撞击章哈的胸口和咽喉。已不能把他活着领出去了！能带走的只有今生今世那片相逢的情分。

沙娃们从沙坑一个个奔了上来，他们铁青着脸孔，呆呆地看着地上的虎牛。时间在那一刻里冻结了。

章哈希望巴颜喀拉山能忽然峰倒雪崩，掩埋掉这世上的一切哀伤。

虎牛被埋在一堆沙丘下，他已永远活着走不出那片沙漠戈壁了。老板说，虎牛是病死的，知道吗？

没有人回答。

有一个多月的时间里，章哈不知道他们给老板淘了多少金子，那是一个永远不可能知道的数字。

章哈的双腿冻烂化了脓，深深铭刻着那段灼心的人生伤痕。在那段时间里，他周身共计挨了三十多铁锹背，轻重不一，差不多每天能挨一下。

最后，除去吃喝，老板开给章哈三百二十元零八角钱，外加青海湖牌香烟一条，计价三十元。

跟老板在青海，章哈第一次学会了吸烟。

大峡谷

淘金者穆萨带着一块金子逃跑，但最终他却把这珍贵的宝物舍弃了，为什么？

寂寞的荒谷里，一条人影孤单单的。

远处，雪线反射着日光，击出一绺灼人眼目的亮点。

穆萨抬手搭眼遮住刺目的光线，重新审视了一下这座瘆人的峡谷，长叹了一口气，不禁心里注满一丝悲凉。

这里，许多山巅的顶头都积存着终年不化的冰雪。可是，雪线的下面却草绿树盛。

一星期前，穆萨是从巴颜喀拉山西端的一个金场子里逃出来的。那里的金场子大多是一帮有钱老板雇人去寻觅和开采的。许多老板之间钩心斗角，常常因争夺金场子而相互械斗。流血的事情在这里时常发生。金场子最艰苦的要数那些被欺骗到这里淘金的沙娃了。他们要忍受饥寒和老板的欺负，每日艰辛地挖沙、洗石、筛金，可临了却连自己应得的工钱都拿不上。这些事情，在巴颜喀拉山下的戈壁荒漠上是极为常见的。

穆萨是这众多被雇去淘金的沙娃之一。他也算得上是个身手敏捷性格倔强的年轻人，一副眼眶骨虽然显得有些深凹，但眼珠却黑黑地闪烁着光芒，就像因年轻和精力旺盛而燃烧着似的，脸庞上从来都显得那么坚毅、果敢而孤傲。他是个有血性的儿子娃娃。穆萨有个伙伴，名叫尔里，疾病缠身，老板不仅不给药，手下还因尔里活计干得慢就时不时打他，把尔里给折磨死了。

尔里比穆萨要长四五岁呢，一副吊脸，身体也还结实，眉毛浓浓的像是毛笔画的，人十分善良，可胆子却出奇的小。他们两个是在兰州城一家建筑工地遇上的，当时尔里知道了穆萨落魄，连落脚的地方也没有，就把他带回租住的小阁楼里，在自己床铺对面又支了一张简易床，请穆萨住下来。那天晚上，尔里看见他的这位刚刚结识的伙伴时刻拿着用各种颜色的小碎布片连缀起来的一个包，晚上睡觉的时候，还把它小心翼翼地枕在头下面。

尔里禁不住好奇，就问穆萨，里面装的是啥好东西呀？

穆萨轻描淡写地回答，没啥，就是一个包而已。穆萨见他依旧疑疑惑惑奇怪地望着自己那个包，就翻身坐起来，用两只手张开来请他看。

果然，尔里看见包里并没啥值钱的宝贝，只一些日常的生活用品和几本书。不等他多看一眼，穆萨就又把包合了起来，继续躺倒，把它放在脑袋下面，才轻轻地睡了。

倒是不失为一个好枕头！尔里默笑着。

那天晚上，他们在睡着之前又说了一些话，相互之间又有了更多的了解。穆萨以前在家乡的村子里上过几年学，后来想到外面的世界跑一跑，就一趟子跑到了银川，后来又到了内蒙古、西藏，后来又到了兰州。他一直在外面闯荡。

尔里也是小小的就出门了，但是他出门打几天工挣点钱，就回家看看。在家里待几天待不住，就又出门了，他也走过好多地方，干过各样活计，饱尝了人间的辛酸与坎坷。

他们在兰州蹲了几天，总是挣不到多少钱，就被青海一个老板雇上淘金子去了。走的那天，尔里收拾房子里的东西，突然忍不住伤心起来。

穆萨紧张地问尔里，为啥难过呢？

尔里摇摇头，说，不知道。随之又像是自言自语道，在这间房子里住了一段时间，看着每一个熟悉的角落，心里就重得很！

穆萨听了，点点头说，出门人，从没个固定的地方。

他们两个准备走出来的时候，尔里把那间房子又转着看了一圈，他对这间留下自己许多身影和回忆的房子有些依依不舍。

穆萨把他的碎布片缝缀的包包夹在怀弯里，领着尔里走出了房子。

两个年轻人跟上老板历尽艰苦，来到了金场子。金场子在巴颜喀拉山西麓的一片荒无人烟的戈壁滩上。这里吃不好也睡不好，都搭的简易帐篷，晚上能把人冻死，白天能把人热死。刚开始，穆萨看见远远的山顶一绺一片的白色物不知道是啥东西，后来才弄明白原来是积攒下来的冰雪。那高入云际的山巅上的冰雪，一年四季都不得融化。在穆萨的老家，这是叫人觉得神奇和不可思议的。

一群沙娃在金场子干的时间不久，有一天一个叫易斯哈格的娃娃与另一个名叫虎牛的伙伴，因受不了淘金挖沙的苦及老板手下的打骂，就一块儿逃跑了。他们被老板的手下抓了回来，被打得只丢下一小口气。不久，那个叫虎牛的娃娃病死了，死得特别惨。高烧使他不知道怎么办好，于是先是把衣服脱光立在一个风口上让风吹着降温，但这犹如火上浇油。后来他又妄想把头埋进湿沙子里凉一凉，却再也没有把头抬起来。当时他的屁股朝天空悲怆地撅着，嘴巴塞进沙坑里，就像是要把脑袋植入大地深处似的。

这件事情过去不久，有一天尔里来找穆萨，说出一起逃走的意思。穆萨有些惊讶和欣喜地拍拍尔里的肩说，你在哄人哩吗？他一边问一边觉得尔里在这戈壁里经过这些日子的锻炼和磨砺，也像是变了一个人，他变得勇敢和坚强了。尔里说，不跟你说着要，是真正的，反正逃跑是个死，待下去也是个死，不如拼死命逃跑。要是运气好的话，说不定还能成功逃出去呢！

穆萨说，你先别着急，我们不能就这么便宜了老板他们，应该每人带一疙瘩金子再逃跑，这样回家也有些光彩。他又狠狠劲儿说，有命就穿上条绸裤子，没命就吃上一颗老板的火枪子儿。

尔里说，我没你胆子那么大，拿上东西啥的，就一点都跑不动了，而且一跑呢，腿肚子就跟针刺一样的抽着筋疼，怎么也跑不到前头去。他接上说，我觉着我们什么也别拿了，就是逃起来也利索一些。

穆萨说，专门淘金子来了，到头来淘不上个金子算是什么英雄好汉呢。尔里见说服不了穆萨，就说，还是你把金子带上的好，你带上跑吧，我啥都不要，真的，只要能逃出去把命保住就算不错了。

又过了几天，尔里却再也等不得了，一个人啥都没有拿，竟顾自糊里糊涂去逃，谁想却迷了路，在夜间被什么有毒的虫子咬了。什么虫子咬的，他自己却没有看见，腿肚子冰草割的一样，噌地一下，就只留下细细的席篾棍儿那么小的一个伤口。一会儿,就走不成个路了。待老板的保镖把他拖死羊一样拖回金场子时,他的全身黑透了,肿得就像一截腌酸菜的缸缸子。有些沙娃说尔里是叫蛇咬的,也有说不像,倒像是蝎子或者毒蜘蛛什么的咬的。最后尔里一直疼痛难受而死。

尔里在金场子出事后,老板——这个时常戴着一副大号的黑眼镜,好把自己的眼睛遮挡住怕叫人看见的黑脸男人——乐呵呵地笑着说,逃呀,你们都逃呀,看看吧弟兄们,这就是逃跑的下场啊!

尽管老板戴着大号的黑眼镜,但大家依然看见他兴高采烈和嬉皮笑脸的样子。

但是,穆萨并没有因尔里的死给吓住,而打消逃跑的念头,却反而更加有了一种冒险的冲动和刺激,就像一只蛾子要扑向大火一般。就在逃走的三天前,穆萨意外地得到了一疙瘩金子。事情是这样的,那天他装着出去要给大家打兔子改善伙食,便悄悄到戈壁上探路。他走着走着,在一个冰雪融化后的水沟里发现了一块洪水冲出来的灿烂夺目的石头,这块石头颜色像是麸皮那样,呈椭圆形状,足有两只成人拳头加起来那么大,光泽耀人。他趁着老板的手下不注意,捡拾起来,揩尽上面的泥沙仔细地瞧了瞧,又用牙齿啃了几啃。突然,他的心一下子攥紧了,呼吸变得非常紧张,几近窒息。这是一疙瘩金子!他目光灼灼的,往四下里窥探,看有没有人留意他,见老板的手下只管搜寻野兔,并没理会他的行踪时,他便迅速地把金子揣进自己穿着破棉袄的怀弯里了。

后来的穆萨用欣喜若狂形容是不为过的,但同时又怀着忐忑不安的心情往他的帐篷返回。他冷静地想了想,便以拾柴火为名,把金子藏在一个保险的沟渠里,而后才若无其事地回到帐篷。沙娃们见他回来了,都七嘴八舌地埋怨不休,问他道,好啊,你一天美得很,不好好挖沙干活计,却去打兔子,可你转悠了半天工夫,给咱们打的兔子呢?

穆萨也不争辩,笑了笑说,兔子都让咱们打光了,现在要想找个能打的野味可真是不容易啊!他想了想又说,你们要是觉得吃亏,我就顶替你们多干点活计吧。沙娃们听了,口气就缓和了些说,下回你干活计,我们去打兔子吧!

穆萨点点头说,就这么着吧!

三天后的半夜里，穆萨用他那个以各种颜色的碎布片缝缀起来的包包，背上吃的和所需物品——当然还有那疙瘩金子——乘着夜色就逃了出来。

第二天老板和他的保镖得知穆萨跑了，生气得很，便四处寻找。老板一面派人追赶，一面吩咐，只要逮住穆萨就立即用猎枪打掉。他们要杀鸡儆猴，给别的沙娃立个样子看，否则大家谁还会好好干活计哩。

穆萨小时候练过武术，腿脚上功夫好，老板的人始终没能撵上他。他一边跑一边用手摸了摸腰里偷偷系的一根九节鞭。他身上还偷偷地带了一把锋利的三棱刮刀，刀槽很深。这两样东西都是穆萨的防身之物，他从来都不示人的。他想，倘若有人胆敢贸然侵犯和偷袭他的话——瞧吧，他是不会留情面和束手就擒的。想到这里，穆萨的心里顿然涌上一股豪情和热流。

穆萨加快脚步又走了一程。然而，眼前的处境却不容乐观：一路上到处是被食肉动物啃得干干净净的白惨惨的尸骨。这些骇人的骨头，使得穆萨心里突然感到颓丧和担忧。凄凉一阵阵从穆萨心头滚过。

一星期后，穆萨侥幸爬上一辆运煤的火车。那是在一个弯度有些紧的地方，煤车的速度减慢了，穆萨爬了上去。他跳上车去时发出一声大叫，叫声怪怪的像豹子发出的，有点凄厉悲怆。

车厢内满是细碎的煤末子。他粗粗地喘气，像刚刚经历了一场激烈奔跑后不断喘气的野兽。他静静地趴伏在煤末子上，有那么一瞬间，他的脑子里竟然一片空白。他想起在家里那漫长的冬天的夜晚，上过高中的哥哥常给他读一些小说让他听。严寒肆虐着村落。许多次，他们点着煤油灯盏，趴在冰凉的土炕上，哥哥便摊开书用土得掉渣的家乡方言轻声地朗读。穆萨一边认真地听，一边还要提出些古怪的问题。灯盏释放的油烟子将他们的鼻孔熏得黑乎乎的。然而，他们不再感到日子的漫长和寒冷。快乐和悠长的温馨弥漫在黄泥小屋里。穆萨想起瘦弱的哥哥，心里一阵酸楚。

此刻的穆萨，头发长长的，乱蓬蓬的，里面掺入了许多草棍、沙土和蒿子籽，像传说中打深山老林里下来的野人。他闭上眼睛慢慢地想着。他在细细地回忆往事，思念家人，咀嚼着生活给予他的艰难。他强忍着内心的创痛和莫名的对于伙伴的歉疚，任凭火车载着他在连绵起伏的西部高原上寂寞地奔驰。一会儿，一丝苦涩的心绪在他的胸中轻轻地飘浮游走。

穆萨静静地倾听着。火车轮子在舒展地旋转，就像是在唱着西部淘金者忧伤的歌。这会儿，穆萨觉得危险暂时离他远了。他有些莫名地欣慰，但欣慰里却伴着一丝难过。

不知时间过去了多久，秋日的阳光不温不火地照射在穆萨的眼睛上，他不禁一阵眩晕。疲倦使得穆萨趴伏在车厢的煤末子上打起了盹。但不久，他又被火车的汽笛声给惊醒了，他不时地强迫自己睁开眼睛，不让自己睡着。不知又过了多久，他的嗓子干渴得再也不能忍受，于是凭借知觉他把带在身上的水壶摸过来狠狠地喝了一气水。水壶里灌的水是雪山上融化的雪水，喝在嘴里凉凉的，且伴着一丝丝甘甜。他想，他不能等火车到站后下车，那样，也许有人会觊觎他的金子，那些人只需随便寻个理由就会搜了他的身，然后抢走金子。

一想到有人抢他的金子，穆萨猛然像从吓人的睡梦中惊醒，立即下意识地伸手摸他的金子。金子依旧安然无恙地躺在包包里。于是，他长出了一口气。他抬起头看见头顶那火红色的日头，就像一团烈焰在巨大的天幕上百无聊赖地燃烧着。他觉得，人的精神只要稍稍一松懈，马上就会被那一团火炙烤得昏迷不醒。他想，要是自己一不小心睡死过去，然后火车便到达了终点，接着自己便被人无端地搜身，金子被强行抢去了。这样一想，他的心里就倍加地紧张，不由得心跳加速。要是那些人问他，你的金子是从哪里来的？穆萨回答说，我在戈壁上捡的。捡的？可能吗？你去给咱们再捡拾一个回来。

另一个道，你们来瞧瞧，这个娃娃，穿得破破烂烂的，一看就是个缺乏教养，有人养没人管教，且到处偷东西，啥野蛮事儿都干得出的那种。你们再好好瞧瞧他的那双眼睛，贼溜溜的！说这种话的一定是个缺乏男人们爱抚的蠢婆娘，穆萨想。

又一个人不等穆萨分辩，继续说，不要骗人了，我不信，金子就那么好捡吗？哼，骗人的吧，这世上骗子太多了！

紧接着出现的一位，手已经抓住穆萨的金子不松手了，好像金子原本就是他的，说，娃娃，你这金子是怎么来的？快说说啊！好吧，你还是不用说了，我知道的，我啥都知道，你以为我不知道吗？清楚得很，你还没有看出来我是干什么的吧？说白了，你这金子是不是沾了人命才弄到手的，对不对？乖乖听话，跟我们走一趟吧！穆萨想，说这话的应该是个肥头大耳，说话有些娘娘腔，并且一贯贪婪成性的中年男人，肯定是。

你们说得对，我也觉得这娃娃有些不大对头，他刚一到这里就引起我的注意和警惕，你们说得对，不能让他走脱了。毋庸置疑，说这话的当然是个刚刚踏上社会，才学着巴结奉迎上司，准备邀功领赏的浑小子，他本身没有脑子，但却常常自以为自己很聪明，智商高得很。

别人不相信我，我又干吗要相信你们呢？所以，等火车再度慢下来时，穆萨一个蹦子就跳下了火车，他滚了两圈爬起来，细细打量眼前的环境：前面是一大片罕见的森林，满眼茂密的树丛和奇异的碧绿。他踌躇了一下，随之就选择了森林边的一条说不清是人类还是动物踩踏过的小道登程前进。

穆萨走了一程，觉得越走越累，而先前的那条小道也被他走丢了，怎么寻也寻不见了。此刻，他背在身上的包也逐渐显得沉重起来。后来，他觉得包里的分量在半斤、半斤地加重着，使他有些不堪重负。包里他所需的生活用品，包括吃的和夜间照明的蜡烛、水壶等一应物件——当然还有那疙瘩从戈壁带出的金子——这一切统统压得他的背阵阵发烧发麻。他眼冒金星，嗓子生烟。老实讲，一路之上，他并不觉得饿，但就是干渴难忍，因而他不停地喝带在身上的水壶里的水。

有时候，穆萨会觉得自己现在也已算上是一个富汉了。但是，生命本身又是多么卑微和渺茫啊！

穆萨想，活着能有一个希望该是多么好啊！渐渐地，他被一种富有的幻觉笼罩着。

穆萨一边做着白日梦，一边靠在一棵巨大的松树上歇息。他把水壶拿出来喝了最后的一口水。不清楚为什么，他觉得肚子里像有一团火在燃烧，炙烤他身上的水分，嘴巴里加倍地干燥起来。

孤独使他心上一阵阵地悲凉和难过。

远天的云彩乱乱地飞渡着。

穆萨在心里给自己暗暗鼓了鼓劲。突然，他迅疾地翻起身来猛地向前走去。他从山峰的一边忍受着疲惫一路磕磕绊绊，直走到山峰的另一边。

一群大雁悲鸣着从穆萨头顶飞过。过了一阵，一只失群的野雁彷徨着，神情疑惧地飞来，它的叫声凄凄惨惨，听来楚楚动人，使得穆萨的心头掠过一丝前途未卜的不祥之兆。此刻，他心里更加忧虑，不知道自己现在应该向哪里走。心里愤愤不平,从金场子那不幸的场地逃脱出来,却投入另一个更加无助的深渊。

天就要黑了,大地上的一切马上将从视线里消失掉。

穆萨先前逃离危险的短暂庆幸很快又跌入低谷。眼前的处境潜伏着更加恐怖的危险。如果继续赶路,直到眼前一片漆黑,却依旧越不过这座峡谷的话怎么办?那将意味着什么?自己就要一个人在这可怖的峡谷里度过了。

孤独、恐惧和久久难以忍受的寂寞占据了穆萨的心间。如果能有个伙伴该多好啊!

穆萨审视了一下眼前的环境:一些比打粮食的口袋还要粗的大树,仿佛善意地打量着他;而那些刮烂他衣衫的荆棘、莫名的树枝和黑刺则仿佛一帮坏蛋在有意和他作对,并露出可怖的面目嘲笑他。

有一棵已经死去的古树棵杈里落了一层像风吹上去的泥土,而泥土的表层不仅奇迹般生出一些野草样的小植物,且那植物竟然开出星火般的碎红花。

生命顽强的迹象让穆萨心生敬服!

也许,前面不远会是一座美丽的村落。穆萨想。希望就像一把双刃剑,一方面正是由于有这样的希冀,他一次次热切地奔向那命定的前方;另一方面,恰恰也正是由于这希望,他一次次被投送进这欲哭无泪生死未卜的迷途险境,并一次次像大海中的一根顺水飘荡的小草一样被任意摆布和随便捉弄。

他想,命运之神就是这样,就是要看看落难者那惨痛的欲哭无泪的样子。

折回再重新走到跳下火车的那个地方吗?穆萨在心里问自己。不!他觉得他的心里好像有一个声音在对他说:走了一条路的时候,记得别再回头!他想,就是死也得死在前进的方向。

这时节,穆萨的倔强和不服输的性格占据了上风。每到这种两难境地,他就想,即使前面是万丈深渊,也要从前面跳下去。因为前面有希望。

现在,穆萨浑身疲惫,感觉腿腕上像拖着一具沉重的金斗子,背上的包裹也压得他的腰弯成一张拉满的弓。他脚上的白球鞋破了好多个窟窿，黑刺伸进破开的窟窿戳得他龇牙咧嘴的。他觉得浑身疼痛难忍。他想，这可能都是命定的，无法逃避的磨难。他心里这样一想，怨恨就没有了，痛苦也减少了。

穆萨走到山峰的这边之后，因山势陡峭，几乎笔直向下，所以他脚下不听使唤，想停也停不住，就像一块石头一发不可收拾，从山上滚落下来，树枝和各种荆棘把他的脸和胳膊都划烂了，殷红的血丝流淌出来。他的衣服也被树枝和荆棘撕扯得更加褴褛。他在与这个巨大而陌生的世界进行较量和角逐。他一直奔到山下的一座石崖上，才把缠人的树林甩在身后。然而，眼前的景象却更加令他害怕：一座石峰嶙峋，比他以前见过的所有峡谷加起来还要幽深得多的荒谷横在面前。真是峡谷套着峡谷。从峡谷远远望过去，对面的山上依旧是扯天漫地的森林。

哎呀呀！

穆萨在心里叫苦不迭。

天已经一层一层拉下帷幕，世界一派苍莽！

他连滚带爬地奔到沟底，一条宽阔却不很深的河横亘在面前。看得出这是一条雪山上融化的冰雪形成的河。他立在一根石桩跟前欣赏着河面。水流打在石头上溅出动听的声音。

原本他觉得，一直走下去，即便饿不死，也可能会被活活渴死。可是，走到了这里，上苍却赐予他一条如此宽阔的河流！但是他还是不敢十分得意，他知道得意往往是厄运的媒介呐！

穆萨思谋着，走是不能再走了，如果赶夜路，很可能会掉下悬崖峭壁，抑或成为各种喜欢在夜间出没打食的野兽们新奇可口的点心。

穆萨喝了些河里的水，觉得精神大振，随后又给自己的水壶灌满水，这才露出笑容。

接下来，穆萨开始寻找露宿的地方。他选择了一片背靠悬崖，身前是河，呈簸箕形的石地，他决心在这里安营扎寨。他放下背包，开始打量和认真琢磨他选择的这块地方。显然，野兽从背后是攻击不到他的，但是那些家伙可以趟水过河从正面攻击呀。当然，从正面攻击，必须得从河里过来，倘若过河的话，他就能听到趟水的声音，这会提醒他作好预防的准备。但是，这样一来，他整夜都不能睡觉，都得提心吊胆地给自己站岗放哨。但是，毕竟他选择的这个地方可以避免四面受敌。然而，一想到要在这荒谷里过夜，就倍感头疼。现在能这样已够庆幸了。只要想一想那些死去的伙伴，而自己还活在世上，心里便了无怨恨，反把自己又好好安慰了一番。

后来，穆萨作了一个假设：如果野兽越过河岸来冒犯他，他该怎么办？他想了想，觉得没有什么办法。于是，他决定在极短的时间内圈一道墙壁，把自己关在里面，这样对自己的安全来说，是比较保险的。

河岸边以及河流中布满各种各样大小不同的石头。穆萨乘着自己还有一股子余劲儿，便把一块块石头抱到他选择的那个悬崖下面形如簸箕的石地上，开始垒墙。对于这项工作，他是富有经验的。他小的时候烧过锅炉，垒锅灶的技术极为高超，他能用土疙瘩垒出一座像金字塔似的精致的锅灶来。于是他就开始垒墙，先是把大而平整的石头搬来放在最底层当底座，然后陆续往上垒石头。

他想，对于这个简易住所也不必太费心思，只要用石头在自己正前方垒一堵墙就行了，这样猛兽就不能轻易靠近他。

石墙很快就垒好了，穆萨还捡拾了一些有棱有角的驴卵子石头，扔进自己的“房子”里面，作为投掷的武器。直到所有的工作完备，他才费尽周折爬进住所里去。他因为自己终于被圈在石墙里面竟然有些暗暗的兴奋和激动，差点流了泪。他在里面仔细打量他的临时住所，又看看已被圈在石墙内的自己，这才满意地点点头。

天终于黑尽了。

现在，他必须要补充点营养。穆萨燃亮携带的蜡烛，把蜡烛用消融的蜡水固定在一块表面较平整的石头上，然后打开包搜寻吃的东西。

谁会想到啊，前天准备的干粮不见了。这使他大吃一惊。他把包里所有的东西都倒出来，以至把包抖了个底朝天。哈哈，他终于看见了他的馍馍和土豆。一场虚惊，他再一次差点哭了起来。他吃着馍馍，内心异常复杂。

这时，星星像从河里升上天去的。他的简易的“石房子”里显得十分阴森。他觉得自己就像是一个躲藏到深山老林抑或洞穴里来修行的修士，似乎要在这里准备永远地面壁。他在心里嘲笑自己。

河里一派凄切潺潺的水声。

四野里显得愈加汪洋般的空寞。

能走出这峡谷吗？他问自己。谁知道呢！他一会儿踌躇满志，一会儿又自轻自贱。他记得哥哥曾在书里给他读过这样的话：人生最大的悲哀有两种，一是踌躇满志；一是莫过于心如死灰。他说不清楚自己现在是这两种中的哪一种。

夜凉如水！

不知道过了多久，穆萨的两眼盈满了泪。他自己也说不清，这浊哑着嗓子的隐隐哭泣是因为什么。或许是一种感动，对他这样一个浪迹天涯的人而言，这悲怆的感动也许埋藏在心底已经很久了，只是不会轻易流露出来。

这时候，石墙的外面刮起了风。

突然，一阵令人毛骨悚然的怪叫声，使得穆萨的头皮子掠过丝丝战栗。随之，他又听到野兽的咆哮。

风更大了，满山遍野的松涛声如泣如诉，一浪紧跟着一浪，后面的浪涛淹没了前面的浪涛。

穆萨的头疼病犯了，头一阵一阵地疼痛，引得他的半个身子都疼了起来。狗日的，是脑子在发炎吗？他牙齿咬得咯嘣嘣的，内心一派愁绪，心情只随那狂风支配，卷来卷去。

一股子大风，突然穿越石头缝隙将蜡烛吹灭了。

石墙里面顿时泼墨般漆黑。

穆萨手忙脚乱地想把蜡烛重新点燃。可是，由于紧张，不小心把火柴打在地上的驴卵子石头里面去了，怎么也寻不见。他的手在石头缝里胡乱摸着。他先是摸到了自己的包，后来又不知不觉把手伸进包里摸到那一大疙瘩硬邦邦的金子。金子冰凉冰凉的。在这样的峡谷里，金子于他而言，真是一点用处也没有。如果能让你活着走出这峡谷，你愿意舍弃这金子吗？他提出这样一个在他看来有些不合时宜的问题。这问题堂而皇之地冒出来，竟让他有些措手不及。但是，他非常清醒地明白，关于是否放弃金子的问题，一直在他内心的某个暗处慢慢地煎熬和折磨着他。

此时，像是有什么动物从河里走过来，用力推石墙。他觉得石墙在摇晃。巨大的恐惧折磨着他。有时候，他觉得这完全是出于自己的一种幻觉。是谵妄般的幻觉在捣鬼。但怎么也驱赶不走。他把九节鞭和刀子握在手里，想冲出去。但是，理智战胜了冲动。

去你的吧，为了赚钱、为了该死的金子！他想起尔里，那个娃娃为了淘金已经把一条性命搭进去了，自己还要固执下去吗？如果不是私心作祟，如果不是怕别人抢走他的金子，自己还会亡命在这没有人烟的峡谷里吗？

他用手继续在石头里摸火柴，摸了好一会儿，终于摸到了。他用三根手指轻轻拣起夹在乱石缝中的火柴，屏住呼吸，哧啦一下划着了。黑暗中顿时出现了一个橙黄色的小光圈。他长叹了一口气。这回他一次性点燃了两根蜡烛。

命运就像是在考验他，他想。

穆萨想，不知道自己明日将做什么事，能不能走出峡谷。此时，他在心里想着要给家人写一封信。如果写的话写给谁呢？还是写给哥哥的好，别的人也不会看。他在心里默默地捋码着每一句话："尊敬的哥哥，你好！我要说，你曾教会我那么多的东西，放羊、玩泥巴、打脚星（趴在河里用脚打水，以溅起的浪花多为美）、捉松鼠等等的欢乐。"

接着，他脑子一片空白，思维好像停顿了一会儿，才转回来："这是我头一遭给你写信——以前一直没有合适的机会，所以没写。但这次也许是最后给你写信——如果我不能走出这峡谷的话，那么，你就永远忘记我吧！"

穆萨一下子思想混乱了，感觉信"写"不成了。这时，他听见有什么东西走过河来。他看不清，但是他从那重拙的声音来猜测和判断。他情不自禁地拾起一颗驴卵子石头隔着石墙扔了出去。

咕咚一声，石头像是扔进河里了。紧接着，不知道是什么发出一声怪叫，这怪叫在荒谷的夜里显得愁惨揪心。他觉得，自己就像是在承受世上最令人恐惧的黑暗与囚禁。

他莫名地期待着。

后半夜，风停了，尽管石地上寒冷潮湿，冷得他浑身瑟瑟发抖，但是疲惫依旧让他跪着睡着了。不久，噩梦又把他给弄醒了。他睁开眼睛，看见蜡烛还在惨淡地燃烧，一只夜歌子在伤感地叫唤。他就静静倾听着那只夜歌子时而远时而近地鸣唱声，就又睡着了。这一次，他梦见自己把金子带出了峡谷，自己成了有钱人了。不久，许多人都争着给他说媒，但是没有一个姑娘能使他中意。后来，在一个冬天的傍晚，他到一个村子去收回别人欠他的账，正好要过一条宽阔的大河，结果掉进了冰眼里去了。许多人在河岸上看见了这一幕，都在讨价还价，向他索要搭救他之后的报酬。他特别反感，宁愿自己被淹死，也不让他们得逞。这时候，有一位姑娘却款款地把手伸向了他。他得救了，要感激和报答那姑娘。但是姑娘却一边跑走，一边大声说，我什么也不要！于是他就喜欢上了这女孩，决定要把她娶回家来。但是遭到了家人的强烈反对。后来，他放弃了财富，和姑娘一起逃跑了。他又变成了一个一无所有的穷光蛋。他们在外面奔波了一段日子。由于他已经过惯了有钱人的日子，贫困的生活使他再也受不了了，更重要的是他无论如何也忍受不了自己心爱的人过着像叫花子一样的生活，于是他就想以死做个了断。姑娘似乎不能没有他，说不管你干什么，我就跟着你干什么。这时候，他发现自己身上还剩下一块半钱，就说，我们身上就这点钱了，我问你，你最想吃点啥？她想了一会儿，才羞涩地说，我小时候看见别人家的娃娃吃水果糖，就觉得特别香甜，心想我什么时候也能尝尝是啥味道就好了。他二话没说，就跑去用身上仅有的这一块半钱买回了十一颗水果糖请姑娘吃。姑娘说，在她过去的意识中，觉得吃水果糖是世上最奢侈的事情，是最高兴的事情。之后，他们带着水果糖来到了一座山上，找到一个能遮风避雨的地方坐下来，开始你一颗我一颗地吃着水果糖。他们的牙齿嚼得咯嘣咯嘣地响着。很快，他们手里的水果糖就所剩无几了。俩人一人吃了五颗之后，依旧觉得没有吃够还想继续吃时，他们手里只剩下最后一颗水果糖了。二人面面相觑了一会儿，但是由于他们相依为命，谁也不愿意自己独吞掉这颗多出来的水果糖。于是俩人又相互真诚地谦让了一番，最终谁也不愿多吃掉这颗糖，就这样他们把这颗糖留了下来。再后来，人们就只在他们冰凉的尸体旁发现了十张糖纸和一颗没有被吃掉的水果糖。穆萨想，他们的事情也许可以被小说家写成《十一颗水果糖的故事》。再后来，穆萨还梦见些什么，就显得模糊而混乱，他醒来之后怎么也想不起来了。

第二天黎明时分，朝露的浸淋，密林中小鸟的鸣唱，将穆萨从睡梦中轻轻地唤醒！他有些感伤地睁开眼睛，天上还闪烁着几颗稀疏的星星。一丝一丝的风从峡谷的豁口吹进来。一股雾气仿佛是从河流中央腾起来，飘动着，顺着峡谷的石崖两边的斜度铺展开去。悬崖两边披着露水的树林、一窝一窝的野山菊、马缨子花，都笼罩在一片冰凉的激动人心的朝霞里。太阳慢慢从峡谷的另一边摇摇晃晃地升上来了。

穆萨站立起来，踩着一颗石头从住所向外张望，一切就像什么也没发生一样。外面显得静悄悄的。但也正是这样安详的背后,却常常潜伏着危机。

太阳完全悬在了空中,光芒打在大峡谷的河流、石头以及草木上,使得峡谷的景色变得光怪陆离起来。

穆萨手里握着三棱刮刀和九节鞭,从他的住所拖着自己的行李爬出来。但是,他终于作出了一个令大家十分惊讶的决定:放弃包袱里的金子!其实这样的想法在他的心里已经萌发好久了,只是不愿放弃的心理总是占据了上风,使他矛盾重重。但是现在,因为金子使他背离了他原来行走的轨道和方向,把他领向这样一个迷途厄境,生命将受到威胁;更重要的是,一路上金子的重量似乎一直在慢慢加重,他觉得在身上所带的东西里,使得重量增加的罪魁祸首不是别的,正是那疙瘩金子。因为他的心里总是惦记它、想它,这些折磨使他越来越不堪重负。金子完全成了他的包袱。穆萨最后下定决心要放弃金子时,突然觉得浑身一阵轻松。但是,把金子扔到什么地方的问题却又使他犯难了:无论把它藏到哪里,总是让他不够放心。他担心,总是不由自主地要想的一件恼人的事情是:金子有可能被什么人找到和捡去。他想,自己既然决定要放弃它,还操心会落入谁人的手里干什么呢?还担心它未来的命运干什么呢?真是的,他自己被自己这些不断产生的莫名的心理折磨着,折磨得很痛苦。赶紧离开它吧,看不见它,一点拥有它的可能和妄想都没有了之后,也许心中就会好一些的。

穆萨把金子试着放了许多个地方,依旧都让他不大放心。他几次想把金子顺手丢进河里一走了之,但是却都没有舍得。最后,出于一种连自己也说不清的扭曲的奇怪的心理,他还是把金子埋在河对岸的一棵大桦树下,并且还放上了一颗形状特别的带颜色的大石头作为标记,这才放心地走开了。他的这些举动,在旁观者看来,似乎这金子还是他的,将来有一天他会把它取走的。

穆萨一步三回头地离开了金子。他又走了两天多时间。在傍晚的时候,残霞漫天,他走在了一片沙漠的边缘,后来昏倒在地上。他醒来的时候,身边守着几个过路的骆驼客。然而这时候,穆萨回想起他的金子却有些后悔了,他觉得应该把它带在身上的。他给那几个骆驼客把自己曲折的经历慢慢叙说了,他们都不感兴趣,唯独说到他把一疙瘩金子留在那座大峡谷时,他们却听得异常认真和津津有味,眼睛直勾勾地盯着他的嘴巴。有一个尖嘴猴腮的瘦子和一个脖子里的肉淤得像公牛的牛领一样的胖子提议说，好娃娃，你把我们带上吧，带上我们明天一道去寻找那块金子去，好吗？但是不等穆萨回答，他们的提议却被一个性格倔强的老汉否定了。他始终都不认为穆萨说的话是真的，从头到尾都不相信他的话，断定他在跟他们讲梦话，完全是在讲一个传奇的故事，并劝大家不要干傻事了，以免走错了轨道，白白地跑一趟冤枉路。

后来，骆驼客们就带着穆萨上路了。这时，穆萨的身上就只有那颜色各异，显得花花绿绿的碎布片缝缀起来的包包了，至于如他自己讲述的金子啦、九节鞭、刮刀啦等等别的东西，都已统统不见了！

穆萨想起来，这个由许多像小三角板一样大小，且颜色各异的碎布片缝缀起来的包包，曾是妈妈在他初入学堂的时候专门为他一针一线缝制的，因为那时节整片的布实在太少了，都是别人把做针线剩下的布边边角角后送给她的。然而她却已不在世上了！

生　死

从小到大，我们都在一个遥远的村落里寂静地活着。这个村子有十几户人，用泥巴和芨芨草盖的房屋，错落有致地排列在一道四面环绕着重重峰峦的沟谷里边，其间有一条羊肠小道，似乎一直通向了天堂。村子的前面，有一片小树林子。有时候，一天的时间里也不见半个人从林子出入，在这一整天的时间，偶尔有一个人从这寂静得死一般的村子踅身进去，倏地就像个影子一样消失了。

我常常想，那真的是一个人吗?谁能说得清!我倒觉得那多么像一个亡者的魂灵啊!想着想着，就觉得这个村子很怪，就隐隐地害怕起来，头发像过电一样麻沙沙的。有时我觉得头发微微地竖立起来，仿佛有一些渺茫的东西在发梢上爬来爬去。

那次，我到百里外的拱北去上坟，上罢坟，就匆匆地往回赶，山上像羊肠子一样的小路通向四面八方的深沟，人们三三两两的，头上顶着一叶白帽像蜂子一样飞来，又匆匆地飞走了，好像从来没有人来过这里一样。那么空寂、冰凉。这些人来到拱北的时候，心里空空的，回去的时候心里就充盈了起来。那一叶帽子，像一片云彩或者一捧净雪，那么干净，那么让人想到清洁和高贵!

一会儿，我身边已没有一个人影了，我顺着一条仿佛是世上第一个人走出的小路，默默地走着。突然，一阵风卷起尘土，把尘土卷成一根粗大孤寂的烟囱，然后旋转着做各种花样，还制造着威力，发出吱吱的声音。我大着胆向它靠近，它却远远退让：像是在警惕和观察着我。我止住脚，它却又挑衅般撵到我跟前来，绕着我猛烈旋转，旋转得很迅疾。我念了几句清洁的经堂语，它便旋离开我，忽然就消失得无影无踪。于是，我一边走一边想，风是从哪里来的？是谁在操纵着风？我想了许久，也没想明白。一时，我脸上身上全是黄土，鼻子里也是，嘴里也是，耳朵里也是。

空气中充盈着黄土的芬芳，闻起来香喷喷的。大家在这样的环境里生活，免不了要像吃盐一样吃掉一些黄土的，然而大家却并没有因为吃土而吃死，反而越活越旺。在我们这里，大家活着或即便是死去，都没有什么大惊小怪的。

路两边除了贴地的冰草胡子，也有长长的芨芨草。羊喜欢啃草胡子，却不喜欢吃长草，这使人觉得那些草胡子里撒着羊爱吃的什么调料似的。

一只兔子抬起头来仿佛给我打了个招呼过去了；一只狐狸跟着我走了几步，也从我身边过去了；一只黄鼠立起前爪，吱儿吱儿叫了两声，然后从我脚前以惯常的步伐过去了；一只苍鹰从我头顶上空也飞走了；还有一只狼，这个家伙，拖着一条掉毛的大尾巴先自跑到我的前面，回过头边跑边窥视着我，一面用鼻子嗅着空气，耳朵向两边张开着，只等一声响动就准备飞奔的样子。忽然，我有一种飞来的恐惧，可是狼却一趟子也跑掉了；有一条浑身黑色的毒蛇在我面前的羊肠小道上爬过来爬过去，就像是有意挡着人的道，它温柔多情或昂扬扭动如女人般的腰身使人想入非非，但是它也钻进草丛里去了。一阵阵工夫，它们都出现了，却又在极短的时间内消失了。我静下心想，觉得神秘且扣人心弦。这种时刻，我们就更趋近于我们的本源，感到跟动物和植物沾亲带故，有一种朦胧回忆起史前时代的感觉。我忍不住揉一揉眼，见草丛边有一块羊脑子似的石头，就想：那大概是一朵花吧，就过去用劲踢了一脚，疼得我“噢哟”了一声，当即跌倒在地，抱着脚蜷成一团。我的眼泪差一点就要出来了。这都是真的。

回过头仔细琢磨，就觉得非常害怕，不会是死神吧？死神是很无常很莫测的，老人们常说，死神有可能是两朵花、一枚草，也可能是一只小鸟儿，或任何一只什么动物。但我认为在更多情况下，死神可能是不具任何形状，他会化作一股空气什么的，像一阵叫人的颜面随便冰凉或衣衫抖动抖动的风。是的，生命在如此莫测高深的死神面前是不堪一击的！

我隐隐预感到，神秘难测的人生道路上还隐伏着比一个人的穷困潦倒更隐秘的深渊、更严酷的命运。我不禁仿佛嗅到了死神的气味，似乎那些动物的声息就是死神的声息。只要一想到死，我就感到害怕，就莫名忧伤。然而一想到村子里已经有那么多人一个个都非常安然地去了，渐渐我就不觉得害怕了。

已经过去两三个村子，每个村子都仅有三五户人家，要不坐落在山嘴上，要不就建在一个有不多的榆树，或杏树的林子里面。偶尔有一个人在群山深处的林中小径踽踽独行，使人心中好生寂凉。

我回了下头，村子就消失在群山的后面，那条羊肠小道依旧蜿蜒而上向更深的山里伸展着。群山那边，一道道嶙峋的山峰在正午的阳光下清晰地显现着。

我身后什么人也没有，但我总感觉后面跟着什么，忍不住回头看了一下，发现我的身后竟然真的跟着一个人。这个人他已到中年，十分儒雅，且像是个念过经典的人。之所以这么认为，因为他背着擦脸的毛巾、洗漱用的汤瓶，还有铺在地上礼拜的拜单。他的脸显得非常清俊和善良，仿佛没有一点点罪恶似的。看了他的脸你会感到莫名的惭愧，觉得世上竟还有这么高尚、这么没有污染的一张脸吗?

这个人，他一颠一颠地走近我，开始和我结伴而行。

他开始和我说话。他说话很谦虚，声音听起来异常舒服，像一位承受过苦难的大哥哥，话语温暖着人心。

我的身心有种安抚与宽慰。我觉得他就像一位慈祥善良的兄长。后来他问我:“你害怕死吗？”

我瞅了他一眼，点了点头。

他说:“人的阳寿一是靠前定，二是要靠积修。”

我不明白前定，也不明白积修是什么。他说“前定”即是在你到人世之前就已给你安排好了的一切;而“积修”即是你到这个世上来之后，平素所积的德和行的善。

我明白了，我觉得我在积修方面还远远不够。的确很惭愧呐! 说老实话，在积修这方面，我是一个粗人，甚至是一个瞎子。积修是要求很严格、很琐碎，及至很细致的，我没有能做到。

我们两个人就在这十万大山围着的、荒无人烟的沟里面结伴行走着。很大程度上，我们像两个微贱的鬼魂。整个沟谷里仿佛传来的只有我们两个人沙踏沙踏的脚步声。于是我再一次感到有种说不清的恐惧。

行了几十里山路，再也没有遇上另一个人。这时，我觉得我的两条腿变得非常困倦，腿肚子像灌满了铅一样沉重。

他突然嗓门温厚地说："兄弟，歇歇脚再走吧！"

他扶我坐到羊肠小路旁的一垛芨芨草上，草很嫩绿，水灵灵的，坐上去使人觉得屁股会被草叶挤出的水弄绿。但草这个生命，其本身却是非常干净的。

一阵微风轻轻地吹过，将我头上渗出的汗水晾干了，在额前结成一缕皱巴巴的印迹，仿佛将鸡蛋清子涂在脸上风干了似的。风把身边的黄蒿和草棵弄得发出轻盈而细密的响声。我忽然觉得有一种神秘的恐惧慢慢爬上来攀住我的发梢。我们祖宗几代人一直都没有走出过这个被山峦重重包裹的山沟。但偶尔听人说，山外面是一个花花世界，充满了奇异与幻境。于是，我曾试着用这双肉腿冒险走了很远，但却不得不懊丧地、悄悄地走回来。我知道我的这一双肉腿只能在这有限的范围内走一走，接着就得老老实实地走回来。当然，走出这十万大山的梦想就永远在天上悬着。为此，我偷偷一个人哭过几回，哭过了，心里也就安然了。

这时，我听到很远很远的地方有人在诵经，听了切一会儿，觉得那诵念的大音又仿佛是从天上传来的，并伴有空灵的梆子淡淡敲击的声音，还听到天籁中鸽子的咕哝声。《古兰经》上讲，一只鸽子要七条牛的命。看来，鸽子这只小小的生命却是多么贵重啊，而人这个庞然大物却显得那么轻贱和卑琐。

这时，那种神秘的感觉又一次在我周围加重了。

那个人，他一直把我称呼兄弟。

"兄弟，你有信仰吗？"

我依旧点点头。

有一股风快速地从我身边刮过，山沟里猛然一派别样的空寂与冰凉。

这里的麦子快要收割了，但颗粒却又小又瘪，永远都打不了多少粮食的。现在的人，没有信仰，也没有精神和灵魂上的皈依。人活着，慢慢的自己就会明白，生活中没有信仰是不行的。因为知觉毫无用处。所以，人一定得有信仰、有精神和不灭的信念。

那人斜躺在一垛芨芨草上，好像看出我对信仰的怀疑，于是以一种凝重的声音道："兄弟，你不能对信仰产生丝毫怀疑。你一怀疑，就把你身上最贵重的东西丢掉了！"

我先是惊诧地看着他，之后又点了一下头。我知道人死的时候什么都可以丢，但不能丢掉身上这一样十分贵重的东西。

我们又起身了，我感到身子轻捷了许多。

有一个放羊女子从我们不远的羊肠小道上走过来，她头上还别着一朵马兰花。那群羊晃荡着肥嘟嘟的尾巴走得挺精神。我不禁多看了几眼。这个女子经常在山上放羊，我碰见过她好几回，她粗长而黑里泛光的辫子甩打在圆嘟嘟的屁股上。她的屁股蛋子就像最俊的小母马的屁股一样光滑，光滑得连苍蝇都趴不住。

我每次碰上她时，就想，她不是仙女就是妖精。是的，在这深山荒沟里，一切都皆有可能！

那人幽秘地窥了我一眼，嘴角露出一丝诡谲的微笑。

我慌忙把头低下来，脸红到了脖子根下。我有些讨厌他，暗自嗔怪道："咋这么个人呢！"

他哈哈大笑起来，笑声在空旷的山沟里回响，仿佛水波一样一圈一圈向远处扩散。

我再次抬头看那女子时，她已远去了，只看到她头上的那一朵马兰花儿在山梁畔微微一晃。我心里忽然感到一种莫名的孤独与空寞。

我们继续沙踏沙踏地走着，一句话也不说。在这起伏不定的羊肠子似的小道上，两个人就像两个幽灵一样时隐时现。当走到一个有红色泥土的崖边时，那地方却奇异般地生长着一片低低的、稠稠的水草。水草发出几乎难以听清的声音。在水草的纵深处，竟兀自淌着筷子头般粗的一股子水，且不停地传来柔和的潺潺声。水是哪里来的？没有人说得清的奇异啊！

水凉森森的，刚流出来的时候，很稠，并漂有一丝肉眼不易察觉的小野花的碎屑和小柴棍。这稠黄的水先顾自淌进一个瓷实的、不大不小的小坑里，静静的，意味深长，慢慢汇积多了，好像就在水面底下有一样不可言说的生命的东西从浅浅的睡梦中苏醒过来。小坑里澄清的水满沿了，自然地溢出来，汩汩淙淙地拼命淌着流着，清而净，上面依旧漂浮着肉眼几乎看不见的小杂草、小木棍，还带着一丝碎泡沫，在穿过一垛芨芨草旁的羊脑石时，发出一种细微且幽怨复又沉思的声音。

周围是一片空漠却又隔绝的冰凉，空气中似乎有着一种白白流过去的哀怨的空鸣。

我弯腰蹲倒，就着那坑微微澄清的水，用双手虔诚地捧起来喝了两口，甜丝丝的，又洗了脸。我觉得我脸上的尘埃与污浊，顺着捞起后流下来的水珠流走了。

我把手吊在空际里抡了两下，晾了晾，手指上的水分就挥发到空气中去了。

后来，我发现在这坑清水的旁边，另有一个小水坝，被冲下来的泥沙慢慢堵住了水路，原先淌进去的水已经渗干了，只剩下一些浑浊的稀泥，一条指头般粗的小狗鱼在稀泥中艰难地挣扎和蠕动着。我顿生恻隐之心，把这条小生命与它身下的稀泥一道捧进那个清水坑里，稀泥在水中慢慢稀释开来，沉入水底，那只小生命在水面像根死木头棍儿一样飘浮着，我难过地以为它已经死了，就用手指拨了它一下，它迟缓无力地甩了甩尾巴，在原地疲倦地游了两圈，最后生动地蹿入水底，不见了。

我抬起头，见他出神地望着我。

我们离开水坑，又走了大约一顿饭的工夫，有一个村子出现在面前。这个村子我每次出门都要经过它。

这个中年人先自慢慢地停下脚步来，面无表情地对我说，“兄弟，我要上这村子里去一下，你先等等我？”

我点点头。便看见他从村子里沙踏沙踏着走进去，像个影子一样突然消失了。

工夫不大，他就从那个村子里走了出来，像幻觉一样出现在我的面前。于是，我听见村子里开始有人放大悲声地哭起来，哭声伤痛欲绝。

我不知道这个村子里发生了什么事情。我想问问他，“出了什么事吗?”但沉默惯了的我，还是没有问，只是疑惑地望望他。

他非常平静地说：“村子里去世了一个人！”

我心头猛然一怔，复又觉得人在世上是多么可怜而脆弱呐，说走就走了。

我不知怎么，竟特别想哭泣。但我还是忍住没有哭泣。

他却说：“人都是要死的，人一辈子从生到死无不都是在路上，只不过每个人的道路和选择不一样罢了，但结果是一样的，都需要向这个世界告别！”

他说：“人的死是有好坏和高下之分的。”接上又说，“有的人死的时候疼痛难忍，有的人死的时候就像是睡着了一样美好和容易。”

我听他这样说，就觉得真是那么回事。便冲动地希望自己将来最好是后一种死法。但我知道，这当然不是以我的意志为转移的。

我沉默着。

我们翻过一座山，又到了一个五六户人家的村子里。他冷漠地看了我一眼。我觉得他眼神里流动着一种冰森森的寒意。他依旧要我等他一会儿。我坐在羊肠小道边的一块凸凹不平的大石头上，向他点了点头。

他又像阳光下的一个影子那样瞬间消失了。

这一次，我等的时间比较长，他出来的时候笑着说："兄弟，让你等久了，没办法，这位朋友难缠得很。我们上路吧。"

我们刚准备起程，就听见村子里哭声大作，哭得比前一次更悲痛，更断肠。我疑惑地望着他清俊的面孔，莫不是又死了人吧？

他看了我一眼，垂下头来，仿佛做错了什么似的。

这时，我有一种想进那个村子里看个究竟的冲动和好奇，但是他却说："我们走吧！"

我一边跟了他走，一边不甘心似地回头张望着那个哭声四起的村子。我好像一下子发现那个村子的上空罩上了一层阴沉悲凉的气氛，我还发现那个村子似乎跟以前我所看到的有些不一样了，是什么地方不一样了呢？我一时却说不上来，只是觉得冷冷的，有种让人害怕的东西飘浮在空气中。

到了第三个村子，他又要我等他，我就有些不乐意了。好奇与猜疑充斥着我的整个头脑。

我对他说："我想跟你一道去！"

他听了，一言不发，瞪了我半天，恼怒了的样子，凌厉的眉毛拧成两股黑绳，良久，才缓和了，勾下头，说："走吧！"

我有些害怕，紧紧地跟着他，生怕他把我甩掉似的。我们钻进村子，先爬上一个打麦场坚硬的土埂，绕过麦场，再绕过三棵粗大的杏树。树上结着快要熟透的杏子，在繁星一样密密麻麻的杏子与树叶间，有一线亮亮的刺眼的阳光碎片漏下来，落到他的脸孔上，使他俊黄的脸孔看起来更加透明，仿佛镀上了一层金黄的光波。

我们走过了杏树，从一个敞门的院子里走进去。那门仿佛早知道我们要来似的大敞着。院子里有一只红色的公鸡，一面高迈着疑惑的步伐，一面头颅向上，脖子向前一探一探地伸着，眼睛满含猜测和不安。他停下脚步，仿佛听到了天籁中鸡的鸣叫，于是就也呼应似的伸颈高歌，那声音似乎在遥远的天域回响着。

一只面目凶恶的狗从院子尽头的一堆麦草垛上爬起来。我慌忙捡起脚下的一根本棒，准备对付它。可是，它望了我们一眼，却若无其事地走开了。

我们走到一个矮矮的白杨椽盖的屋子门口，他说："兄弟，你在这里等我，别进去了，我跟朋友打声招呼，马上就出来。"

我望着他，似乎感到了什么，但我不敢言说出来。

"我有些怕！"我说。

他变得不近人情似的道："你不要进去，在这里等我！"

看来，我无论怎么说，他也是不会让我进去的。

我委屈地点点头。他揭起那面绣着一只蓝色小鸟和一条似跃出水面的小金鱼的白布门帘子，闪身进去了。

我静心倾听着屋子里的声音和将要发生的一切。

屋子里仿佛一片肃然。

一会儿，从里面传来嘈杂的说话声，仿佛是一个老头儿，一个老奶奶，还有一男一女两个年轻人。屋子里渐渐乱作一团，脚步声、叫喊声、杯盘和水壶掉落地上的碎裂声，还有人开始大声诵念着《古兰经》的声音。我极力辨别哪一个声音是和我结伴而行的那个人的。但似乎没有他的声音，仿佛他从来没有进去过一样。

我被一种好奇心点燃了，便大着胆子轻轻挑起门帘，立刻看见一个老人躺在一面土炕上，在老人的脑袋后面及腰里好像高高地垫着两个枕头和一床破被子。枕头和被子又旧又脏，有发黑而团成硬块状的棉花从破开的白布被面里淌出来，吊在一边。这时，我望见老人的一双深陷的眼睛变得呆滞、浑浊，失去了光芒。他脸上的肉仿佛已从脸部某些骨头缝里微微收缩了进去，只剩下那副凸瘪不平的骨头架子上披着的松弛的脸皮。那仿佛遭受风吹雨打和苦难的毒终于从老人的骨头里渗出来，变成硕大的黑斑点，镶嵌在皮肤的表面。我还看见他努力费劲地把已经失去了力量的皱皱巴巴的嘴唇张了几次。但还是没能张开，声音只仿佛在他的喉咙里就喑哑了。

一时你觉得世界上所有的声音都喑哑了。

我惊愕不已，刚要进去，那位和我结伴而行的人已经走出来，挡住了我，下巴颏朝外面努了努，示意我不要进去。他拉着我的衣袖匆匆地向院子外面走，刚走到院门口，便听见那个屋子里猝然传出一阵嘶哑的哭声。哭声把那间屋子淹没在悲凉与忧伤之中。

他像是缓缓地对我说："那个老人去世了！"

他的声音很淡，却在我的心里汹涌起来。我的身子抖着，很轻，很紧张。我一动不动地立着，觉得有什么东西凉凉地顺着我的脸颊淌下来。就举手把它擦掉了。

我捏紧的拳头的骨节咔咔直响，响声被一阵微风吹散了。

走出院子，我抬起头，几片白云滞缓地流动着，模糊地映照着苍茫的群山。磨坊里圆锯冷漠的吱吱声和天籁中鸽子发出亲切而又低沉的咕哝声交织在一起。

我想起我所在的村子里，有两个与我年纪相仿的孩子曾相继莫名地死去，我不知道他们是去了天堂还是地狱。

"别发呆了，走吧！"他扯了扯我的衣衫。

我就不由自主地跟着他走，我不想告诉他我在想什么。

在经过那三棵粗大的杏树时，太阳穿过一簇树叶，向地上倾泻它那柔和、温暖、呈浅绿色的光辉。几只蜜蜂飞过，发出深沉而欢快的嗡嗡声，它们迷路了吗？

风从远山的峡谷里徐徐吹来，在耳旁空幻地鸣响着。一种难言的忧伤河水一样漫过我的心头。

泪水像似要涌出来了。这时候，他的那只大手伸过来牵住了我的一只手。

但我感到他身上散发着一股死人的气味与冰凉。

人在世上，整个一生都是和死亡连接在一起的，但人活着，大多时间想的是如何活得更好、更幸福、更美妙，却很少想到死亡将至，无论多么能耐、多么有本事的人都那样的势利世俗、那样尘味十足和自我，都从不把自己的死想一想，他们已经全然忘记了他们是要死的。

一切东西都在渐渐远离我们。只有死亡才是人生最大的孤独啊！

不知为什么，而我却总是这样的容易想到死亡。恐惧又一次徘徊在我的周围。我觉得他的手把我握得更紧了，我真想哭出声来。

我们终于走到村子前面的树林子旁边，他说："你回去吧，我走了。"

天已近黄昏了。残阳似血。一只乌鸦嘎嘎叫着从头顶掠过，箭一般跌入深谷。

"到我家去吧，没有别的，我给你煮一锅土豆，就一碗咸萝卜菜吃。"我说。

"不了！"他向我笑一笑，那笑看起来万分凄凉。

"我们还会见面吗？"

"会的，一定会见面的。也许很快的。"

"能告诉我您是谁吗？"我忽然记着要问，因为我怕再次见他连他的名字都不知道。

他说："下次见面，我一定告诉你我是谁。"

我看见他一颠一颠拐上另一条羊肠小道恍若幽灵似的消失在黄昏的暮色之中。

我忽然为他的消失感到莫名的害怕和恐惧。心咕咕地剧烈地跳着。我不知道他又到哪里去了？我突然想，他要是不让我回家，带走我，该怎么办啊？想到这里，使我不由出了一身冷汗。又想，他住在什么地方呢？远还是近啊？不知道。世上有许许多多的不解之谜。

我怅然地站了许久。

回到家的时候，天已经完全黑了，星星零散地闪烁着，一弯月亮像一枚柳叶似的飘浮在村子一边的树林子上头，不细看，人会不自禁地误以为月亮是住在树梢上的。

接下来的事儿，大家无论如何都是猜不到的。又过了半年的一个黄昏，我和那个经常在孤山中碰见，且美丽的牧羊女结了婚。就在那天，我又见到了他。记得妻子的母亲把她们家传的珍贵嫁妆都统统送给了唯一的女儿。那阵，我们刚刚步入新房。忽然，我听到外面有人叫我的乳名。我想出去看看是谁，奇怪的是我的妻子却说我怎么这么妖道，说根本就没人叫我，她说她怎么什么也没听见呀!开始，我以为我真的听错了就没太在意。可是没多大工夫，我又听到那个声音在叫我。这次我肯定自己是听清了，那声音就在装土豆的下院墙角下的地窖跟前，听着似乎很耳熟，但一时半刻又记不起来。而我的妻子一口断定是我听错了，她说："外面什么声音也没有啊，连一丝风的声音也没有!"

那天的确没有一丝风，院子里静静的，静到了极点。我从妻子的表情看，好像她说的是真的，但当那个声音再次呼唤我的名字的时候，我不顾她笑我疑神疑鬼，决定出去看一看。

我刚一走出去，就看见半年前和我结伴而行的他，就站在下院墙根的角落里向我轻轻地招手。

我走到他跟前的时候，发现他一点也没变，还是原来的老样子，而这半年我的身体却发生了许多变化，我浑身的肌肉都已完全隆了起来，我的胡须也开始长上来了。

他把头垂下去默然了片刻，又把头抬起来直视着我。我以前怎么没发现他有着如此的一双难以形容的锥心的目光啊?它们仿佛比刀刃还要锋利似的。

我问他，“你是谁?”

他说:“我叫毛提，是奉主拿命的天使。”

我愣怔了一下。四周一片沉寂，连旁日里天籁中的某种难言的声音也只是隐约可闻。难道他今天是叫我跟他走的吗?

离开故乡，离开世界，到一个陌生的地方，心里不免感到异样和伤心。

我忽然看见妻子站在了我身边，我让她把我们两个人所有的身外之物都散给需要这些的人。她诧异地望望我，然后什么也没有讲，立马转身跑回屋子，把自己的衣服、首饰和所有贵重的东西统统拿出来散给了村子里的穷人。

那天，村子里的人没有闹洞房，拿着我妻子散给他们的东西欢天喜地地走了。

在这狭窄、深邃弯曲的山沟里，夜晚降临得很早，村子黝黑而平静，古老的磨坊里已经点起了灯盏。

村子深处有人聊天和歌唱。

那天，我等了一夜，麦里库里毛提天仙没有到我们的新房里来。

自此，日子就这样不紧不慢地过着，有时我有说不清的烦恼和惆怅，有时也被蓦然造访的一些失笑的事情打搅和淡漠了诸多的担忧和困惑。

有一天，我好奇地去问一位有学问的阿訇:“天仙拿走人命的时候，人会觉得痛吗?”

那位老人似乎想了想，轻轻嗫嚅了一下嘴唇，突然有些严肃地对我讲:“那要看你行的善多，还是干的歹多。”他说，“行善的人，毛提取走性命时，会很轻,是疼顾(心疼顾救)着的,你看亡人走时,脸色亮亮的、黄黄的泛着没有罪孽的洁净的美的容颜,嘴里还会叨念着往好的道路上去时的经章,别人不须在旁边提念,人家自己就清醒着能念,诺罕(魂魄)就像一股清风般悠悠地升上明月一般似的飘走了。"他捋了一把黑白相间,白色逐渐侵占上风的胡须,接上说,"干下罪行的那些人,那就不一样了,说实话,各种各样的非同一般的死都会有,有时候疼得这个要无常的人汗珠子像水一样从身上直往下漫。"他用双手从上体向下体做了一个汗水流淌的动作,提高了声音迅速地说,"你想想,咋不疼呢?肯定往死里疼呢!"他显得很有把握和胸有成竹的样子。

这使人不得不信。我的心在这个老汉脸部表情伴着动作的描述中,时而欣喜,时而又一阵莫名的悲伤。就在内心深处想,世人谁又能积修得那么好呢?接下来,我把村子里平时行为端庄的人一个个在心里细细捋码了一番,无非也就是几位长者和念经人罢了。别的人似乎都不值一提。但是,我又对那些选中的人产生了怀疑:他们的某些举动,据我观察,未必表里如一。于是,我又一阵失望和沮丧。我在心里信守着我的秘密。我想有关生死命运的事情,最好不要到处讲。活一天算一天。人真正知道自己的生命即将要离去,反而是惧怕死亡的。平时,你总会听到大家因这样那样的不如意,情不自禁地说出:"把这活啥呢,有啥活头呢,死了算了!"他们说得多么轻巧呀,实际上还是想活得很。

在此期间,我一个人常常不敢上远路上去,就在门道的附近转转,后来我跟着人又常去拱北上点香上坟,都没有再遇上那位自称为毛提的拿命的天使。然而,每隔些日子,当听到别的村子有人去世,大家伙上一帮人去送埋体时,就又勾起我许多的回忆。真的,生与死的距离实际上并不遥远,也许你们曾常常与之擦肩而过。在这个奇异的世上,你能相信什么,你又不相信什么。我倒希望那是一个梦。我常常耽于猜测和冥想中。我觉得我就像是一个看上去正常然却病着的人。我觉得我的身上有一样非常沉重的包袱,压得我喘不过气来。有时候,我甚至想着找到毛提天使,问一问他,看他到底怎么收拾我,是对我网开一面呢,还是要让我下场非常难堪。我渴望我能够知道,但是又担心和警惕自己知道这些秘密。

大约又过了半年,我又去拱北上上坟,在回家的路上竟然又碰见了自称毛提的他,他还和以前一模一样。但是,我不知道为什么竟然一点都不感到惊讶了。当时，我依旧是一个人独自走在那条似乎在地球之外的某个星球上荒漠且永恒存在的小土道上，一只黑色的叫不出名字但下弯着红色的喙的鸟，怪怪地叫着；一只白色的大蛇从我前面的土道上横着爬行过去，钻入一堆蓬松的骆驼蓬的深草丛中，我不知道那是一头麻苍苍的狼还是一条野狗，但是它蓬乱的尾巴是下垂在自己的屁沟下面的，我知道狗的尾巴是会翘起来的，我想他一定是一头狼了；更奇怪的是，一只野兔跟随在一只红色皮毛的狐狸的后面乖乖地蹦蹦跳跳地跑着，这就像是我第一次见到那个自称毛提天使出现时的情景。蜜蜂带着缀满爪子的两嘟噜花粉，仿佛朝着我们村子的方向缓缓地飞行着，它就像是一个勤劳的信使，满怀着使命和虔诚。周围的一切是那么新奇，各种稀奇古怪的声音，在我的耳边喃喃地叫着。一只野鸡，它的冠子真红，就像是被红色的草染过似的，美丽而释放着芳草般的气息。我静静地、沉思地走着。这些大自然的飞禽和走兽，以及小小的可爱的昆虫们，它们都仿佛在善意地向我打完招呼，继续顾自走了。突然，我感到喜悦和说不出的近乎绝望般的感动。不知道为什么这一幕一幕，恍若隔世一样。

今天，我在拱北上点香的时候，我不知道为什么非常地伤悲，我没有想到我竟然伤心地哭了一场。我一边哭，一边还诉说着我的不幸，并一次次忏悔自己认为自己不对的地方。我剖析着自己的不是，直到我浑身筋疲力尽，嗓子干哑，心里才感到些许的安慰。我从跪着的地上爬起来，揩净了眼角的泪，叹了一口气，一个人独自离开走了。

就在路上，我再次遇见几年前遇见的他。他似乎想转身疾速躲开我。我诧异了一下，随之又平静下来，笑着问他那天晚上怎么就那样白白走了一趟，空脚空手地回去了？

他笑着，说：“你的阳寿增了哇，你和你媳妇两个舍散了你们的全部，乜贴（财物）挡了你们的灾难！不过，你等着，你等着吧，那一天会来的！”

“我会等着你!”我也呵呵地笑了。

然后，我们一路说说笑笑，直到又一次在那个异样寂寞，无比凄凉孤独，不知是生还是死的土道旁，就是上一次分手的那个岔路口上，再一次分道扬镳了。

绝　　笔

我怀着虔诚的心情走进图书馆。尽管已经进入暖季，但是西北荒僻山沟的早晨，气温依然格外的凉。阅览室那位胖得近乎溢出酱汁来的女图书管理员见了我，脸色十分淡漠。每次，我们来此借书，她都一副闷闷不乐的样子，仿佛我们获得了许多营养与好处，而她却做出了巨大的牺牲。

这是一位四十岁上下的女人，丈夫我曾经见过一回，脸整个是肿着的，连眼皮都浮肿得犹如金鱼的眼睛，抑或电灯泡子一样。听说她的丈夫患了严重的肾炎，也可能是别的什么疑难杂症，也未可知；另外还有一则关于她丈夫的病源的说法，说是他到过一个那种女人出没的地方逛了一回，就患上了这病，后来花了无数的钱，走了无数的地方，找了各种各样的大夫，用了各种各样的方子，都没能看好。

有人说，这个女人之所以变得尖酸刻薄，主要跟丈夫的这个病有关。她还那么年轻，时常不悦的样子，完全像是丈夫给不了她一个女人应有的欢乐似的。她对一切都感到心烦，没有好感。因此，她对周围的一切都看不惯，老是一副跟人吵架的姿势。尤其她是不喜欢听或看到别人有什么高兴事情的。你们说说，我来这里，无非就是看看书。况且图书馆的书就是让人看的。是的，即使是公家的书，她也要让自己家的人看。记得有一次，一学校老师来图书馆，向她要了本杂志正在翻阅，她的侄女突然来了——正好也向她问这本杂志。当姑姑的啥话没说，就直奔那个老师要过杂志来，给了自己的侄女。她的这个行为，我们倒觉得真实，符合她的身心和修养，乃至有些可爱。

然而，今天我仔细打量她的脸，不觉心里有些发毛。这张脸让我这个嗜好书籍，老喜欢奔这里来的人会不由自主地感到惭愧和畏怯。我觉得自己就跟个经常蹭饭的人一样，毫无骨气。我有时怨愤，诅咒人不能有一点点权力，人一旦有芝麻大点权，就总是不免要刁难人和给人施展。即便是一个看门的，也会让你受不了。当然，这种干啥的人天生就像是干这一行的，脸上、表情、眼神里仿佛是带着的。譬如说看大门的，也天生具备这天分：见了穿得破破烂烂的，就耀武扬威，呼三喝四，话就大得了不得；倘若是遇上个衣着亮堂，尤为大腹便便者，就摇头摆尾一副笑逐颜开的样子，忙忙跑前跑后欢迎起来。

当然，这也不为诧异。

女图书管理员先开口了，"又来看书了，经常看我们的书，也不请人吃个啥！"

"下次一定请你！"我说，说这话的时节，心里暗暗有些自愧，且有些戚然。一个人过分迷恋什么，其实也是很可怜的。譬如，我有个朋友喜欢赌博，把家里的钱都输给了人，就又一次次向自己的老婆讨私房钱出去继续赌博，每一次他都涎着一张灰暗、内疚而惭愧的脸，屈着双腿抱住老婆的胳膊央求着，样子像个要吃妈妈奶头的孩子，可怜巴巴的；还有，我另有一个朋友喜欢抽烟，可以说嗜烟如命，然而又没有钱买烟，就到处捡拾别人丢下的没有燃尽的烟屁股来抽，尊严、骨气全失了。他们需要抽烟和赌博，而我们需要读书，都一样的。说实话我们需要读书，就像我们需要光明一样，可能书籍维系我们的精神状态就跟精致可口的草料喂养着牲口的欢乐一模一样。

"说话不算数！"她不屑一听的样子。也许在她，老是觉得我沾了她很大的光和便宜，欠着她很大人情似的。确实也是这样的，虽然是图书馆的书，如果他们不乐意把书借给我，或者不让我碰一下书，我是一点办法也没有的。我不会讨好，亦不会耍赖。

当然，我不能冤枉和亏说里面所有的图书管理员，这里另有那么一位大姐，人却格外好，表情恬静，处处现出大气，脸上时常挂着一丝微笑，你问话时，她的眼睛里就隐隐显出乐观、满意和真正意义上的安详的样子，无论我借什么书，她什么话也不说，就只管借给我了。她的那种微笑，甚至让我莫名地产生一种幻想，想着她们的家庭一定是世界上最幸福的家庭，她本人一定是这个世界上最幸福的人；还有，她一定在一个非常温馨的环境里生活着的。然而，后来才知道，事情恰恰并非是这样的，事实上她是一位被丈夫抛弃了好些年的女人，有着许多的不幸。然而了不起的是，你却从这位女人的脸上看不出来不幸、看不到苦难和酸楚。女人真的是了不起啊，各个的不一啊！可是，我不免要想，那么在这么多对鸡零狗碎的事情斤斤计较的女人中，唯有她怎么能够那么令人感动呢,她怎么能够那么善良呢,她怎么能够那么和蔼可亲呢?我就在想,既然她这么好,为什么没有人把她娶走？留下这样浪费着,多可惜呀！我想,在这样的环境和天地里,在这样的女人面前,借自己喜欢看的书,心里就会洋溢着甜蜜、丰满、柔和的情趣。有一次,看着这位大姐一声不吭,那动人微笑着的表情,真想情不自禁,满心爱戴地叫一声:我的个好姐姐啊!

今天的这个女图书管理员,我当然也不能冤枉她,她虽然有时会说几句挖苦的话,不免把脸掉得长长的,但是你不吝送她几句赞美之词,她的心就软了,还是会把书借给你的。

女图书管理员用一只毛巾擦着柜台上的玻璃，突然抬起不大愿意看我的眼神,扔来一句:“尕希姆自杀了,你知道吗？”

我吃了一惊,背子里似一股凉气猛地灌将下去。

尕希姆是我们这里有名的文学爱好者，算是一个有上进心的文学青年吧。我还是不肯把女图书管理员的话当真,觉得不可信:

“别开玩笑了吧！”

“你真的不知道？”

“前天我还见过他的。”我说。

女图书管理员说,“真的,在乡下的一所学校里。”

这个女人真会编故事,变着法儿咒人,这个小县城的许多人可能都认为像我和尕希姆这种为了看书看上去精神有点失常和问题的人,一准都会自杀。

我心里有些羞愧,把头低下去。图书管理员今天是不会叫我把新来的杂志带回家去的。但是她的玩笑也未免开得太大了点。就在前天,我还和文学青年尕希姆在一块儿聊天呢,他有自杀的迹象吗？没有的啊!

我又想了一会儿,觉得尕希姆那天还是有一些不大对头。

我和文学青年尕希姆经常在这位女图书管理员跟前借书，尕希姆有时为了把书借走就会死缠硬磨,管理员有些烦他。但是我们有较长一段时间不来借书的话,女图书管理员就会问我们:“最近干吗去了,也不来借书。”每个人都有百无聊赖的时节。

图书管理员又重复了一遍:“尕希姆自杀了,真的！”

我盯着她的表情,望了一会儿。

“不信算了！”她把头如一棵结得饱满的长麦穗那样吊下去。

我有些震动：“伤得重吗？”

她说：“已经死了！”

“什么时候？”

“昨天晚上。”她说。

昨天晚上？她告诉我是在乡下一所小学里，在女朋友宿舍两个人双双走了！

女图书管理员不耐烦地抬起头来。

我愈加惊愕了。

女管理员说，消息是可靠的，一大早公安人员领着法医去验尸和鉴定文学青年尕希姆留下的遗书去了。

我觉得有些疲惫。

一个生命正值旺盛的青年走了！恐惧包裹着我。一个非常年轻和熟悉的人突死，有些瘆人。尕希姆太年轻，我们曾多次来图书馆借书，一起说了那么多的话。

世界很虚假。我莫名孤凉，就想找个人说说话，好打发掉这不安和孤凉。我觉得现在大脑有些缺氧，思维有些混乱和模糊。

从图书馆的书架上我拿下那本半个月前尕希姆发表有一篇散文的杂志。题目叫《沙沟山游记》，那是我们一大帮人组织去了一趟云台山之后，尕希姆最大的收获和成果。那次，还来了一位远方的女编辑，尕希姆爬到一陡峭险峻的峭壁折了一捧野花送给了那位女编辑。稿子就是寄给她的。这是文学青年尕希姆唯一正式发表了的作品。之前，他写了那么多稿子，可每次一经寄去，都仿佛泥牛入海。这篇散文似乎是文学青年尕希姆专门为给这个世界、为给大家留作最后的纪念而发表出来的。文章里还提到了我，提到了超主麻、超毕俩子和御用文人伊斯玛乃。而我，这个被许多人，乃至连自己的家人都看着常常会生出同情、用异样的看病汉的目光审视的人，却被他描述成一位有思想和深邃、让人心生敬仰的大文豪，所以我把写我的那段话看了好几遍。他把伊斯玛乃站立的剪影，写成山上的一个自然形成的石猴，把超主麻写成一个饥饿艺术家，因为超主麻太瘦了，似乎冬天里一头瘦死连拐的几乎连冬都越不过去的小毛驴，难道他家里经常不给他饭吃？不得而知！比较写到的所有的人，我自己还是挺满意他对我的那段描述，说我的目光如何炯炯有神，头发如鲁迅笔下的野草一样什么的，令我油然觉得高大自豪。那位女编辑他最应该写到的，可是上面却没有她的名字，我仔细地找了，的确没有，有些淡淡的遗憾。也许是寄到她手里，出于编辑崇高的情操，她把写她的给删除了。其实没有必要删除的。杂志一来，尕希姆就第一个告诉我，让我到图书馆去看看。我悄悄去看了几次。每次去，都想把写自己的那段翻出来看看。但是又觉得被人发现不好意思，装着强忍着。有些东西就像是安排妥了的。我读着他发表的文字，发现杂志上尚有文学青年尕希姆的笔迹。看来这本杂志尕希姆曾借去过，他把自己的这篇文章的好几处地方在旁边又重新作了批改和订正。这本来是违反图书馆规定的，但是如此一来，这本杂志上的这篇文章，当人们重新再阅读它的时候，似乎觉得更安全、更稳妥、更耐人寻味了。尕希姆亲笔书写的那些文字比起书上的铅字显得更小，却更富魅力，也现出人应有的说不清的情味。

出了这样的事情，我抽出那本杂志，指着那篇文章对图书管理员说，“你看，这是尕希姆写的！”

她放下手里擦玻璃的毛巾，接过杂志去，用莲藕一般的手指头小心翼翼地沿着那篇文字行走，她的指头慢慢地行进着，又跨越了几段，此时，我发现女图书管理员慢慢掏出手帕，轻轻揩拭着眼角渗出的泪。这次，她却并没有责备尕希姆在借阅的杂志上的那些涂改。她为什么哭了呢？是尕希姆的文章感动她了吗？是因为尕希姆是这里的常客，突然没有了使她有些难过吗？不知道。反正，我想以后这里就会只剩下我这一个零落孤单的常客了。而尕希姆从此不会再来了。他永远地消失了。一想到自己形单影只，不免一阵唏嘘。

图书管理员看完了文章，浑身像是哆嗦了一下，须臾又把杂志放到柜台的玻璃上，终于迸出了一句：“写得好！”她略微顿一顿，长叹一口气又说，“以前我还骂过他：“光看我们那么多书，自己也不写上一篇出来。他说，‘我以后发表出来你看！’我嘲笑他，‘你如果能发表牙长那么一截，我就也跟上你叫尕希姆算了。’没想他还真发表了！”

后来，听里面几位读者议论说，尕希姆是因一场旷世之恋自杀的。接下来，我头脑十分混乱，听不清他们在说什么，心里一片茫然。

匆匆走出图书馆，来到街头，我有一种近乎怪异的心理，渴望告诉全世界的人尕希姆自杀的消息，好让他们也分担一些我内心的孤独、慌乱与困惑。

那一阵，我感到恐惧和害怕。

我一步一步行走在这个名叫沙沟的小县冰凉的街面上，望着静悄悄的，像是有点陌生的县城，想起沙沟那条悠长的河流，想起石子铺就的这条古老的土街和那些消逝的寂寞日子。在一瞬间里，我把自己的人生迅速捋了一遍。觉得自己就像是一根冰草。那一天，我想了许多自杀的方式方法，我想起有个卧轨自杀的诗人叫海子，他的诗那么阳光，他那么热爱这个世界，热爱每一位亲人，似对这个世界那么留恋，但是却选择了自杀；还有一个叫顾城的诗人，他也是自杀的，同时他还剥夺了另一个女人生存的权利。我们沙沟县的文学青年尕希姆到底属于这两个人中的哪一列？我不得而知。我觉得人的生命轻贱得很。那么轻贱、渺茫。

有一只野鸽子从天空低低地飞过，翅膀的声音像思绪从天空划过。我抬起头，第一次发现沙沟这里的天空原来是那种旷古寂寞的天空，充满了忧伤意味和悲凉的情调。我甚至在极短的时间里发现了许多我往日里根本无法想见的事情。现在，我知道了：人是要死的，没有谁躲得过的。只是，我们活着时都做了些什么，这是区别。

生命其实非常脆弱。

老实讲，在沙沟这个小县里，我的朋友真的少得很。

大多时候，我都是独来独往的。

在街上，我碰见了阿米乃，她也算是一个文学爱好者。尕希姆自杀的两天前，我们几个人还在一块聚过，那天还有另一个叫耶尔古拜的。我们四个分手后，就再没有见过尕希姆，那天是我们和尕希姆见的最后一面。

我还记得那天的情形，阿米乃在尕希姆他们单位的乒乓球室打完乒乓球，我在尕希姆的宿舍翻书籍，临离开宿舍时阿米乃还拿了尕希姆的一幅钢笔字。我记得尕希姆递给她字时说："留个纪念吧！"

其实，现今细细回想那天的事情，尕希姆已流露出他离去的念头，只是我们没有去往这方面想。也不可能想。我们往往都会这样判断：他一个年轻得让人羡慕的小伙子，何以会轻生。然而，真正的情况是：人却是愈老愈害怕死，老了的人才最担心自己哪天死亡呢。

我们总是喜欢拿常规的思维去判断和推理尕希姆的死，我们根本没有想过他会是那种唯美的追求者，理想和爱情的献身者。他会为爱而义无反顾的自杀。

尕希姆之所以走上这样一条路,我们先简单了解一下他的个性。据说,他是一个多才多艺,又多情的青年,忧郁、多愁善感,同时又十分自负、孤傲,时常在孤独中。他对爱情孤注一掷,死不回头。

我告诉阿米乃尕希姆自杀了。

"呀?"她显然吓了一跳。阿米乃的脖子特别短,发出呀的时节,那个呀音极其尖细响亮,下巴和脖子贴在一起了。阿米乃这个女子特别要强,在各方面都喜欢出类拔萃,她上中学的时候就因为善于雄辩,因参加县、市各类演讲比赛而频频获奖,而名噪一时。她喜欢结交大官,攀龙附凤的意识极强,使得许多人对她非议,说这个女子迟早就被那些当官的老汉睡了!因她个性有点像男孩,所以我们一群都从不把她当女孩看,就连我这么神经敏感的人和她在一起并肩行走也感觉不到她是一个女的,倒像是一个小弟弟。她有时还主动和耶尔古拜搂肩搭背,说说笑笑的。

耶尔古拜比较坏,他满脸坏笑,把阿米乃像一个篮球一样夹在腋下,哈着长长的腰,一起一伏地前行。关于阿米乃的考学和怎么参加工作,听说还有一段传奇故事呢。阿米乃初中毕业那年,在参加中专考试前,给市上一所中专院校的校长写了一封长信,校长被她信中的文采深深打动,竟然没有通过考试成绩就破例录取她进了学院。这件事情曾一度引起沙沟全县人民的轰动,说这个女孩子了不得,不简单,不是一个平地里卧的鸡。果不其然,她毕业前不知怎么就认识了一位大官,听说也是被她的信感动的,就帮了她的忙,一毕业就分派在沙沟县电视局工作。这个单位不是一般人想进就能进的,进去的人多是一些大官的老婆、亲属、美女什么的,进这里得凭关系和姿色说话,往往大多没有文化,同时这里也是他们养尊处优的一个场所。所以,阿米乃和尕希姆成为朋友也应是情理中的事情。人以群分,物以类聚嘛。特别之人必和非常及另类在一起,这一点是毫无含糊的。

我说:"刚从图书馆出来,听说公安上的人已去验尸了。"

阿米乃说愿这个消息是假的!

我说,是真的。

阿米乃给耶尔古拜打了小灵通,耶尔古拜骑着自行车来了。

阿米乃就把尕希姆自杀的消息给耶尔古拜说了。

“造谣。”耶尔古拜说，还疑惑地笑着朝我脸上看。

“真的，当时我也不相信。”我说。实质上，我已经相信这件事不会再是假的了。因为回想起来，尕希姆曾间接向我们透露过要自杀的事情，只是我们没有察觉罢了。

我们三个人默默地走着。此刻我想和耶尔古拜、阿米乃找个清静地方坐上一会儿，让这仿佛置身于难以言说的心情得到片刻的宁静与休息。我提议说，“我们到体育场的草坪上去坐一会儿去吧！”

他俩便点点头。

体育场修建在这沙沟小县的河道旁边，没有赛事的时候，这里寥落无人，成了一个空阔和无人打扰的清静场所，也成为我们几个年轻人经常散心和聊天的地方。

那阵，我的心狂跳不羁，感到茫然、无依。因为我的朋友尕希姆死了。此时，我感到莫名的虚弱，多么想要一种强大的安慰和支撑啊！最主要的是，我总是会情不自禁地把自己设置到这个故事当中去，好像这种事情只有我能干得出来。我想，我自己遇到这样的事情，我会怎么办呢？也会这么做吗？有些细节我都能想象得出来。真是心有余悸啊！

在体育场那宽大无人的草坪上，我们三个人展开腿子坐下来，想让那些真正的青草，让被阳光晒得温热的泥土来温暖我们灵魂发冷的身体。我们这里的草坪是自然生长的真正的草坪，阴凉柔韧的绿茵一直延伸到体育场之外的小河沿边。草坪上覆满嫩嫩的草，草和杂花相衬相映，现出五彩缤纷的美丽：金黄的，辣红的，淡紫的。从这里向河岸的远处看，荒山上星星点点的绿树中间被人踩出一条绳索一样仿佛通向天空的小白路。这里没有灰尘，没有我们不愿看到的慌慌张张跑来跑去的人。这里也没有那么多无聊的赛事，好像也没有苍蝇的打扰。平时拿一本书躺在地上阅读，可以使人不知不觉打盹和睡着了。当你醒来，翻身爬起，发现那些被你压弯的小草会讶异地打量着你，并像是责怪蚂蚁会进入你的耳朵，随之小草又慢慢恢复了原状，仿佛在倾听着你均匀的呼吸，吸收走你呼出的一丝丝废气。

依照尕希姆平时的表现，我们做出分析，认为谁都可以做这样的事情，唯独尕希姆不会有那么大的勇气。

杀人和自杀都是需要勇气的。

但是，我终归觉得我们都没有看到问题的实质，以及没有看到尕希姆的个性以及骨子里的一些东西。尕希姆其实是一个执着的人，一个表面隐忍、乐观，然而内心却极其顽固、执拗的人。想到这里，我勾下头颅，无休止地回忆着，跟他们又谈起尕希姆生前的一些事迹。

尕希姆他的短暂的一生是那么的孤独、伤感、忧郁、绝望、无奈而凄楚。他别了这个地球，别了这些朋友，也别了在他认为视之如命的文学写作和书法艺术。

美好如斯的太阳，在天空深望着我们。

就在一刻钟前，头顶突然有一大片不知哪里来的乌云遮住了天空。正当我们坐在草坪上的时候，那朵乌云却散开了，好像要向我们表明什么似的。那朵云不会是尕希姆吧？我感到紧张和异愕。太阳穿透了云层，打量着我们三个人。以前，我从未注意过太阳有这么美和超然。现在，我能感受到了。就连那一株株小草，以及地上爬行的最卑微的小蚂蚁虫虫子，都显得那么亲切，令人心生怜悯和同情!我想，自己即使是当一只蚂蚁也不错啊!

上天有时会在某些特定的时段，使你身边发生的一些奇怪的事情和你内心的一些想法巧妙发生配合与联系，从而产生意想不到的深刻效果，发人深省呐，就像是有意要让我们多加思考，抑或更多的体味人间百态万象，体味人生的真谛似的。

突然，我因自己还苟且偷生而感到庆幸、感到些微的知足和感动。我还可以去图书馆借书，我还可以欣赏别人的文章，还可以吃、可以睡，可以在沙沟的地界上走来走去。尽管有时我也那么孤独。其实，谁曾没有过孤独呢？谁曾没有生发过杀人和自杀的念头呢？只不过各个情况不同罢了。尕希姆是为情所困，也许别人是为别的什么，也可能是为一嘴吃的。我记得还是在我流浪的那会儿，我曾经和一位撒拉族老人在穿过一座荒无人烟的峡谷时，就在我俯身山泉喝水的那一刻，差点被那老人从背后自我的后脑勺一驴腰子石头把命送了。后来，他把石头撇了，说他听见山谷里古怪的叫声，惊醒了他，他害了怕，才把石头撇了。后来，我与那老人和衷共济一同穿越了峡谷之后，他告诉了我这些，说起初他是想从我身上图得一笔钱财。老汉就是想图财害命的。

一样的，我曾经也有过好多次想要杀别人和想怎么结束自己生命的想法，也常常会耽于这种冥想中不能自拔。尤其是对那些现出强大而骄横不可一世的人、在背后放暗箭的人、为讨好上司而说我坏话拉近他们关系的小人，这几种都是我曾经想过怎么干掉的人。这样的罪过不知道别人有没有过，一次我被人诬陷，解释又没有办法解释，那时我就想这个世界怎么这么卑污，就有一种不想活的感觉，就想怎么把那几个构陷迫害人的人干掉，然后找回尊严结束自己。但是，过后，自己又觉得非常羞愧和懊悔。但是每次在局中的时候，就会失去理智，就会胡思乱想，脑子里那根弦就绷得很紧，如果再紧上那么一点点，一切就都完了。我有时特别佩服那些出家的人，他们把一切都放下了。譬如像弘一法师，我曾经那么地佩服他内心的强大、忍耐、坚毅复对富贵奢华的淡然。

放下就轻松。

人最难得的是放下啊！

我勾着头，他们两个都以为是我在流泪呢。其实我不会流泪的。文学青年尕希姆的亡灵如果看见我流泪的话，会和我走得很近的，我想。我曾听人说，在死者面前谁越显得脆弱，死者的亡灵就会纠缠谁纠缠得越紧。不禁心里隐约咚咚地跳着！

耶尔古拜说："早知道他会走这条路，真想美美揍他一顿，让他清醒过来。"

阿米乃附和着。

这时候，远处的跑道围栏边，有一个女子面向着阳光奋力地劈叉、压腿，正如火如荼地锻炼身体，喘息之余不停地揩着头发畔畔上渗出的汗水。

我看不清那女子的眼睛。

我说："你们看！"

耶尔古拜说，"瞧瞧那个女的，多么地热爱生命，拼命锻炼身体呢！"

这时，那女子疯狂的动作，抡拳挥腿，但是由于她可能不够专业，腿子的筋没有拔开，所以显得笨拙和滑稽，就像是一个肥胖的熊猫在那里吭哧吭哧地扛东西。

我看着有些哭笑不得。

我们三个分手时，经过那个练得热火朝天的女子身边，这才看清她原来是不久前我县的一位有名的失了恋的女子。这个女子也曾说过要自杀。

我们对她说，"歇歇再练吧！"

她手没停，一边连续出拳，一边说："不，我要练好功夫，把那个负心的人给一顿打死去！"

我有些诧异，并暗暗有点担心这个女子。

耶尔古拜和阿米乃却大了胆子叫她停下来。

这个女子突然一个扫绊子腿，收了功。她告诉我们，以前她想自杀，但是，后来她改变了主意，准备要好好地练功，等到能够对付得了他前男友的时节，就把他彻底干掉。

我想这个女子的脑子可能进水了，神经可能不大正常，否则怎么会一个人没命地劈叉、压腿，还勇猛地跳得一人多高频频出拳，打扫绊子的时节，宽大的裤筒扫得地上尘土飞扬的。

我想对那女子说几句话，但是个性使得我还是什么也没有说出来。我们避开那女子走了。

我们三个人在一个十字路口分了手，他俩是一路，我得向另一个方向走。等到我一个人的时候，我显得更加孤独，无精打采地回了家里去。

我仿佛受了一场匪夷所思的惊吓，翻身倒在床上睡下了。我连转动一下脖子都感到没有信心。

我静静地躺在床上，望着窗孔。透过窗户，我看见阳光和那灰蓝色的天空，突然一阵异乎寻常的恐慌。我的心脏莫名地跳着。我觉得尕希姆的魂灵就躲藏在那冥空中的某个地方，正暗暗地从窗孔里窥视着我。我想摆脱这阴魂不散的纠缠，便尽力闭上眼睛。

但是，尕希姆的身影却硬是要跳进我的脑子里来，似一个执拗的虫子，搅得我痛苦不堪。我只要一闭上眼睛，脑子里就会出现我和尕希姆之间那些生活的碎片。这些碎片就像一本被撕碎的书页一样，在我面前飞舞。

碎片一：那是个太阳还在睡觉的早晨，我沿着沙沟河岸的一条细小的甬道跑步。在那条被小草掩映的甬道上，我碰见了尕希姆。我们到底是怎么认识，是谁说的第一句话的，现在已然是想不起来了。我只记得他的牙缝很宽，据说牙缝宽的人夹不住话，所以当时我想有些机密的话千万不能和他交流。他问我在哪里上班。之后，我又问了他。他告诉我他刚刚从乡下一所学校调到这里的文化馆工作。他还说他是搞书法的，说以前曾搞过一段时间的文学。我想，他既然搞得这么多的艺术、搞得这么红火，我怎么没有听说过他的名字。我坦率问他发表过一些什么。他毫不惭愧地说，还没发表过，就只是一篇一篇地搞。

他非常诚恳。他脸上的肤色有点黑，头发四六式地分开着，脸和身材都有些瘦，但似乎非常有劲儿。他的嘴只要一张开，就比一般人的嘴大，大三分之二吧。他的牙缝中可以塞进去一根筷子，牙齿黑黄而短小，犹如钢笔笔尖一样。他笑的时候，喜欢扭动头颅和身子。

也许女孩子会喜欢上他的，我想。

他的内心大致上是刚直、善良、多情而又极具伤感的。

那次，他带我到他的宿舍，请我看他搞的书法。

他的宿舍在文化馆那幢旧楼的最顶层，小小的，布置得非常简朴：一张旧木桌，一把腿子用绳子维系的木椅。桌上摆着一些书籍。他的床铺上也堆着一些书籍和杂志，几乎把半个木床都占了。他坐在木椅上，我就只能坐在床沿边。

他句句都不离一个“搞”字。我觉得“搞”字不适宜用在文学艺术创作上，从发音来说适合放在和异性做那件事情上。然而这个字从尕希姆的嘴里说出来却显得异常神圣。

他给我看他写的字。我经常读帖，虽不敢说懂书法。但他的字确实写得遒劲有力。

在那一瞬间，我对尕希姆产生了好感。后来，我自尕希姆宿舍后面的窗户望着那颗升起的日头，沉默了一阵。那天，他给我讲了他读书上学的艰难，由于父母都是大山深处的农民，家里的那个穷不能言述，而哥哥却争气考上了大学，毕业后参加了工作。他是哥哥和嫂子供养读完小学、中学，而后考上师范学校毕业的。他还有一个腿子是小儿麻痹症的弟弟，就是这样一个腿子有缺陷的弟弟在读大学的暑假里从我们西北的一座城市骑着自行车去了北京，想凭借自己的这种精神感动当时任残联主席的邓朴方，结果不知是人家不见，还是没有找到渠道，就灰头土脸地坐着班车回来了。我倾听着他的声音，想着他家到底能有多穷。

之后，我怀着他给我的对于生活的前景和希望，离开了他的单身宿舍。

碎片二：那是一个秋天的黑夜，已经是半夜两点多了。我由于经常性的夜间失眠，便独自在街上散步。长长的夜的街显得寒冷和凄清。

我缓缓地像个迷茫的孤魂走在湿漉漉的沙沟的街上。月影西斜。我的影子清晰地洒在地上。也许这个名字叫沙沟的小县，所有的人都已经在梦乡中了。

夜，更加的清凉！

当我经过文化馆的时候，突然想起了尕希姆。我站在文化馆的门口，不禁望了望尕希姆的宿舍。那间小屋的灯光却神奇地亮着，宿舍门像一只口一样微微张开着。

我想：尕希姆在干什么呢？他怎么还没有睡呢？

我轻轻地走上了文化馆的那幢旧楼，之后，悄然立在尕希姆的宿舍门口，呆呆地望着：尕希姆身前放着一洗脸盆清水，水里倚着盆壁立放着几支大小不一的毛笔。他一面以手中的毛笔蘸盆里的清水，在擦洗得异常干净而明亮的水泥地上忘我地书写王羲之的《圣教序》。他的表情严肃，脸孔凝重，身影似乎斜着贴在水泥地上。我看见他全神贯注，仿佛要把所有的力量都灌注在毛笔的笔尖上。尕希姆的身影在灯光下摇曳着，像是一张剪纸或者画片。但是他的嘴巴、他的眼睛等等，看上去却给人有如攀登峭壁，有些可怕。他的嘴巴是微微张开的，光着膀子。

我不敢惊动他。

后来，尕希姆仿佛是在思索一个什么疑难问题，抬起头来。我发现他目光如炬。须臾，他仿佛才从艺术世界回到了现实，对我笑了，接着长叹一声，收了笔。尕希姆挪开盆里的水，请我坐在床边。

尕希姆这个练字的镜头，时常会出现在我的脑海。尕希姆的半个脸面也时常会映在我脑海中那一盆清凉的水中。

那天，我们伏在尕希姆宿舍的后窗户上，遥望夜空。灰蓝而清馨的空气里，传来潮湿的夜色的味道。一簇簇冰冷的星辰挂在天际。我们想着那每一颗星星都代表着这世上的每一个生命。他说，一颗星辰的陨落，就意味着一个生命的消逝。

我问他，哪个星星是你？

他随口笑着说，天上最亮的那一颗！

我没有说什么，只凝重冻结一般地沉默着。

人都是在无形中确定自己的位置的。但是作为人往往又都非常迷茫和孤独,就像进入一个深邃的山谷而无法找到出口。每一个人在遇到坎坷和挫折的时候,更是找不到路标,甚至自暴自弃。

碎片三:尕希姆和我成了朋友。

一天。太阳红得如一个火球。屋子里热得人受不住。

我去找尕希姆,提议我们到沙沟的小河对岸的杨树林去聊天。

尕希姆高兴得很,一声不吭跟上我就走了。

我们一路上边走边谈。我问尕希姆,找上对象没有?

尕希姆说,以前谈过一个,后来分手了。他说,现在又谈了一个,在乡下的一所小学里教书。他在这方面倒是抓得挺紧!我问他以前的那个女朋友是否漂亮,白还是黑,胖还是瘦。

我对这些问题总是感到好奇。

尕希姆也不好好说,一再打断我的话。当然在我的不懈努力下,他还是告诉了我那个女子是一所卫校毕业的,在一个乡政府的卫生院工作,脸盘子大,白净皮肤,身体的线条匀称,在身上戳一指头,能戳出来水。他先是引她到这小县唯一的一家舞厅跳舞。他说跳舞的时候,他闻到她身上特有的温馨和催眠般的气味。他紧紧地抱着她。尕希姆那颗旷世孤独的心,似乎得到了片刻的慰藉。那女孩温顺而极有教养地贴在他那有力,且出身卑微然而却十分孤傲的怀里,感觉着音乐起伏的旋律,以及时而激越时而舒缓的鼓点。

但是非常遗憾,尕希姆家的人都不同意那个姑娘和尕希姆结婚。不同意的原因是这样的, 因尕希姆和那女子的家分别都居住在两个偏僻山沟的村子里,据说相互隔着一道山。这两个村庄的人常因一些风俗习惯上的问题发生纠纷,从而集体械斗相互打死了人。所以家人不同意这门婚事是非常自然的,主要是父母都在那个村子里居住,把一个打死多个左邻右舍的另一村里的人的女子娶来,显然在这个村子的人是不会受人待见的。

那个女子家也是一样。

尕希姆从父亲倔犟的胡须上, 感觉到事情是没有希望的。在那段时间里,文学青年尕希姆觉得所有的压力一起落到他头上,压得他喘不过气来。他觉得很无奈。

分手毕竟是痛苦的。他们在街上租的一间小屋里分手了。她没有吃一口他为她专门买的她平素最喜欢吃的花生。她为他穿上她精心为他在时装店里挑选的衬衣。

他们美美抱头痛哭了一场。

尕希姆说他曾一段时间总是会想起那个女子，想起她的善良和她对他的好来。他说一想起来,就觉得心里面像猫爪子一般抓心的难受。

我问尕希姆,再有没有见过那个女子?

尕希姆摇摇头。他用手掐着身边的一棵小草,说那女子到一个很远的地方去了,再也不会回来了,他说她为别人生儿育女去了。她说看见他就会伤感的。

我陷入沉思。

尕希姆后来告诉我,他现在又谈了一个,说是个小学教师。尕希姆说,这次家人都很关心他的婚事,并且都非常支持。他说他的年龄也到结婚的时间了,这个小地方比不得大城市,到年岁不结婚,人们就会议论纷纷的。

尕希姆说,这次他找的这个对象,没有想到他们之间竟然又一次产生了巨大的爱情,碰撞出了新的不可阻挠的火花。他突然沉重地说,这将是他最后一次谈恋爱了。

碎片四:由于忙,有几天没见尕希姆了。我只是偶尔听说尕希姆他快订婚了,就是和那个小学的教师。我也为他暗暗的高兴。

也就是尕希姆自杀前的一个星期天的下午,我在家里看书。阿米乃和耶尔古拜不约而至。我们谈了些什么,我已忘记了。总之我们都很开心。谈到亢奋时,我们提议上街头走走。

来到街上,时间大约时下午快接近五点钟了。天气依旧很热,有一些轻微的风吹拂着。环城山峰的梯田里绿意盎然。

前两天一直下着连绵的细雨,路面上积水的地方依然有一些潮湿和泥腥气。

下雨的日子,总是会让人联想到缠绵的爱情。

我们说起尕希姆,并谈起他最近在一家文学刊物上发表的那篇《沙沟山游记》的散文。

耶尔古拜说,尕希姆确实是一块写作的料子!

阿米乃说,没有想到那篇散文会写得那么好!

我们顺道走到尕希姆单位门口,碰见尕希姆单位的头儿,那个喜欢照相的小个子馆长,他以前也写点文字,可是等到不写东西了之后,就把写东西的人贬斥得一文不值，尽管他不怎么发福，但是却极力表现出自己富态、傲慢和大官的样子。实际上多大的官不尊重文人就是个球！不就是一个小科级，有必要目空一切吗？

没当过大官的人当上个小官官就这么个姿势！阿米乃低声说。

馆长傲岸地审视着我们。

请问尕希姆在吗？耶尔古拜问。

“谁知道呢！”他没好气地说，“一天不务正业！”他仿佛跟尕希姆有仇似的。

我们都弄不明白。

据我们所知，尕希姆每年在春节前夕，都会无偿地给老百姓写对联。尕希姆干这样的事情，单位从上到下没有人能够胜任，包括这个本来很瘦，但却要装出大腹便便的人。

耶尔古拜偷偷对我说，尕希姆的上司跟他们单位的那个马局长不能比，说他们的那个上司尽管文化程度不高，但很好学，给职工找着办事情，尽管不那么严厉，但是职工却很尊敬他，大家也很自觉，他给职工办的好事连职工自己都想象不到。他时常微笑着说，正是因为马局长给各单位推荐人才、提拔人才，给人帮忙办事，就像清朝的曾国藩一样到处搜罗人才，所以到处都是我们的人！

我们躲开那个人，去找尕希姆。

尕希姆听见我们来了，从宿舍里走出来，他正往身上穿一件新上衣，有些激动，招呼我们到他的宿舍坐。

尕希姆今天穿得像个新郎官。他从来没有穿得如此新过。他给我们每人倒了一杯糖水，说他换衣裳准备出个门，走个哪里。我们也没有细问他去哪里。突然，他莫名其妙地叹息一句：“天不遂人愿，你想做啥都做不成！”

我想，做不成也没有关系。

尕希姆说他要给我们开柜子，拿些好吃的。可是找了半天，却没有找见钥匙。

后来，我怀疑他是害怕打开柜子之后，被我们看见什么。我想，是害怕看见什么呢？是他要自尽的那把小巧玲珑的精致的匕首吗？总之，那天他没有找见钥匙。

可是，耶尔古拜却一直唠叨，说尕希姆根本就没有诚心给大家拿好吃的。

阿米乃也一本正经地对耶尔古拜说，“算了、算了，人家留着给女朋友吃呢！”

尕希姆却呵呵笑了。

后来，耶尔古拜说他还有一点事情，要先走了。

剩下我们三个。他们两个突然说起打乒乓球的事情，就都来了兴致，像男孩子的阿米乃就问尕希姆拿没拿文化馆活动室门上的钥匙。

尕希姆说，他正好拿着。

他们俩在活动室打乒乓球。我在一旁观看。后来，尕希姆把拍子塞给我，叫我也学着打一打。我笨手笨脚的，总是接不住阿米乃的球。

尕希姆想起什么似的对阿米乃说，“你们见过我最近的书法作品吗？等会送给你们一幅。”说一会到宿舍去拿。

我说不去宿舍了。

阿米乃也说，快六点了，还得回家帮母亲做饭。

尕希姆说他去拿下来。随之，就紧紧张张跑回宿舍去拿他的书法作品去了。

现在，想起那天的事情来，他是那么不安、那么焦躁，一会干这个一会又干那个，慌慌张张没有着落的样子。他的魂魄似乎已游历在身外。

尕希姆拿来几幅硬笔字。

阿米乃赞美不已。

尕希姆说，“你喜欢就送给你，留个纪念吧！”

现在回想尕希姆对阿米乃说的话，竟然是一句永别的话。

之后，尕希姆就送我们下楼。他突然把头转过来对我说，“我准备写一篇小说，可是怎么也写不下去。下雨的这些天我一直写，可是只开了一个头，却写不下去。等以后由你来写吧！”他让我把这件事情一定承诺下来，一定要兑现了我的承诺。

我点点头，问他，“写啥？”

“你以后就知道了。”他说，“这几天雨怎么这么多！”他愁肠百结的样子。

我隐隐觉得他仿佛有什么心事。但我又不能肯定，就问他，“什么时候结婚啊？”

他说那女子退缩了，说有些不怎么愿意。但他似乎又回避这一类话题，什么也不想说似的。后来他一连重复几遍说，“我最近有一件事情。”

我好奇地问他，什么事情？

他说，你以后就知道了！

我当时有点不高兴。阿米乃也责备他不信任我们，说有什么事情神神秘秘的。

但是，我看见他很凄凉的样子，不免又心生同情。我在他跟前，听到他的呼吸似乎比以往急促，我从他的呼吸里感觉他那么孤独、哀伤。

阿米乃匆匆走了给她妈做饭去了。

我和尕希姆又在沙沟的街头徘徊了两圈。说了一些文学方面的话题。

我们慢慢走着，空气里散发着悲伤的气味，似乎世上的一切都飘荡着凄凉哀婉的音乐。黄昏惨淡的阳光下，尕希姆的脸色显得黄中泛着一丝青黑。我们在大街上，倾听着节奏缓慢，催人泪下的沙沟县城少年宫楼顶那显得苍凉的钟声。

我说，时间不早了，我得回家了。

文学青年尕希姆说，我们一起吃个饭吧！

我说，我们都把钱省省，还是算了吧。

他说，请你吃一碗面的钱我还是有的。说完，就拉我去了街道边的饭馆。

从饭馆里面出来，尕希姆凄楚地说，"弟兄们，你说爱情在人的心里到底有多重啊？"

我信口说："就像旷世之寂寞，千年之孤独。"我还忍不住给他讲述了一段关于我的生涩的感情历程，告诉他我曾苦苦地恋过一个美丽的女子，那时我在青海的一个荒无人烟的地方淘金子，因受不了老板的毒打，逃跑了，当时被老板的手下围追堵截，奔命般逃跑在路上，当时连喘息一下和给那女子写一封信的时间都没有，在慌乱中我给她寄去了两张白纸——当时，我的意思是：我和她的爱情一切尽在不言中——哪里想到，人家却理解成是：这是一个无言的结局！哥们，我的那短命的爱情就这样完了，可是你知道吗？我是那么爱她，爱得就想在自己的身上深深刻下她那动人的名字。你知道吗？那是个自尊心很强的女子，听说她大哭了一场，从此我们就断了。现在想起，我心里还隐隐作痛呢。我用脚拨着地上的一颗石子，接上说，"但是，失去的再也回不来了，只留下了说不尽的遗憾。"我说不下去了。后来我告诉他，我至今依然珍藏着她给我的一首诗歌，我把它保存在我父亲送给我的一个小书柜里，至今不敢去打开它。

尕希姆似乎很喜欢听我的隐私。

因为我从来没有给任何人说过自己的这件事情，说一次，虽然会轻松一次，却也会重新疼痛一次，如果生命能从头再来，我不会再那么愚蠢的。

尕希姆把头勾了下去，犹犹豫豫的。

我问他：“你怎么了？”

他吞吞吐吐，似乎想给我说什么，但最终只说了一句，“以后你就知道了!”

然后，他就一步三回头地往他单位的方向走了。

我记得，当时他离开我的时候，走了十多步，忽然回过头来，像是打算追过来对我有许多话要说的样子。但却又突然刹住了脚，朝我挥了一下手，笑了笑，就走了。然而，我无法忘掉他那迷茫、无依，像个无辜的小孩子一样忧郁的眼睛，以及那凄凉地微笑。现在，回想起来，当时他如果把什么都对我说出来，该多好啊！但我又想，一切又都是人的命运。也许，当时他的魂魄早已经离开了他的身体，飞向那远的有一天我们都要去的世界了。

碎片五：从生到死，中间就隔了一天，尕希姆就在乡下的一所小学的宿舍里，在她女朋友的房子里，用一把小巧玲珑的匕首自刎身死，同时也带走了他的女友。据说，他在从县城到乡下的路上，身背一只黄挎包，乘坐班车去的，他去时包里背着一本《神曲》，还有一沓带格子的信纸。在颠簸的班车上，他用那些信纸写下了两封遗书。这是他离开自己的宿舍后最后的绝笔。后来，他的哥哥把他的信给我看了，上面涂满血迹，有些字迹被血覆盖住了，从字里行间我能看出尕希姆那激荡不安、孤傲狂放的性格和矛盾复杂的心理，以及那颗思想斗争得异常激烈的年轻的心灵。

有人说，这两封遗书远远超过了他所有的书法作品。

我也是这么认为的。

听说尕希姆自刎时用的是左手，匕首插入自己的喉咙之后，刀子就自己出出进进，直至生命停息。鲜血将他带在身上的那本古旧的但丁的《神曲》染红了，同时鲜血也将那诀别这世界的两封信溅得面目全非。这是一个人最后的绝笔。原谅我不能公开这最后的遗言。

尕希姆两次婚恋都失败了，第二次是因为女方家嫌尕希姆家太穷了。

碎片六：有一个人曾给我讲过尕希姆家里的情况。他说，那时他在一个小学教书，有个星期天他和同事背着土枪到山上打野兔。天气特别热，他们转了几十架山梁，一直到下午，只碰到两只兔子，都没有打中，他们转得腿子又酸又疼，乏得站都站不住了，后来又渴得受不了，就想找个人家要点水喝。结果，他们就走进一个山沟里的人家，院子也没有围墙，只是用一些干朽的向日葵秆子当做篱笆围成一个院落的样子。里面倚着山梁的崖壁凿有两孔窑洞。他们走进窑洞，老半天才看清里面的情形，可以说里面什么都没有，炕上连一张席子都没有，一张羊皮是他们一家人唯一的被子。有个脸孔黝黑的女人立在窑洞的炕沿边羞愧地望着他们。

家里没有舀水的家具，他们两个老师把一个破木桶扳倒，蹲下来趴着喝了水。后来，他们看见窑洞的墙壁上凿有一排坑窝，用泥修得光光的，恰好能伸进去人的头颅，便有些纳闷，不知是干啥用的。

他们问："这是干啥的？"

女人不说，只羞愧地笑一笑。

后来他们好奇，追问得紧。

女人就说："你们猜！"

他们说是点灯用的。

女人摇头。

他们猜不来。

女人后来告诉他们，说是吃饭的碗。

女人家连一个吃饭碗都买不起，吃饭的筷子是山上折的藤条棍儿。家里的粮食只有半袋子玉米，他们两个看着心上就难过得不行，后来一人给放了五块钱，才走了。后来，他们才知道那就是尕希姆的家，而那个女人就是尕希姆的母亲！

大富汉

富人和穷人，是一对孪生兄弟，一个建立在另一个之上。

——题记

上部

一

黑河畔上，武家庄那座被人遗弃的古油坊，看上去就像一个拄着拐杖的老头。或许，突然来一股疾风便会将这座摇摇欲坠的建筑，从地球上扫灭，化作一粒尘埃，没入苍穹。油坊边上那条黑河，在向着命定的归宿，沉郁而孤独地缓缓流淌着。

乌黑倾斜的油坊墙码头，挂满了蛛网。一丝淡淡清凉的风吹过来，蛛网开始摇曳。那微醉般的阳光洒在这破败孤寂的建筑上，恰似一幅色彩斑驳的油画。

黑河，因其味苦，人们也叫它咸水河，多数人则因这河会在打雷闪电时，颜色陡然变黑，而称其为黑河。黑河的水是苦的，不能喝，但它沉稳傲慢，且柔中夹刚，不急不躁，有大江大河的气魄和百折不挠的精神及不朽魅力。

油坊内一面几欲坍塌的土炕上，流浪汉尤努斯搂着熟睡的儿子，即第二代流浪汉主麻，在想着心事。他满腹惆怅与苦涩。

这时候，尤努斯倾斜着身子，见儿子那张熟睡中稚嫩的小脸蛋上，尚挂着几颗泪豆儿。这愈益折磨着尤努斯的心，他那被生活煎熬得满是皱褶的流浪者十磨九难的面孔，禁不住在痉挛地抖动着。

痛苦一直都纠缠着这个流浪的男人不放，不让他过正常人的生活。只要一想是自己害了妻子，他便懊恼万分。

主麻的妈妈孤伊，原本也是个无亲无故，从小靠讨吃为生的流浪女。流浪汉尤努斯和流浪女孤伊，命运让他们在黑河岸边相逢了。后来，他们两厢情愿，便合为一家人。二人投宿栖息在黑河边上的武家庄那座破烂的被人遗弃不要了的古油坊里，开始过起日子。女人挖野菜，男人靠给这个村庄的一家姓赵的大户打短工来维系生计。他们日子虽然十分清贫，但两口子倒是非常恩爱和满足。

第二年，在一个阴雨霏霏的主麻日，两个在世上没有任何亲人关心和疼爱的流浪者，竟然生下了他们的第二代流浪儿。欣喜之余，两口子请到一位四方云游行善，路过油坊的念经人，给娃娃起了名字，因为是在星期五主麻日生的，所以取名为主麻。两个流浪的人儿，由衷的感激。他们在心里默默地祷告："主啊，感谢降福，赐子给我们这样的流浪者！"

可是好景不长。一天，流浪女孤伊突然大叫一声：

"哎呀，我的肚子好疼啊！"当时就疼得她全身直打哆嗦，一会儿就在地上打起了滚儿，汗珠子如雨般自额头上淌下来。

奇了怪了，她以前从来没有过这个病根子啊？丈夫尤努斯当时极其紧张，但两口子都以为忍一忍便会忍过去的。他们平日里遇上像什么头痛感冒、生疮长痔的病病灾灾一类，不都是这么忍耐着，扛过去的吗？

可是今日仿佛非比往昔，孤伊的疼痛一阵紧似一阵，只见她头上的生汗一层一层直往出渗，疼得她如长虫一样蜷缩成了一个圆团团。

顿时，儿子主麻被吓得大声哭了起来。原本尚存一丝温馨的古油坊，一下子变得鬼哭狼嚎般的凄惨。

流浪汉尤努斯显得手足无措，顾了妻子顾不了儿子，顾了这头又顾不上那头，后来就索性让主麻去哭，自己全力照料妻子。

过了一阵，妻子似乎没有先前疼得那么火烧火燎了，只是疼一会儿，停一停；再接上疼一会儿，又停一停，再疼起来。这中间，间隔的时限似乎在慢慢拉长，越来越充满希望。他们就想，可能再忍上一忍，就一定会熬过去的。因为习惯成自然，煎熬是他们的本事！

于是，尤努斯让妻子躺好，给她盖上一个破烂棉袄，就去雇主的田里给人家干活儿去了。他是不敢耽搁雇主的活计的，如果偷懒或者干得慢了，可能一家人连饭也没得吃了。

午间，尤努斯从田里干活归来，见妻子比上午那阵痛得更加厉害了，一时不知怎么办好，就只是一个劲儿地跺脚、搓手、摇头、叹息。他觉得人一旦落难，或者沦落为流浪的人，仅靠给别人干活、打工来养活自己和亲人时，倒霉的事情就特别多，并且磨难会接踵而至。有人还把这种短工和长工的生活，美其名曰为出门务工。在他看来，实际上就是拉长工、打短工；还有，往往，越是有钱有势的人，上天仿佛越是偏袒他们。

然而大家都知道，那些一夜暴富的人，他们的原始积累无不是血淋淋的，他们也无需把自己打扮成有良心的人，或者装成乐善好施的大善人。事实上，巧取豪夺和拼命敛财则是他们最大的乐趣！

尤努斯这个流浪汉，毕竟弄不明白资本里头的深层含意。他不识字，当然更不可能阅读《资本论》。他自己倒觉得流浪并不可怕，生病才是非常绝望的事情。他认为，流浪者只要不生疮害病，身体健康，就是人生最大的幸福了。可事实却偏偏不是这个流浪者所期望的那样，他仿佛越是担心什么，什么就会偏偏撵着来寻他！

流浪汉尤努斯蹲在地上，一把抓下头上的白帽，揩着情不自禁淌下来的眼泪。他咬咬牙关，又重新站立起来，焦灼得瞪圆了灯泡样的双眼，望着妻子平日里那张吃野菜、草根、树皮而变得发绿的脸孔，心里似翻江倒海般难过，痛楚再次淹没了他的心。

为了缓解妻子的疼痛，流浪汉尤努斯用自己的一双由于劳动使得骨节变得粗大的手在妻子的肚子上一圈一圈地揉。但是却无济于事，只听见妻子更加揪心的叫唤："疼啊，疼死我了！"这痛苦的叫声一波三折催促着，折磨着尤努斯的神经。

突然，流浪汉尤努斯内心如灯盏的火苗一样窜出一线光亮，刚才着急时竟把一件很紧要的事情给忘了。也不能说是忘了，而是家里实在没有请医生的钱——听说赵掌柜家前日来了个看病的当客子（江湖郎中），不知走了没有？于是他让妻子再坚持一会儿，自己跳下炕就往门外面跑。过了不一刻，尤努斯就把那外地来的当客子推推搡搡请进了那座被人遗弃，但现在供他们赖以安身的古油坊。

那当客子经过一番望、闻、问、切，说孤伊肚子里有一只“怪物”在祸害呢，非得开刀取出来才能救人，否则再没法医治。

尤努斯一把推开爬在炕沿头边的儿子主麻，对那当客子说：

“哎呀，我说先生，您救人要紧呐，我们乡里棒，流浪下苦的人，知道个啥？您说咋治就咋治吧！”接上又说，“钱的事情，您别担心，我就是一辈子给人当牛马，也不会欠您一个子儿的！”

当客子微微笑一笑，点点头。

于是，孤伊的肚子，很快就被那当客子钻了黄鼠洞般大的一个小圆眼儿。

孤伊强忍着剧烈的疼痛，任其宰割。

随后，那当客子用一双筷子伸进孤伊的肚子里去，一绕，从里面夹出一条五寸来长的蛇虫子，那东西似乎还活着呢，摇头晃脑的，吞吐着火焰般的舌信子。

一时把左邻右舍和观者都唬得目瞪口呆，随之不由得咂舌赞叹郎中的医术高超到神仙的地步，纷纷拍手叫绝。

医疗的整个过程，干净利落，是那么的完美和富有艺术，简直有如一位技艺超群的魔术师，把大家带到一个魔幻世界。并且，当时那当客子的嘴里好像还念念有词的。

然而，那当客子的医疗设备实在是简陋得令人不堪忍受。随之，他拿出一枚钢针穿了一根花线，遂把针尖在灯火上烤了一烤，就将孤伊肚子上的伤口用这枚钢针和花线给缝住了。接下来，又在缝合处敷了一团烂棉花，用一条宽布带紧紧地绑扎上以后，说：

“不要紧，不要紧的，把药按时吃上，明天就会好的！”

“明天能下地干活吗？”有人兴奋地追着问。

“想干活的话，也成哩，但最好还是歇息上两三天吧！”当客子胸有成竹地讲。

这时，有好多人来请当客子了。就这样，那个被大家一时誉为神医的人，叫一群女人娃娃们簇拥上走了。

流浪汉尤努斯原本心疼老婆，他没挪腿脚地守在老婆身边，一个劲儿灌那当客子留下的汤药。第二日，孤伊紧闭双目就断了气。

尤努斯伤心极了，他真是欲哭无泪，有苦说不出。突然，他仿佛一下子醒悟过来,便气不打一处来,在门后顺手提了根黑刺棒,去撵那当客子。岂料,那骗人的当客子早已不知去向。到底跑哪儿了?没有人能够知道。只是听说那人把村子里谁家和谁家的媳妇子,以及姑娘都给一一睡了,真是令全庄子的人都哭笑不得,恨得咬牙切齿。

从此,我们的小说主人公之一,第二代流浪汉主麻,就成了一个没娘娃。主麻因为年幼,常哭着要妈妈,就整天脸上挂着心酸的泪豆。父亲给雇主在田里干活时,他便拽着父亲的破棉袄衣襟,一边哭泣,一边抬头迷惘地望着父亲。

尤努斯觉得自己的心肝肺都被儿子哭烂了,那种痛楚不是表面上能够看到的,是痛在心里的。其实物质的贫穷并不可怕,可怕的是那种精神的悲苦、绝望和孤立无援。后来他想,树挪一步死哩,人挪一步活哩。尤努斯决定离开武家庄,离开这块眼泪把人心淹了的地方。他辞了雇主家。由于是中途离开,雇主一分钱的工钱都不给他。但是尤努斯却一点也不怨恨。他自己反而感到不安和内疚。他虽然不识字,但也常常进行个人反思,老是认为自己的磨难都是上苍对他的惩罚和考验,或许是祖先有可能做了对不起别人的什么事情,才导致自己的人生有如此多的磨难和不如意,才使他们父子落到了这般下场。

流浪汉尤努斯将儿子寄放到村子里一家认作干亲的亲戚家里,便去县城给一店铺打杂去了,希望以此能慢慢改变他们父子的生活和境遇。

可是自从尤努斯走后,每天黄昏,在这个名曰武家庄的村子里,在黑河边上,大家总是能够听到那个没有人疼爱的孤儿娃娃主麻凄凉的哭喊声:“妈呀!哎,妈,你咋不回来啊……嗯嗯嗯……”

那哭声时断时续,时而在河湾里,时而在树园子里,时而又在麦场里,尤其是在那连鬼都惧怕三分,且没人愿意去的,阴森吓人的古油房墙洞里传来时,便会引得人一阵同情和可怜。大家知晓,那是孤儿主麻在哭着寻自己的娘哩,不由叹息那孩子真是苦瓜结到了枯蔓上,命苦到家了。

时光算起也过得快,转眼一年就过去了,冬天也快来了。有一天,尤努斯实在想念儿子,就辞了活儿,买了冰糖葫芦来看儿子。他走进武家庄,远远看见了儿子,一股酸涩一下子堵在他的咽喉处不能自己,声音凄恻地喊了一声:“主麻,我的娃,大(父亲)看你来了!”

主麻穿着别人可怜他，送给他的一条老白布裤子，上面疙疙瘩瘩的。他看见了父亲，先是茫然而惊讶地发了一会儿呆，接下来，像是终于明白过来了，便扑过去跪在地上，抱住父亲的双腿，一下子便泣不成声。

爷儿俩抱在一起，不禁一阵伤心痛哭，看到的人，心里都唏嘘不已。

尤努斯不忍心再留下无依无靠的儿子让他独自在武家庄。第二天，他便带上主麻一起去了县城。尤努斯在县城里又找了一家旅店给打杂，因为店里空房子多，店主让腾出一间，叫他们父子俩暂时居住。县城的旅店，其实就是一排排土木结构的小土房子。

又过了一年，尤努斯便东挪西借了点钱，设法将儿子送到城内一私塾那里去读书。

主麻自读了书，便也懂事多了，加之父亲常在身边照料，也不那么爱哭了，相反却变得越来越坚强。他学会了沉默、隐忍和承受磨难。他的白布裤子被父亲洗得异常干净，又用炭灰染成了灰色的，略好看了些。他常常稚声稚气地念着：

"小猫猫、小猫猫；天亮了，天亮了……"还有什么，"赵、钱、孙、李、周、吴、郑、王……"等等。

"孙县长来了，孙县长看大家来了！"一天，有人兴奋地送消息来，说孙县长到私塾来视察，顺便看看学堂和读书的娃娃们。送消息的人，让大家都打起精神来，最好读书声能响亮一点，等县长一进学堂，要立马给县长敬礼。

娃娃们点着头，都摇头晃脑，开始可着劲儿歌唱一般朗诵着课文。

突然主麻扭头一看，见孙县长身着一身青军衣，身后紧随着两个挎着盒子枪的警察，后面还跟着文书、乡绅一类的。一行人，很快就到学堂门口了。

县长显得十分儒雅，手里拿着一把写过《神奇的野心家》和专为下层老百姓树碑立传的民间怪才了不得题词的纸扇。凡是拥有了不得墨迹的人，都以书画鉴赏家和自命不凡者自居。当然，世上嗜好书画之人，大家均都喜欢了不得的墨迹。一些人读了不得这个人的书和喜欢他的墨迹，是因为找到了知音；另一些人喜欢阅读他的书和寻他的墨迹，是因为了不得的才情，使他们需要点缀和作为在生活舞台上装扮自己。越是灵魂丑恶的人，越是需要把自己打扮成善良和无私奉献的好人，打扮成有学问的人。就像这个县长，别人都深知他是一位阴谋家，但是他却极为用心地用一把有良知的落魄文人的扇子来遮挡和掩饰他那张老谋深算的脸孔及卑鄙的灵魂。

县长身后的警察,耀武扬威地走着,身子像螃蟹一样一左一右,一左一右地扭着,活灵活现地传达出内心的傲慢。

正当主麻盯着孙县长帽子上的帽花看的当儿，所有的娃娃都齐刷刷地给孙县长敬了个礼。

孙县长微笑着移步过来,他伸出手轻轻抚摸着一个娃娃的脑袋瓜儿,问几岁了？有什么困难吗？做出对少年儿童非常关切的样子。

主麻没有反应过来，也没有来得及敬礼，县长一行就已经开始往外走了。主麻怅惘地望着县长一行人走出了学堂。

从那以后,主麻常瞅了空子跑到县城的东闸门子口等候县长。他听说孙县长时常在饭后,喜欢在黄昏里踩踏着夕阳的余晖,到人烟稀少的老市场周围缓缓地散步,以此来辅助肠胃的消化。

一天黄昏,主麻夹着两本书,依旧到城东闸门子那里,等候孙县长。功夫不负有心人,果然县长背着手,迈着富态的八字步,闲庭信步似的走过来了。他的身后跟着两个警察。这两个警察,总是像主人领的两条忠实的狗一样跟随在县长的左右。

主麻的心不由别别乱跳,他鼓足了全部的勇气冲上去,给县长敬了个端正的礼。

孙县长先是一惊,以为是什么刁民或者寻衅闹事的人,忙躲在了两个警察的身后。当他愣怔了一下,明白过来之后,便冲两个警察笑了笑说:

“这是谁家的娃娃呀？怎么长得这么聪明机灵？长大了肯定有出息！”接着吩咐两个警察到街旁卖胶糖的店里买了几板糖瓜子,叫送给主麻吃去。

主麻心里特别亢奋,可装作志气的样子,怎么都不肯拿县长给的糖瓜子。

县长就有些不高兴了,换了一副脸孔,让两个警察把糖瓜子给主麻,自己继续散步走了。县长前头一走,一个警察就顺手把糖瓜子夺过去扔到主麻脚前的地上说:

“他娘的蛋,不识人抬举,刚才县长给你东西你还不赶快接住？”

另一个添上说:“你看看,这个流浪儿穷鬼的样子,一点都不懂事！”

“老实交代,你是受了谁的指使跑到这里来捣乱的？是不是活得不耐烦了？”

这可把主麻吓坏了，拍县长的马屁，却没讨着好，倒是挨了人家一顿臭骂。从此他开始躲着当官的人，并对他们心存芥蒂。

警察走后，主麻觉得自己胀了一肚子气。他狠狠踢飞了路边的一只碎石子。对地上的糖瓜子，他也没有捡。回到家之后，主麻把这件事情告诉了父亲。父亲告诉他，孙县长即使杀个人就跟捏死一只麻雀一样简单和没有什么大不了的。或者他只要想整谁，随便给捏造个什么罪名，就能把人关进监牢关一辈子，这个是轻而易举的事情。但是，他听说孙县长这个人，比较好面子，毕竟人家是读过圣贤书的人，不会跟小孩子一般见识的。据说，他还让一帮拍马屁的到处夸赞他是位爱民如子的青天大老爷。他曾在南方某县就职期间，差点得上了万民伞！

但是自从那以后，主麻得了一种怪病，只要一听说是当官的来了，就心生恐惧。渐渐的，这就成了一种生理反应。其实，这本能几乎在所有的普通人的骨子里都是有的，他们见了官不是点头哈腰，就是敬而远之，或者就像老鼠见了猫一样，小心翼翼，抑或惊惶失措；或者，变得低三下四的，并一种莫名的盲目敬仰和崇拜，仿佛自己的生死命运，以及未来一切，就攥在这些当官的人的手里一样。

半年之后，流浪汉尤努斯因负担不起儿子的学费，就去把主麻的学给辞了。

从此，尤努斯和儿子在县城里度日如年。大约又过去了半年左右。一天，尤努斯听到武家庄认的干亲给他提供了一个消息说：庄里有个女娃娃要招亲，若将主麻招给人家，日后不会受儿子拖累，他就可以在外面安心打工挣钱了。否则这样下去，前拉后扯的，父子俩的生活都无以为继了。

尤努斯想来想去，觉得别无良方，为了让主麻以后能过上不再流浪的好日子，他决定将主麻招赘给人家做女婿，让娃娃自己走自己的路，活自己的人去。

二

早上一麻亮儿，草叶上的露水还没散尽，微风一吹，便在叶子上颤动着。流浪汉尤努斯穿了条青裤子，这是他唯一一条没有补丁的裤子，平时舍不得穿，叠起来放着，只有出门或走亲戚时才拿出来穿。他觉得，在这个看外壳包装胜似看真诚和勤劳勇敢，以及劳动能力的世道上，应该让招亲的主人家不要因自己穿得破烂，而瞧不起他爷俩。他给儿子用老白布也做了一条新裤子,用炉灰染了一下,可他发现裤子的裤筒有些大的不得了。只好又用一条二指宽的白布带儿把裤腿扎了起来。这样倒显得十分利索和精神。

尤努斯看见自己那件冬夏不换的烂棉袄上的布疙瘩纽子全跌光了。他想不穿它,可再没有别的好衣裳了,只好凑合着穿上,且在腰间系了条马莲草拧的草绳子,戴上洗净的白帽子,拖了主麻的小手,上路了。

父子俩从斜路洼沿马家席沟一带,向黑河边的武家庄进发。一路上,土道边草叶上的露水将他们父子的裤腿边子都打湿了。过了一道沟又一道沟,翻过了一座山又一座山。

文中提到的这个武家庄,位于黑河的河畔,四面环山,与外面的世界近乎隔绝,许多人直至老死,都没有走出过这个村子。这庄里有三大姓氏,乃赵、钱、孙三家。其中尤以赵家最为富足势众,他们这个家族在武家庄已有五六辈人的辉煌历史了。

这个庄子,最早居住的人原本姓武,后来因为天灾人祸,硬是把这一门人给死的死,走的走,竟然连一户也没有了,彻底灭绝了。后来,先是一些杂姓的人发现了这里,就住下来了。再后来,赵家的人就来了,他们一来就是本家亲房一大群,先是来武家庄抢占了一些好粮田,随着他们家族势力的日益壮大,渐渐就成了这里的霸主。

其次,就算是钱家的人了,钱家的势力比赵家要弱一些。在这山高皇帝远的古老村落,谁的势力大不大,到底是如何来区别的呢？首先是比谁家的人口多,一旦打起架来,人多的人就会狼一样扑上来,明显占便宜、占上风。人多势众就是这个道理。

还有,农村人为什么一定要生儿子？因为儿子长大以后力量大,能干活,出去不受欺负。即便是为了田间地头耕地,或者田间淌水,或者别的什么事情闹起矛盾,打一架,女子根本就没有什么优势可言。说到底,女子最终嫁鸡随鸡嫁狗随狗了,只能增进男方的力量,这就是农村为什么一定要生儿子的秘密。一句话,生儿子就是为了争原始资料、避免被旁人欺负。这些都是农村的自然生存法则,没有什么道理可言。

关于武家庄的孙家,一向是属于老好人,谁也不得罪,因为人手少,势单力薄,加之又没有能够说得起话的人,所以一直处于弱势的一方。他们如果老老实实则也罢了，只要是稍微把头昂一昂，就会祸不单行。所以，孙家在黑河一带默默无闻，一直过着默默无闻的生活，他们种着很少一部分薄田，只能够勉强维持生计。

那主麻就是要被招给这孙家当上门女婿的，条件是：主麻要改姓孙，为孙家顶门立户，将来要把无妻无儿的岳父忠山老汉养老送终，给抬埋了。

两家大人本都有意，因而一拍即合，事情就这么商量妥了。又因两个娃娃年龄尚小，只能等到都大一些了，再完婚。

那尤努斯见一切都调办停当了，儿子主麻也已有了着落，对那个牵线搭桥的人千恩万谢一番，这才放心地离开了武家庄，独自去县城打工干活去了。

日月荏苒，那忠山老汉因生活难以维持，便谈好将主麻先雇给庄里的大户赵二爷家去给当长工。

武家庄赵家，论辈分和名望，就数赵二爷和他的弟弟赵三爷了。那赵二爷的家就在庄子中央的一座大堡子里。他家住的这座堡子气势宏伟，建筑异常讲究，堡子的墙壁全是用蒸熟的黄土夯筑起来的；堡墙高约二三十米，外围有掩体的墙垛子，供之观望、巡逻和抵御土匪。墙脊上宽阔得如一条大马路，能并排通过两三辆架子车。堡子的外围，还有一道宽约二十米左右的堑壕，堑壕里有水，一般情况下外人是很难进入堡子的。

大家由此足见这堡子建成，该是花费了多少人力和物力啊！这样的堡子，也可说是封建社会大西北有钱人的一个象征和符号，它象征着富有和高高在上的权力，以及象征着大户人家的人间乐园神圣不可侵犯。

这座堡子有点形似西方伯爵的城堡！

据社会学家研究，凡是喜欢居住在这种大堡子或城堡里的人，骨子里都有一种高高在上的地主情结，他们总是想跟普通老百姓保持或拉开距离，总是想给劳动者当老爷，总是想过那种奢华糜烂的帝王的生活。他们从骨子里蔑视劳动者。否则，大家试想一想，一个正常的人，谁愿意把自己如囚徒或犯人一般封锁和关闭在这样的一座高墙大院里呢？难道这不是一种病态？不是一种精神危机的征兆吗？

庄子里，曾有许多人渴望能进到赵家的这座高墙大院里去看上一看，希望能就近一睹它神秘的内核。

但是，没有堡子的主人赵二爷的真诚邀请，谁都难以进入和无缘造访！

堡子的大门是用一块十分考究结实的硬木做的，显得厚重和古朴，一个成人用劲儿推才能推得动。堡门被推开时，就会发出古老的吱呀呀呀的笨重的声响。

于是，人就觉得具有这样响声的门里面一定上演着许多鲜为人知的稀奇古怪的故事，以及也可能隐藏着会永远被历史尘封和埋葬了的西北的大富汉的活化石！

赵二爷家，在这个庄子里的田山地土约有上千亩，牛羊几乎跟钱家不相上下，都是成群成群撒满在武家庄及黑河方圆几百里的草山上。

这个村庄，除了赵钱孙三大姓之外，另外还住着一些杂姓人，这些杂帮五姓的人，日子都过得非常窘困，平时也都是给赵家和钱家干个活计、打个零工什么的，以此为生。他们在庄里说不起话，也没什么地位，只是任别人宰割和摆布的羔羊。

这个世界永远就是这样的，总是由富人和穷人组成的，从古到今无不如此。富有的人，永远掌控着这个地球，富人是穷人的老爷，正如孔子所说的：劳心者治人，劳力者治于人。

这一天，穷二代主麻，上身穿着烂山羊皮袄，下身着一条用炉灰染的老白布裤子，离开忠山老汉家。他身上穿的也即是他自己全部的家产。此刻，他心里突然有一丝轻松，觉得马上就要进入一种陌生而新鲜的环境了，心想：他以后就可以靠自己的劳动来养活自己了。尽管眼下还叫花子一样，但是年轻使他依然对未来充满了幻想和希望。

这是个阳光明媚的上午，二代流浪汉主麻第一次走进了赵二爷家的堡子。他马上就要开始他一生中刻骨铭心的长工生涯了。

赵二爷有两个儿子，老大尤素福已经成家，老二尕西木游手好闲，尚未婚娶。他们家一直还秉承着封建家长制式的家庭制度。

大堡子里房连着房，房套着房，前院又套着后院。堡内，有可供住人的房屋，也有骡马圈和牛圈。也许因为羊只太多，膻气太重，他们却没有把羊圈设在堡子里，而是建在庄口的一个靠北山的一个向阳的地方，在那里沿着山脉走向，一齐儿挖了十几座窑。窑前面，是一个用土墙围的院落，墙上全是庄里的穷人从大山背回来的黑刺。他们将这些犬牙交错的猫儿头刺，用泥固定在墙脊上面，防止野狼和豹子的袭击。

在羊窑的头顶上面，又挖了一个小窑窑，里面盘着土炕，炕洞里烧的羊粪，供牧羊的羊把式老汉晚上睡觉和看羊。在羊粪烧热的西北的火炕上睡觉,即使是寒冷而漫长的冬季,也不用害怕。

羊圈里还拴着两条大黑狗,无论羊圈下面发生什么,放羊老汉在窑上面都会看得一清二楚,而且狗也会发出激烈的狂吠。

赵二爷他们这些富汉,简直一眼就能把每个穷人的心思看透。一般情况下,他们选的给家里打工的那些穷人,从来都不会选错,他们所选的每一个下苦人,都像忠实于他们这些主人的狗一样,一辈子跟着他们,却不背叛他们。他们真的知道,什么样的人是最可靠和最忠诚的,知道哪些人对他们会忠心耿耿,不生异心。这样的人,富汉们会由衷地褒奖他们一句:是个护主子的好人呐!

所以,尽管放心好了,这些给富汉放羊的羊把式自始至终连一个小羊羔都不会给主人看丢的。如果丢了,他们会比主人还伤心一万倍呢,保不定会哭得死去活来的。他们,常常会以死报效主子,丢了东西后,就是挖地三尺也要把它们寻找回来的。

真的,放羊的老汉永远都一如那两只毫无二心的大黑狗一样,尽心尽力地看护着主人的羊群,不敢有一丝一毫的懈怠!

关于赵二爷的老婆,赵二奶奶,她也是这种大堡子才会有的一个重要的产物。毫无含糊,她的出身当然是富汉人家的女子。为了将来的优秀种子,为了子孙后代的绵延不绝和起点永远比普通老百姓高,所以,结亲联姻这号事情,富汉找的都是富汉,叫花子想高攀富汉,会被人家嗤之以鼻,会被人家嘲作癞瓜子想吃天鹅肉。

穷人只能找穷人联姻，所以生的后代继续贫穷，只是成为下苦力的机器,这是一种恶性循环。有钱人,则形成了一种良性循环。

赵二爷家的这座大堡子,比在大西北常见的那种堡子要大得多。这座堡子,是赵二爷当年当保长的时候修建的,无论人力、物力都花费了不少钱。这个堡子的常住人口,不算平时来来去去的短工,加上小长工主麻,算来一共有六个人。在这么偌大的一座堡子院落里,赵二爷常常会感到心情宽松,同时感到安全和可以为所欲为。当然,作为一个人,有时候他也会感到孤独和寂寞。因为,孤独的时候,他就会觉得自己在自己的王国领地颇有雄鹰展翅翱翔、英雄得志的意味。他觉得,他这只老鹰飞得越高,就距离普通大众越远，所以孤独是难免的。

赵二爷，一生最敬仰两个人：一个是他的岳父（以前十分有钱，曾用成批的骆驼雇的人贩盐，生意非常红火），另一个则是他精神上的导师，生活中的样板，即唐朝的皇帝李隆基，那个人把美丽的儿媳妇杨贵妃，从他儿子的手里夺了过来据为己有。为此，二爷把这个戏文里讲述的远古的伟人，引以为生命中的榜样。

二爷老是觉得，自己能说会道，把圆的可以能说成扁的，把扁的且又能说圆。如此一想，他觉得自己也非凡夫俗子。他这个人狂妄自大，常常喜欢把他的故事和李隆基的故事联系在一起。

这天，赵二爷穿着一身青衣，头戴大沿礼帽坐在上房里的太师椅上，给新来的长工主麻安排活儿。他是个阔身板的大个子，眉毛黑压压地立着，一看就是那种立眉倒眼的厉害人，不是个善茬。

赵二爷过去曾做过两轮保长，可谓出尽风头。他是当兵出身，在队伍里当过几天班长，自己却吹嘘说是当过连长和团长，别人一听就会不由得对他肃然起敬起来。后来不当兵了，倒是以钱结了一些权贵。此刻，他把一条腿架在另一条腿上，身子靠坐在炕沿边的太师椅上，一板一眼，给畏畏懦懦的主麻交代着活计："你先给咱家放一年牛，现在没个合适的人给咱们放牛，把人害死了。你先试活干上一年再说，好了就继续干，不好我们再找人！"二爷添上说，"至于吃饭的问题嘛，我们吃啥你就跟上吃啥，工钱根据你干的情况再给你付。你看能成吗？"

赵二爷尽管流露出一副和颜悦色的表情，但是主麻看着他的面孔依然非常紧张，他不敢正眼看二爷的那一双倒立的黑眉毛，看到那双倒立的眉毛，他的内心就害怕得咚咚地跳。也就是说赵二爷的眉眼里有一股子逼人的寒气，人看了会心生胆怯和恐惧，就不得不把头小心地低下去。

"到我们家，就和在你自己家里一样，要啥你言喘，吃啥你自己去拿。"赵二爷的老婆二奶奶站在炕沿另一头，挪动着一双三寸小脚儿说。

主麻听了，不由把目光移向了赵掌柜的老婆。俗话说：鹰鼻鹞眼，没心没肝。这老婆子却长了一副鹰的嘴（勾搭嘴），鹞子的眼。她搭着一副黑色的盖头，勉强硬挤出来的一丝笑容，也让人感到毛骨悚然。二奶奶仔细地打量着主麻，她那双眼睛里竟然释放出几分慑人的光芒，这使得主麻不禁浑身打了一个寒战，就在心里想：这老两口咋都让人这么害怕呢？以后一定得好好给人家干活，不敢偷懒，不然也没有好香果子吃。

这时尤素福和尕西木各自从自己的房里一前一后走进二爷的房里。优素福是赵二爷的大儿子，大家称呼他为大少爷。他是个大个子，有一双不大不碎的眼睛，反应比较迟缓一些。他木讷地看了主麻一眼，随后走到了炕沿边立在父亲跟前，听着父母亲给这个新来的碎长工分派活计。

大少爷没有多少心机，就是喜欢躺在炕上睡觉。平时什么也不想，啥心也不愿操。他的嘴巴长得非常有特点：双唇尖尖的向前伸着，且上嘴皮短，下嘴皮长，有点像山里那种天狗狗的小昆虫，有人曾偷偷送他几句话："刺雀子(咕咕鸟)眼睛，狠猴(猫头鹰)头，吃开欢喜干活愁。"他若不愿意去干活儿时，除了赵二爷，别人即使拿锥子都休想剜得动他。他是个好吃懒做的主儿，只想整天蒙头睡大觉。

二少爷尕西木，中等个子，头颅非同一般的大，简直是能当皇帝的头，身子肥壮，憨眼核，癞蛤蟆嘴。他把赵二爷小时候的各种习气全都继承下来了。赵二爷自年幼时候，就喜欢追着看飞鹰抓兔，寻着赏歌舞吹弹，闲游闲逛，正事不干。尕西木亦是如此，此刻满脸释放着流里流气的笑容，打量着主麻。他的年龄比主麻要大一截子，倘若十年范围内属同龄人的话，那他们也算是同龄人了。这时，二少爷张开半个子烂碗样的大嘴说：

"大，活计给安排好了吗？好了的话让我和主麻到我房里耍一阵。"他不容别人再说什么，便拉了主麻的手连说带笑地向他房里径自去了。

赵二爷嗔爱的用鼻孔冷笑了一声，也没有阻止。

尕西木的房在赵掌柜住的下手那间东厢房里。主麻赔着笑脸儿跟上尕西木进了东厢房。刚才在赵二爷的房间，主麻因为惶恐和紧张不安未敢详细观察二爷房间的布置。现在到了二少爷的房里，他的胆子稍稍大了一些，于是东瞧瞧西看看，觉得到处都是那么的稀罕，看不够似的。

二少爷的房里贴了许多古文诗词和花鸟鱼兽之类的画张子，甚是好看。有《红楼梦》里的，也有《西厢记》里的，还有一张武松在景阳冈打虎的画，作为中堂挂着，中堂前面置有一张卷头的木桌，木桌两头各自摆放一只大花瓶，瓶子上竟然是仇英的《春宫图》，这样的瓶子无论官窑和民间都少有人制作，可说难得一见；桌子的两边是一对年深日久，非常漂亮的雕花的木头躺椅，那种好木料经过时间的打磨，不仅被磨得发明发光，且还透着一种凝重和神秘的气息。

“听说你还住过几天洋学堂，也算个街上的碎二流子。你咋不说话呀？在我这里，你会耍什么，或有什么好耍的，都要告诉我。以后你就跟我一起耍好吗？从今天起，你就得听我的，等我有一天当了官，我走哪儿你都得跟着我，帮我提鞋什么的。有我，就没有人敢欺负你。”尕西木挺胸抬头，显出有钱人家的孩子那种天不怕地不怕的样子，在主麻面前显着威风。赵二爷当保长时，也有一些给提鞋子，搭尖尖的手下。什么叫搭尖尖，就是主人看上了谁家漂亮的媳妇或姑娘，手下的人甘为人梯，晚上让主人踩着他的肩膀从墙上翻过去奸淫，这个让主人上墙的过程就叫搭尖尖。

尕西木常常为自己生在这样一个家庭而感到自豪和骄傲。这些都是大堡子里成长起来的孩子惯有的一种习气，一种自我的优越感，说得光面堂皇一点就是所谓的自信。其实是一种不知道天高地厚的纨绔子弟的妄自尊大和痞相。下苦人的孩子，却从来没有这样的优越感，对自己不仅不自信，相应却变得非常自卑和羞怯，说得好听一点，是内敛和矜持，说得客观一点，就是一种与生俱来的懦弱。

主麻笑嘻嘻将烂山羊皮袄抖了一下，嘴里不知说什么好，只是一味嘿儿嘿儿地笑。

这时正房门口忽然传来了二胡伴歌的声音，唱的是：

“山里的个野鸡呀红冠子，我给我的那个尕妹子儿打簪子呀么打簪子，妹妹山丹红花儿开唉……”

二胡发出时而尖细时而浑厚的音响，平滑而流畅，宛如大西北苍凉悲怆的黄土，显得富有魅力，令人感到极大的愉悦和心向往之，且很快就打开了人的心扉，使人变得热烈和放纵，又犹如山丹花的芬芳在湿润的空气中飘荡，使人的鼻翼不禁贲张开来。

女性听到这样的声音，全身会不由亢奋和难以自持。也许正是因为主麻曾听到过类似这样的民曲，才使他产生出十分亲切的印象。这音乐似乎带着人一点一点奔向一个不十分确定的陌生而又好玩的地方。

“二爷还会拉二胡？”主麻惊异且赞叹地问尕西木。

“你还以为他什么都不会吗？我大(父亲)啥方面都有两下子哩，他以前还弹过那种洋弦琵琶，都是老人家在当兵的时候学下的，本事大得很哩！”尕西木极其荣耀地赞扬着父亲的才华。接着又说，“我大这个人也很有意思，倘若是虔诚起来，那可是虔诚得不得了，一天五番乃麻子(礼拜)一番都不撇！”

主麻见尕西木一边说着话，一边在翻箱倒柜的找寻什么，便问：

“二少爷，啥东西不见了？说来我帮你找找。”此刻的主麻希望能帮二少爷干点什么。其实二少爷尕西木是想给主麻显摆一下。他答道：“帽子，还有我的眼镜！”二少爷说话时，就已拿出一顶黑礼帽扣在了自己梳着时尚的中分发型的头上，随之把一副黑墨镜也挂在鼻梁上。顿时，二少爷一下子就变得焕然一新，风流倜傥起来。他自傲地说：

“将来老子当团长，带兵南征北战时，谁敢嫉妒和反对，我就一枪把他打了。你放心主麻，我会把你留在身边做我的警卫员的。你要对我无比忠诚！”例如这样的话，尕西木经常会对主麻讲，他整日价想着当官、发财、浪女人的美梦。

就这样主麻平时白天给赵二爷家放牛，晚上陪着尕西木玩耍，时光倒也过得飞快。

三

一天，主麻听庄里有个人给他捎信说：“你大从马家席沟过来看你来了！”

主麻的心“腾”一下子就飞了起来，一时心急得不得了，赶紧把牛赶进马家席沟的那个湾道里等着父亲。可他左等右等，不见父亲的人影，心里难肠得没法形容。他爬上山顶的豁岘一次一次张望，依然没个人影。他的心凉透了。主麻只要一想自己是一个命苦得跟黄连一样的孤儿，眼泪就吧嗒吧嗒不由自主地下来了。

这条红砂石沟里的席芨一垛紧挨着一垛，长得约有半人多高。

主麻嗔怪地拿脚踢着一垛席芨草，心里在喊着：“大，你来跟儿子说上几句话吧，你来骂我、来打我也行啊！大呀，你咋不来看看我啊，你心上还有你的这个娃娃吗？你怎么那么狠心呢？”

忽然一阵狂风大作，紧接着电闪雷鸣，大雨说来就猛烈地狂泻下来了。

主麻吓得不知所措。他在席芨草边立着发呆，任凭狂风和泼一般的雨珠子打着。一个剧烈的响雷，惊得主麻蹲在一垛席芨垛子下，蜷缩着身子，吓得不敢哭，也不不敢动弹。

这时，山下传来喊叫主麻的声音。

主麻听到喊声，便把身子立起来，但是又让暴风雨压回席芨垛子下。

这时候，只见赵二爷披着雨毡上来了。他一把抓住主麻的胳膊，拦头裹耳就是狂风骤雨般的一顿牛皮鞭子。二爷不歇手地抽打着，拷问主麻：

“你个驴日的娃娃，为啥把牛赶到这么个洪水沟里，哼？下雷雨了，你看不见吗？你为啥不把牛赶回家？洪水要是把牛冲上走了，你拿啥给爷爷我交代呢？”

主麻先是老老实实忍着。后来，他着实受不住那疯狂的鞭打，就顾不上多想，没命挣脱二爷的手，在泥泞中连滚带爬地奔跑，那件烂山羊皮袄被糊成个泥狼头。主麻想不明白，这赵二爷咋说变脸就变脸哩？他变了脸真是如凶神恶煞一般吓人啊！

主麻被二爷提着牛皮鞭子满山满洼地追着打。主麻栽倒了，但很快又坚强地爬起来，那鞭子抽在他身上实在是太疼了，一鞭子下去就像是火链子猛然在他的身上烫了一下子，加之雨水的侵蚀，更像是伤口上被撒了一把辣椒面一样痛苦难忍。主麻挣扎着继续朝前跑，他就这样栽倒爬起，又栽倒又爬起。他跑着跑着，情急之下，竟然从一个一人多高的坎子上一跟头翻了下去。

庄子里的钱掌柜，披着雨毡，赶着牛群恰好经过，他扶起了浑身鞭伤和泥水的碎主麻，对坎子头顶气势汹汹的赵二爷道：

“二爷，你也是咱黑河畔上的人物，常在人前头说话的人，咋跟个没娘的娃娃一般见识呢？不就是下了点雨，娃娃不懂事没来得及把牛赶回家嘛，干吗下这么狠毒的手？人家娃娃毕竟是给你家放牛着哩，干啥把你心上不疼的往死里打呢？”钱掌柜接上说，“就是牛被洪水冲走了那又能咋的？一头牛嘛，也不值几个钱。再说，你那么大的家业还在乎几头牛吗？”钱掌柜借机把赵二爷好好讽刺挖苦了一通。他想从舆论上让二爷彻底将高昂的头颅垂下去，让他的人品和精神在人们面前曝曝光和经不住叫好。

赵二爷听完钱掌柜的话，气得太阳穴嗡嗡地胀着疼，想着：“讨厌鬼，你等着，总有一天我会收拾你的！”他对钱掌柜痛恨极了，心说：“敢管爷的闲事，等着我要叫你对今天说过的话感到后悔哩，让你肠子都悔青哩！”

但是二爷在表面上却若无其事的样子，对钱掌柜说：“这狗日的不懂事，给咱闯祸哩,几头牛算个啥?只要人平安着就好,要是这娃娃被山水冲走了,你叫我给庄子里的人都咋交代呢?到那时候,我就是浑身长满嘴也分辩不清,有人会说是我故意把娃娃害死的。这就叫惜了手梢子,最后却要剁掉手腕子!"二爷一边说一边从另外一个平坦的地方走下了坎子,把雨毡从自己身上脱下来,披在了瑟缩发抖的主麻身上,说:"走吧,我的娃,我的气已经消了,咱们现在回家去!"

二爷一下子又变得十分温和殷勤起来,真是令人难以捉摸。但是待等到避过了钱掌柜视线的时候,二爷立即脱下了主麻身上的雨毡重新给自己披在身上说,"你们是小伙子娃娃,身上有火气呢,淋点雨水、受点风寒啥的没关系、不要紧。我和你们可不一样,我的年龄大了,千万不敢叫雨淋,真的,我如果淋了雨一旦感冒的话就会很严重,会害大病的!"二爷乘着雨小了一些,便喊着主麻把牛吆回了家。

夜里,主麻在他靠近牛圈的那间小房子里躺着,浑身疼得他连身上粗粒疙瘩的老白布裤子都没法从身上脱下来,只是一个人偷偷地在炕上哭泣。他的腿被皮鞭打烂,渗出的血水干了后将裤子粘在肉上,往下一拉裤子,就撕心裂肺地疼。他呻吟着,流着泪,满面的凄惨,孤独和绝望袭向他的深处。

赵二爷今天被钱掌柜说了一顿,心里的气依旧未消,回来后给两个儿子找事,骂骂咧咧的,也不让尕西木到长工主麻的房里去。

赵二爷的老婆踮着一双碎脚,穿着大褂子上衣,挤眉弄眼地流着眼泪把两个莜面碗饦子端进主麻的小屋子里来。她把吃的摆在主麻的炕沿边说:

"我的娃,你一天都没吃东西了,快吃上点吧!你看那老没口骂的,也不把我娃防顾着点,下手咋这么重?是把我娃往死里打哩,还是咋的?"说着竟然鼻一把泪一把哭开了:"我的娃,你好好缓伤,别往心上去。以后别人没人疼我娃了,我疼我娃。你放心,这个家还有我哩!"

主麻的心里明白得镜儿似的,只是哭得更加伤心了。

主麻夜夜疼得连嘴皮都咬烂了,却没人来安慰他一下,大家都懒得理睬他。尤素福媳妇看不过去,非常同情主麻,给主麻送吃头时,便偷偷在黑面馍馍的下面放了两个白面馒头。

尤素福的媳妇是一个细条个子的女人,圆盘子脸,大眼睛,腰细,乳峰如日本富士山的造型一样凸起来,臀肥得跟发面盆似的。她也是个穷苦人家的孩子。有人感慨说，她出身贫寒，小时候吃不上也喝不上，是严重的营养不良，可是谁能想到她竟然长得有棱有角、有模有样的？赵二爷曾说："真是奇了怪了，她即使喝凉水也会发福！"将心比，都一理，她看见主麻成了这个样子，心就不由得软了，对他异常可怜。但这个女人向来缺乏主见。

尤素福媳妇给主麻放下吃头，刚一出去就撞上了二奶奶进屋取扫院的扫帚，于是就看见了那俩雪白的馒头，便装模作样地对主麻道："这个碎婊子，也欺负人哩，为啥给我娃不全端成白面的，拿粗粮做的吃头干啥？"

一会儿，主麻听见那老婆子出去在打儿媳，并隐约听到二奶奶指责儿媳："家里能有多少白面啊？福把你烧过了头，怎就不知道省省吗？那白面的是给谁吃的你不知道吗？那是给你大吃的，还有招待贵重的客人的，是给皇上那一类人吃的，不是喂狗的。他一个放牛娃，我们能收留他，给他一口饭吃就不错了，你还给他吃那么好的馒头，你这个卖了屄的，是不是脑子进水了？你是不是觉得自己的权力大得很呢？"

主麻知道二奶奶的心思，知道人家不会把他真正当自家人看的，在人家的眼里他仅仅就只是一只廉价的牧羊犬，于是一阵伤悲，不由得眼泪哗哗地就下来了。

四

尕西木原本是个有啥说啥，心里藏不住话的人，有时也爱耍点小聪明，但让人一眼就看出来了。

夜里，尕西木偷着溜进主麻的屋里又拿来了两个白面馒头说："你看看，我大多疼你，让我给你送白面馒头来了！"

但是主麻知道，尕西木是在说谎呢。

尕西木笑嘻嘻的接上说："打是疼，骂是爱，你看看我，成天价盼望着我大来把我管一管，可是老人家却就是不好好管。你知道他老人家为啥要打你吗？那是担心和害怕你被洪水冲上走了，将来没法给孙家和你大交代。"他说着跳上了炕，坐到了主麻的身边，然后拿出一本手抄的《红楼梦》说，"我最近在读这本书，里面有一大群漂亮的女子，这一群女子都围着一个叫贾宝玉的少爷玩。他们可会玩了，我要是那个贾宝玉，嘻嘻，我比他们还会玩呢！"他突然用书在自己的头上拍了一下道，"噢，想起一件事，主麻，我三爸家最近来了个亲戚女子，哎呀心疼得不得活，我每天都想去看看她，昨儿个夜里竟然梦见她了呢，醒来后就一夜没合眼……”又接上继续说，“这《红楼梦》《金瓶梅》一类的书，我翻来覆去地看，如今有些内容我都能背下来了。他娘的，人活着没一点点意思，能跟自己喜欢的女子在一起，那是最开心的事情。”说完把书扔到窗子根里，向主麻身边靠了靠，扮了一个鬼脸。

富二代尕西木说了这番话后，一本正经的样子，反把个主麻羞得满面通红，像个女娃娃一样掩面摇起头来。

“我三爸家的布拉哥，他天南海北地跑买卖，在外面的窑子里经常和那些妓女跌绊受活着哩！”尕西木的大嘴张得如女人的阴唇一样没皮没脸地笑着。他宣泄够了，才回自己的东厢房去了。

这位二少爷整日价学他老子赵二爷的派头，黑墨镜鼻梁杆子上一挂，大沿礼帽一戴，便像一条日趋成熟的公狗一样四处游荡，他想效仿他三爸家的大儿子，时刻想着人家的漂亮女子。这一回，他给他三爸家那个亲戚女娃打上了主意。

那三爷的家就在庄南头的堡子壕的右面。堡子壕左岸是武家庄人举行礼拜和宗教活动的老掉牙的清真寺。寺大殿的头顶上雕刻着鸽子、月牙之类，那象征着吉祥与和平的艺术造型都已被风吹雨淋得破落不堪了。大殿前粗壮的木柱子也七拧八歪的向一边倾斜着，水房子旁阿訇老人家居住的小房房子也均已腐朽破败，古老的花格子窗户和原木的双扇门，仅都丢下个单扇子。这座寺由于赵、钱两家的争端，赶走了远路上请来开学的阿訇，于是就变得荒芜起来。由于双方争夺寺院的归属权，两方都不愿意出资来维修。两大家族在讨论有关宗教方面的大事时，便请来各自家门中的阿訇在另外设立的场所进行：无非就是找一块空地，再盖上几间大房子。这种临时场所也就成了他们各自家族从事重大盛典的地方。但是，到了每年斋月份，待全庄的人，包括杂帮五姓的人都要举行一些宗教活动，且必须要请一位阿訇帮助全庄子人来领着大家礼特热外罕（斋月期间的拜主功修，被大家视作贵重之拜）时，这个能容下所有人的老清真寺方才派上用场。

这几天，尕西木经常往他三爸家跑，明着是为了打听他三爸家的布拉哥回来了没有，实则是冲着他三爸家的那个亲戚女子去的。

尕西木走进他三爸家，院子里静悄悄的。他知道布拉哥跟着老子到城里做生意去了。他蹑手蹑脚地走进大房,却见那亲戚女子端坐在炕上,紧贴在他三爸的夫人的胯子旁边,正纳着一只千层底的布鞋底子。

细端详那女娃,但见她独根儿的麻花辫子乌黑且秀美,麦子色的脸蛋子上肉掉圆,一双丹凤眼像一对儿耳环环儿,毛茸茸的眼睫毛能赛过那三国的貂蝉,正如黑河一带的人常夸好看的女子时说的一句话:

“真是干净得不得活噢!”

那女娃抬头看了一眼站在房地下的尕西木,微微一笑,却把身子往尕西木新妈的身后面挪移了一下,仍继续埋头纳她的鞋底子。

尕西木的舌头不禁在他的板板嘴的周围偷偷舔了一圈儿,一双色迷迷的眼睛流露出骚情的光芒。他回味着那女子刚才的一笑,分析和猜想着那一笑所包含的所有内容,幻想着即将到口的肉肉儿。但他不得不在他新妈张嘴前用话挡住他新妈的口,他不能等着人家问他有什么事之后才仓促掩饰。他觉得提前得编个来他们家的光面堂皇的理由。

尕西木亲切甜蜜地叫着他三爸的夫人道:

“新妈,你好,我布拉哥跟我三爸出门还没回来吗?他应承要给我带一把了不得先生亲自给题写的诗文扇子哩。”他又接上补充说,“新妈也是读书的人,您听说过了不得吧?他可是一位传奇文人呢,写得一手好文章、好字,名扬天下!”了不得其实是个潦倒文人,一生寄情于文章、山水,社会上都纷纷抢着读他的书,以阅读他的文章,获得他的墨迹为自豪!

“噢!读过他的一些文章,他把咱们这些富汉可没少讽刺和挖苦,不过他倒是写的全是真情实感,见解独特,文笔老辣犀利,境界崇高。咱们许多城里有钱的太太和贵妇人们都喜欢他的文章和笔墨,到处寻找他的书来读呢,并争相收藏他的墨迹。我就想,要是给他送上个咱们富汉家的漂亮姑娘,再给些金银财帛,把他俘虏了为我们所用,一天让他写赞美咱们富汉的文章,表扬我们如何行善积德、如何为社会慈善事业做贡献、如何营造社会和谐氛围所做出的巨大努力,让他把鞭挞与讽刺变成赞美;把毁谤与丑化变成颂扬和粉饰,说不定咱们这些富汉都就能成为青史留名、流芳千古的大善人什么的呢,你说对不对啊?呵呵!上次你布拉哥拿了一幅了不得题字的扇面,送给一位喜欢字画的官员的千金,说是有求于人家,人家得到后,就让自己的父亲把事情给顺顺办了。都是读书识货的人噢!”她长出了一口香气,接上说,“西木，来，过来坐到新妈这边来。我问你，你妈最近好着吗？”三爷的这个女人也是读过圣贤书的，就在尚未成婚时，就有好多男人觊觎过她的美貌与风情，连二爷都曾对她动过心思呢，但是却被弟弟娶走了，否则他会休了尕西木的母亲，定把她娶回来不可。如今的她，正是一个女人最美，风韵最佳，也最成熟、最解风情的时期，就像一颗大桃子熟透了，往死里甜人哩。

三奶奶扔下手里的活计，用一双带着微笑的贤淑的目光望着尕西木，满面流淌着温和的微笑。她下炕穿着鞋子，体态丰盈的她，一双脚却小得可怜，让人看了不由心生疼爱。她毕竟小时候缠裹过脚，没能逃脱封建社会残存风俗的悲惨命运，以及那深深镌刻在她心灵上的美中不足的瑕疵和烙印。但也可能在当时被当成是一种时尚和美。那丰满的身子被一双碎脚吃力地支撑着，走起来乍一看，鹁鸟水一般甚是有些意思。但她却更令那些有经验的老男人们不由得垂涎三尺。她的小脚走路，就像是舞台上的模特表演，又像是肥美的老鼠故意引诱野性十足的壮猫。那样子还会让人联想到垂柳在微风中摇曳。

三奶奶给尕西木倒了一杯水，拾上油花卷子馍道：

“西木，你边喝边吃吧，我到院里做点活计去！”她自己出得大房，到院子里忙着给炕洞里填羊粪去了。

尕西木装作十分口渴的样子，立即端起盛水的盅子，但是将盅子搭在嘴边掩饰着，却只顾拿眼角缝缝儿偷偷地瞅人家那女娃。

那女娃慢慢双膝跪着从炕上爬下来，似乎被尕西木看得有些不自然起来。她的乳房极富弹性，随着身子的活动竟然自己颤颤悠悠的忽闪着。她的脸如出水的芙蓉，浑身充满了已经熟饱的女孩子特有的活力。

年轻女孩子青春的活力美，是所有的美都无法比拟的美。这时，女子羞赧地冲尕西木笑了一下，那红格格子的上衣襟子在她丰软弹性的两腿间荡来荡去。真可谓豪乳、蛮腰揹美腿，这些均让尕西木充满了罪恶的幻想。女娃走出房子，踩着砖头砌就的房台子缓缓的梦一般地走了。

尕西木的眼睛忘我地追随着那女子的身影看，直至她全部消失在他的视线里。

这几天尕西木已经感受到了一种从未有过的莫名的想念和寂寞。他完全陷入了失魂落魄的单相思里。他苦思冥想，设计着怎么把这个女子领到一个没有人打扰的地方，然后从空虚和难耐中找到那份他所渴望的真实。尕西木站在房门边，倾听着那女娃的脚步声再度响起。他知道这女娃的家是在一个相对不很闭塞的庄子里，受环境的影响，观念不是十分保守，不会再被阿訇们讲的什么：女人要把自己包裹得严严实实的，否则让男人看见是有罪的等等这些吓人的东西所约束和禁锢。

这时，他听到了脚步声，于是有些莫名的惊喜。不料却是他新妈填完炕，在给狗倒食。他就有些扫兴，便放下盅子，拿起桌上的油花卷子狠狠地咬了一口，奋力地用牙咀嚼着。

"赛尔，给你尕西木哥哥把茶水续上！"三奶奶提醒那个女娃，自己拖着富态丰腴的身子向伙房里走去。

尕西木一听，心里乐开了牡丹，就赶紧端起杯子喝了两大口茶水，把那还没嚼烂的馍馍猛一下子咽了下去，噎得他差点儿流出了眼泪，杯子里的水也洒到了衣襟上。

下午的太阳暖烘烘的，使人处在一种昏昏欲睡的麻醉的状态之中。不知咋回事，那女娃进来时却一脸的冰霜，也不像先前那么带着羞涩对尕西木笑了。

尕西木就在心里想：难道她发现了我的秘密不成吗？

那女娃一只手抓着又长又粗的麻花辫子，另一只手在衣角上捏着，缓缓走了进来。她提着水壶，接过尕西木手里递来的盅子，添上了水，又重新端给了尕西木。尕西木乘着那女娃给他递水盅时，便忍不住将她多肉而绵软的手握住了。

那女娃试着想把手抽出来，抽了两次，却都没能抽出来，突然便一下子脸红得透了。她向门外面不时张望着，像似担心有人进来看见这一幕的样子。

尕西木开始计上心来，觉得此时不可以鲁莽，得从长计议，等机遇来时把她约到一个保险的地方，让她对他好言听计从。于是，他装作若无其事的样子说：

"哎，没防住捏着了你的手，捏疼了吧？"他不失时机的添上说，"你的手长得真好看呐？我长这么大还没见过这么像棉花包包一样的手！"他丢开了那女娃的手赞美着。

那女娃嘴上没说疼，也没说不疼，听到表扬她的手，也不知道怎么回答好，只是勾着头，一个劲儿给盅子里续水。

男女之间，往往都是先从手上开始的。

尕西木见她没有反感的意思，就说："赛尔，你到咱武家庄来就不要担心，要好好地浪上几天，有什么需要我帮助的尽管开口说话，在咱武家庄是我们爷们父子几个的天下，你不要害怕和担心。"他喝了一口水继续说，"我妈也念叨着，叫你来我们家浪来哩，让我过来请一下你。但是我又不会说话，怎么请你呀？对了，后天是我外爷祭想的日子，家里要念索儿，请人来家吃油香，正好你也来吧。"他不容推辞地说，"我们就此说好了啊？你可一定要来。你不来，我可真没法向我妈交代！"

这一番话很是灵验，女娃听完立即说："知道了，如果你新妈家这边没什么事情的话，我明天就过去，一定去！"她微笑着转过如牛奶洗过一般的脖子，抓着自己的辫子，身子扭动着，羞红的脸像刚刚绽放的玫瑰一般鲜艳。

五

再说赵二爷原先自持有钱，加上自大，找老婆总是挑三拣四的，似乎没一个能达到他的满意，不是嫌弃出身不好，就是觉得对他没有什么帮助。他主要是看妇家的地位，看能否配得上他。但是，找来找去，最终却还是找了一个丑八怪。造物主不会因赵二爷的标准和要求让他找的女性个个都美若天仙的。再说，二爷也是妻命如此。他为什么要找这个丑八怪做老婆呢？这是因为，有头有脸的人家相亲，须要访查对方祖宗三代人的根子，要从根子上了解其家境和家庭背景。总不能找个贼娃子，或抢人的土匪棒客出身的人的女儿吧？总不能找个唱戏的戏子的后代吧？总不能找个挂门帘子(做妓女的一种营生)的人的丫头吧？这些都是许多有头有脸的人家十分忌讳的联姻对象。要找的话，要么就是官宦人家、书香门第，要么就是受到深厚的文化和儒家学养熏陶的儒商，抑或有钱的读书人的子女，这就叫门当户对。穷人、叫花子只能找和他们相近的人联姻。这样，起点高的自然就一直高，无论从社会资源和后代品种优良，以及遗传基因方面等等来说，就都会非等闲之辈可比。就像一头国产的猪和一头美国的猪比较起来，许多人就都会争着抢着要美国的猪，因为美国在世界上的地位高嘛，所以他们的猪的品种，在有钱人的眼里自然也就优秀。道理就是这样的。譬如那些起点低的人，找上和自己的起点一样低的人联姻之后，他们就只能永远过下层人的生活。出生是一次决定出身的机遇，然后到联姻阶段又是一次机遇，错过这两次大的改变命运的机遇，一般人就很难再翻身和发生质的飞跃和裂变了。

这赵二爷的岳父家那也是他们那个地方有头有脸的，可谓掐指可算的富汉人家，树大根深，基础牢固。他见赵二爷家也是武家庄能说得起话的有钱人，并且见这个准女婿年纪轻轻就已经当上了保长，一时觉得前景辉煌。两厢当然算得上是门当户对了，于是就结成了这门亲事。现在二爷的岳父已无常多年了，眼看又到了他老人家一年一度的大祭之日。赵二爷家宰了一头牛、三只羊，一群鸡，并且叫了庄里两个非常干净的老奶奶、两个干净麻利的年轻媳妇子，让她们都把身子洗净和换上洁净的大水，来家里帮忙做吃喝。这也是另一种实力的展示，让大家知道，只有富汉才能办到这么大排场的祭想亡人的事情。因为凡是给死人举办盛大的活动场面，不都是做给活人看的嘛！

这一会儿，来帮忙的人和赵家的亲戚们正说说笑笑在大堡子里收拾着牛羊的下水。这一天，赵家真是刀马齐备，准备得非常的充分，打算明日好好地给二爷的岳父念一个贵重的索儿。

赵二爷本人也似乎变得十分的虔诚，他穿了一身青色的崭新崭新的衣裤，在大堡院里走动着，时不时嘱咐这个两句，又把那个叫过来斥责一顿。他就像个领导一样，统揽着全局。明天就是岳父的祭日了。二爷确实非常敬重他的这位已过世的老岳父，因为他曾经给女儿在他们结婚时，陪了令许多人都眼红嫉妒的丰厚的嫁妆。所以，在对待岳父的祭想的这个盛大日子，二爷一点都不含糊，不吝宰生，且自己早早地就洗了大水，换上了从拱北上老人家的手里讨要来的具有吉祥平安意味的贵重孝帽儿。这时，他打量了一眼自己身上的新衣裤，发现自己这一身青衣裤一上身，就跟他妈省上的那些要员一样气派和体面，旁人看上去也觉得他跟托尔斯泰笔下的陪审团的议员、世袭的公爵聂合柳多福一样人模狗样的，属于人前头的人了。

二爷走到自己的屋子里，给念索儿的阿訇和几个大满拉准备着乜贴钱，阿訇是阿訇的，满拉是满拉的。他把他们各自的钱都依次一一数好，单另放着，并按顺序装进衣服口袋里，待到明日阿訇和满拉念完了经，散给他们的时候别弄乱了。当然，还有一些小面额的钱是专门散给来家里吃油香的亲戚、朋友们的。

接下来，赵二爷反复地拿一块黄色的透明透亮的玉石，压着香炉子里的炉灰，把灰压瓷实压好看，随后用左右两手的拇指、食指、中指这在他看来十分贵重的六根手指捧着点燃的三支香，恭恭敬敬地插入到香炉子里，然后才出门四处请人去了。

大少爷尤素福媳妇，换上干净的大水之后，立刻就显得精神多了，清爽且楚楚动人，只是她的眼里布满血丝，流露出几分疲惫和劳累的神情。这两天来，锅前锅后的洗洗刷刷都是她的，哪一样物件她不洗上三遍呢？不论洗什物用的水，还是锅上的用水，都是她到一二里远的上河里的水泉子上挑回来的干净水。无论事情过得瞎好，就在这一把干净的水上说话，人要洗，家里的锅灶上的每样东西要洗，啥都要放这一把清水往净里冲哩。这一阵，她自言自语地埋怨着丈夫尤素福："这个男人呀，是个什么男人啊？懒得连一担水也不去挑！"但是她不能在家人和丈夫的面前说出这样埋怨的话，因为在这个家里，实在是没有她说话的资格和份儿。忍辱负重和受气是大户人家一个做媳妇子的本职，加之她的娘家实在是太弱势了，穷苦人家出身嘛，蚂蚁一样不值得一提的。至于她这样出身怎么进到这个家的，待后面细细交代。

尤素福的媳妇走到下院墙根底下的那一大堆堆得就跟小山一样的柴边，抱了一小捆儿柴，便匆匆忙忙向伙房走去。这一山硬柴就是主麻历尽千辛万苦，半夜三点下炕启程，走到东大山的深山老林，用一把磨得锋利的镰刀打好柴，然后用一根皮绳捆扎了，又撵着黑夜里满天的繁星背回来的。由于赵家用柴量大，只能一段时间把牛带给庄里别的放牛的人给带着放，叫主麻到大山里去打柴。真是哪里忙、哪里需要，主麻就出现在哪里。主麻每次从大山里回来放下柴，吃上一口东西，睡上屁长的一小会儿，就又得爬起来拿点干馍馍往大山里赶。这一程路差不多要走二十多里地哩，有时候走着走着实在是太累太困了，就在某个山谷的路上站着睡着了。一睁眼，能把他自己都吓一跳，他站立的地方向边上再走几步就是深沟悬崖。路途遥远，他一天只能背一回柴。有人问他，要是遇上狼怎么办呢？主麻说，他不怕，那就让狼吃掉算了。有时候在路上会碰见别的打柴的穷人，就结伴而行，相互帮忙鼓劲，一道去打上柴，再一道回来。

堡子院里的这些柴就是主麻这样一捆一捆，从东大山的老林子里背回来的。这种大山里背回来的硬柴，烧火煮肉是非常好的，煮出的肉味道也特别香、特别好吃。

二爷家伙房案板上的牛肉、羊肉已被卸成一件一件的，准备晚上煮。地下那几个叫来帮忙的人正坐在小板凳上说说笑笑地往　匾篮里擦萝卜丝儿，预备要烩一大锅菜。二爷家的大铁锅，不像现在城里那种像是喂猫食的小锅，小里小气的。二爷家的铁锅能炖得下一头牛。他家这样的锅就好几个呢，只要是用得着的贵重的客人被邀来堡子，就都派上了用场。

主麻去东大山背硬柴尚未回来，他每天都走近几十里地，再趟过那条黑河，翻越几架大山，方才能到得东大山。

天空落了红霞，主麻站在东大山的梢子林空里，揭起烂山羊皮袄襟子擦了把头上的汗水，感觉浑身特别软，虚脱一般，两眼直冒金星。天差不多快要黑的时分，他才用皮绳捆了硬柴，准备回家。他翘首远望大山，远处，东大山莽莽苍苍、起伏连天的山脉一派茫茫的景象。而一切都似乎那么深沉和压抑，失去应有的美的情调和乐趣。他想，这就是下苦人的生活。主麻背起捆好的一大捆硬柴开始向武家庄返回。

是夜，繁星点点，月亮已升上了天。主麻还在路上。而赵二爷家的男人们都已各自睡觉歇息去了。只那伙房里的女人们还在忙活着煮肉。夜空中浮升起一股扑鼻的肉香味。

赛尔真的在接近黄昏的时候来到了赵二爷家。她的美貌和乌黑的麻花辫子自然受到了大家一致的夸赞和好评。她心里自是甜蜜蜜的不说，但表面却害臊得扭头摆髀地笑笑。她见人多杂乱，自己也不便参与插话，就退到后面立于伙房门后的水窨子（回族净身之地）里，听那些已经经历过和过来的女人们扯着闲话。女人们的闲话总是扯不完的，有时扯得高兴大家就兴奋地拍着大腿笑一场。有时竟就扯出一些是是非非来，于是她们各自的心里就都装满了心事，以至这些就变成将来某些祸端的导火线。

尕西木怀着忐忑不安的心，像个贼娃子似的溜过去趴伏在伙房门外的窗子下一遍一遍地把脑袋伸过去往伙房里面看。那厨房的古香古色的花格子窗户上的纸被他撕开了。他拿了根细细的兔儿条梢子从窗格眼儿里塞进去，捅了赛尔一下子。

赛尔也许是听女人们的闲话听得专注，并没感觉到有人捅她。尕西木便把那木梢子缠了赛儿的麻花辫子，拉了她一下。

这回赛尔觉来了，她咧开嘴轻轻"哎哟"了一声，然后回过头来看，月光映衬着尕西木的大嘴，看见他正笑嘻嘻地招手叫她。"女人嘴大搅(吃)谷糠，男人嘴大吃四方"，这类古训赛尔早已听奶奶多次讲过，她也铭记心间，意思是说女人的嘴大了只是个没福气的，而男人的嘴大了，不仅有福气，且还能干一番大事业，走到哪儿会吃到哪儿。这时赛尔看见了尕西木的大嘴，心里升起一丝依赖和羡慕感，一下子浑身有种异样的激动。

房里的女人们只顾专注于闲话。咣当、咣当来回抽动的风箱声和大锅里咕嘟嘟冒着热气的肉香在灶房里继续漫溢着。

赛尔乘着大家不留神，便出了伙房，跟在尕西木的身后向大门外走了出去。他们俩诚惶诚恐地走进了那间有些摇摇欲坠，仅剩下半扇破门却无人居住的古油坊。主麻的母亲就是病死在这个冰凉的地方的。这里曾留下过流浪汉尤努斯一家人的心酸和痛苦。但是，这里却成了尕西木临时快活的场所。快乐与痛苦，富人和穷人，这一对孪生兄弟，自古以来一个建立在另一个之上。没有苦难的承担者，快乐就不成其为快乐；没有穷人的奉献，富人就成不了富人。

尕西木伸手抓住了赛尔的手。月亮从门口和窗子里射进了那间尚有一台土炕的古油坊。尕西木说：

"我在伙房外站了好长工夫，却就是不见你出来，急死个人了。"

赛尔绵软的手掌心里浸出潮湿的汗来，汗水润滑着尕西木的大手。尕西木从她的手臂感觉到赛儿的浑身不停地面颤抖。尕西木又高兴又担心，高兴他们终于可以单独在一起了，担心的是她要是忽然更变主意离去怎么办？他紧张得牙齿上下打架，道：

"我大在马鸿逵手下当过兵，他的许多朋友现在都当的大官，将来我要是靠他们捞得个一官半职啥的，保证叫你一辈子不受罪。只要你跟了我，要享的福在后头哩！"

赛尔的心中一片迷茫，觉得有些害怕和紧张，同时又有些激动和刺激，唯独奶奶的那句“男人嘴大吃四方”的话犹在她耳边回响。

当然，赛尔也喜欢听尕西木对她此刻的信誓旦旦，觉得她找到了一个很大的靠山，这个靠山也许是尕西木，也许是尕西木的老子赵二爷。在世上，许多美丽的姑娘们不论男朋友是否优秀，而常常以男朋友的父亲是否成功，为找对象的标准。仿佛一般和男朋友好，就是取决于他老子的财富和地位。这是显而易见的。

“就怕到那时你连咱的名字也记不下了，还会认得我是谁？”她对他的话半信半疑。

“谁要是变了心，就不是我大的儿，是老叫驴的儿子，叫他跌到红沟崖里摔死去……”富二代尕西木急切地赌咒发誓，并乘势将赛尔拉过来坐在炕沿边上。片刻，他一只手已揽在了赛儿的后腰里：

“你咋长得这么心疼？皮肤像牛奶洗过的一样白，到底你的娘老子把你咋生了，咋就这么俊了？”说着，尕西木的一只大手便鬼使神差般从赛尔的衣衫里慌张地塞了进去，并战战兢兢地游荡起来。他感觉赛尔的皮肉如玉一样光滑细腻，且紧绷绷儿的，这使他的手获得了从未有过的礼遇和快乐。在他觉得，这是有钱人就该拥有的一种生活。这也是能力的象征。他的父亲的成功和对女人的无止境的欲望，就是他人生的榜样和终身学习的模板。此刻，他正享受着女人。他自己觉得这好极了。富汉背景就是给他撑腰的胆。尕西木无所顾忌，迅速解开了赛尔的上衣纽扣，愈益用劲地搓揉她的乳房。

赛尔起初尚有些忸怩作态，渐渐地就呻吟着迎合起来。她不愿意失去他，不愿意失去赵二爷家这样一个大靠山。突然，她像挨了一棍子的蛇一样痛苦地扭曲着身子，呻唤得如一个重病患者。她内心矛盾，思想上抵抗，但行动上却在努力地配合。她慎怕失去赵二爷家这个大富汉，便只是喃喃着。

“别怕，赛尔，有我哩！”尕西木全身汗渍渍地，张开大嘴在乱舔、乱拱。

赛儿昏眩般叫着：“尕西木，你个坏怂、你个坏怂！”仿佛有人拿一根钢针刺穿她身体某个脆弱的神经，引起阵阵触电般地战栗。

后来，他让她叫着他的名字，叫着最亲的称谓。她额前几缕少女的秀发，散乱在她鼻翼的周围。汗水顺着她柔纤的乌丝，显得有些无可奈何地滑落下来。不知过去了多久，有三颗泪珠滚到了她脖子的后面，“西木哥，你可不能骗我啊？”

尕西木大汗淋漓，张着大嘴，像狗样吐出猩红的舌头，喘着粗气道："咋可能骗你嘛？我们有钱汉还会骗人吗？"

尕西木与赛尔回来后，伙房里依旧人声喧哗。他推了赛尔一把，让她快去伙房，自己便踌躇满志地回东厢房歇息去了。他进房时，看见那下院墙根下，又多了一捆硬柴，皮绳尚没解开，他不由向主麻房里瞥了一眼，那间小屋里没有点灯，一片枯焦与黑暗。他想：那狗日的睡不了一会，就又得起来赶往东大山了，这就是他娃的命，上天造下他来到这个世上就是个穷人，就是下苦力的，就是给我们富汉当长工的材料。这就是命，千万别怨天尤人啊！

第二天，太阳从东方冉冉升起来，那暖暖的阳光毫不吝惜地洒向这黄土高原。黑河边的赵二爷家的堡院里娶新媳妇般的热闹和欢畅。院内站满了大人、娃娃。大人当然都是庄里能说得起话的一些有地位身份的人。娃娃大多是赵家自己本门里的。

赵二爷把阿訇和满拉等让进了收拾一新的大上房里。那一松到底椽檩盖的房子的炕上铺好了新毡、新毯子。赵二爷满面春风，谈笑自如，说着祖宗几代的荣耀。他一边说着他的父亲是怎么把他锻造成功的，一边把阿訇和几个大满拉请上了炕，几个年轻的念经人就随便让落座在地下的板凳上。

然后，他摆上炕桌，又在炕桌上放上了香炉，香炉里面的红香冒着一丝袅袅的悠然的青烟，在众人面前清高傲然地弥漫着、旋绕着升上了房顶。那烟在屋顶上面打了一个旋儿，又折回来久久不散，使屋里散发出阵阵诱人的馨香。

阿訇是位黄面白须的老人，也不拘谨，开朗地说着一些客套话。他还讲了他到谁家去，耳闻目睹的一些趣闻逸事，逗得大家都乐了。说是有这么一个人，本来不会念经，但是经常混在阿訇里面滥竽充数，无非是为了能吃一顿饱饭。阿訇念的时候，他就鼓着腮帮子，随着阿訇发出的调子仰脖抑扬顿挫地数着房屋上的椽子，声气跟大家统一协调，如果大家不留神还真的听不出来。

赵二爷笑着道："阿訇老人家，我看差不多了，咱把笑话留到后面，先开始念经吧？"他近前把桌上的香往端正里摆了一下。

于是阿訇便不再说笑，肃然了面孔，领着大家一本正经地念起索儿里开头的那段赞主语。这一节相当于一本书中的序言。但见赵家的子弟们站班列排地跪倒在地下，垂首听诵。

随之，阿訇便与诸位满拉念起那二十二个索儿。头一个索儿名叫“挽入合儿”，直至念到第二十二个。

于是，大家看见二爷的眼睛里竟然蓄了一丝泪水，不知道他是因为感动，还是因为自己的所作所为让他在这神圣的一刻里，暗暗地忏悔着。

二十二个章节念完后，阿訇满拉开始接起杜瓦儿，地上跪的大人、娃娃们便都迅速地捧手等待。阿訇和会念杜瓦的就都默默地念杜瓦。

这个无声地接杜瓦的过程，似乎比先前诵念的时间还要漫长。大家也许有些等得不耐烦了，都记着吃的事情呢。

阿訇仿佛不急，过了好一会工夫，大伙才随阿訇接了杜瓦。之后，赵二爷便从地上站起来向炕上的阿訇等人深深一揖，以示谢意。接着，他笑容可掬地从衣袋里掏出“乜贴”钱说：

“大家别笑话，几个薄乜贴，请收下吧！”他把较多的一份双手敬给了阿訇，较少等同的几份散给了诸位满拉(学员)。

阿訇和满拉接过钱就赶紧忙忙地塞入了自己的衣裳口袋里。

随后，赵二爷又给地上跪听的亲朋好友，以及一群小娃娃们均各自适当地散了点小意思，才拾了桌上的香炉，走出房喝喊着家人赶紧端吃的。他招呼尤素福赶快先把干果碟子端上来。

不一刻，尤素福端着满盘儿的干果碟子进入了大房，摆到各位念经人的面前请口到(吃)。尤素福显得有些木讷，嘴撅得长长儿的却像是不会说话，一时憋红了脸。他示意阿訇、满拉们赶紧动筷子，自己出去又准备蜂蜜和油香去了。不一刻，他又把油香和蜂蜜端了进来。阿訇便叫尤素福折了残余的干果碟子，接着礼节性地用三个手指很熟练而巧妙地提起一个油香，边念着“毕斯敏俩(以真主的名义开吃)”，边用两手将油香一掰两半儿，沾了香甜的土蜂蜜，领着大家伙吃开了。

其余的念经的满拉自是效了阿訇的样吃起来不说。

阿訇、满拉们吃了席，最后吃的是碗碗菜。临走时，就有管锅灶的给每个阿訇、满拉散了一份夹了肉片的油香，让带回去吃。

二爷等家里人把阿訇一直送出堡子大门，直到跟阿訇、满拉们再次说了“色俩目”，道完谢才回转进堡子里来。

阿訇一行走后，赵二爷家一门人早已等得不耐烦了，便开始痛快地吃起来。家中却只有雇来的主麻没有吃，他去了东大山背硬柴还没有回来。

此时，真是不巧，有人竟给赵二爷报了个扫兴的消息，说三爷的老大布拉儿在远地方的一个窑子里把钱耍了个精光，连驮运货物的骡子也被扣下、衣服也被脱了，现在回不来了，托人捎的信让家里人快些赎人和牲口来，不然就把牛把子割了去哩。

人们见赵家出了事，便都知趣地匆匆走了。

二爷一听，立刻就脸红脖子粗的，口口声声骂老三教子无方，日娃不管娃，给赵家人脸上抹了锅煤子黑。他实在不想管，但考虑到怕遭钱、孙二姓的笑话，就叫来从外地赶回来吃油香的三爷等人合计了合计，说家丑不可外扬，这些事情传出去，对咱们赵家没有什么好处，最好还是袖筒里的火袖筒里灭，如果是别的事情，即使打死人了还说活话哩，但这种事情不怎么光彩。

随后，赵家准备了钱，把尤素福打发起程，叫赎布拉儿去了。尤素福先前牛头板犟，懒得还有些不想去，却经不得二爷的几声喝喊，就只好动身走了。

下午，二爷的老婆翻着一对鹞子眼说要回娘家，并已装好了肉和油香，只待男人给句口唤就动身走。女人都是这样，家里过个事情，有上一点好吃的，就都会偷偷摸摸地往娘家拿些。

赵二爷见女人已经收拾好了行装，便顺水推舟地把尕西木唤来，让备好骡子陪他妈一道去他外婆家浪去。

后晌，人都走光了，整个堡院里就只剩下了二爷和尤素福的媳妇花女儿两个人了。赵二爷猛然间觉得心里空虚起来。他长长清了一下鼻孔里的东西，用手抹了抹那黑茬茬的八字胡，走进了茅厕。

茅厕里，刚进去正蹲着的尤素福媳妇吓得急急提起裤子，一溜烟小跑出来了，羞得绯红的圆脸盘子一下埋进凸起的衣襟里。

赵二爷却像没什么事似的，一边解裤带小便，一边回忆着尤素福媳妇那白皙皙的肚皮子，脸上不由攀升起一抹酷笑。他使劲抖落尿滴，慢慢地走出茅厕，见媳妇子正忙三赶四、惶恐不安地擦桌子、扫地，那一举一动都紧紧拉动和牵扯着他的视线。此时他在脑子里已经完善着一个绝妙的计划。

赵二爷走回大房，从墙上取下二胡，搬过一把太师椅，坐在房门前的石台子上，晒着暖烘烘怡人的太阳，开始拉起了二胡。他嘴里哼哼着那首流传于黑河一带的花儿：

“山里的个野鸡娃红冠子，我给我的个尕妹子打簪子；山里的个野鸡娃绿嗉子，我给我的个尕妹子扯裤子呀么，山丹红花开！”

二爷一边哼着小曲儿，一边运筹帷幄地拿眼偷偷瞟了一下依在伙房里忙着收拾东西的花女儿。他酝酿了一下，终于和气地喊道：

“花女儿，忙啥哩，过来给大泡一盅子好茶喝！”

二爷继续悠然地跷起二郎腿，拉着二胡，并和颜悦色地等待花女儿端茶过来。

“大，我给你热些水，你一会儿洗上‘阿布带斯(小净)’，还要礼‘地格儿’(五番拜礼中的第三番，一般在太阳快落山之时)哩！”口里这么说，可人已麻利地走去给二爷泡茶了。她把冒着热气的茶端过来，小心的双手递给了二爷道：“大，你接好，茶烧得很，小心烫手哩！”

赵二爷忽然用惊诧的眼角扫视了花女儿一下，企图从她的脸上和眼睛里辨别出她刚才所说的那句话有些什么深刻的意思。

然而，花女儿的眼睛依然大大的、眼皮儿依然重重的，圆脸盘子红扑扑的甚是好看。

二爷突然埋怨自己有些敏感和多疑了，在心里说：

“妈的，她一个没见过啥世面的娃娃，能懂个什么呢？对付她，还不是我二爷的一个小动作。”

“尤素福就是个傻怂，一点儿也不知道疼爱我娃的，看把我娃都累成啥了！来，花女儿，过来，大看看你瘦了没？”说着就去拉花女儿的手。

那二胡从赵二爷的膝盖上“叭嗒”一下，滑落到地上，发出一声不好意思的脆响。

堡院的西墙角码头上，有一个卷起沙尘的旋风，吱吱儿鸣叫着，从那个高高的墙脊上越过去，不见了。

院子里显得空阔而寂寥，只有阳光洒在偌大的院落里，如水泼开的一样静。

“大，你咋这么好？你比我妈(指婆婆)好，把我当自己亲生的娃娃一样看待着哩，以后我会好好孝顺你的！”

花女儿说着把手躲了过去，脸不由得一红，头一低，身子一扭，娇柔的样子更加动人了。

这一下撩拨得赵二爷的眼睛里释放出异样的火苗，心里涌动着难以抑制的浪潮。他进一步泄露心迹：“我的瓜蛋娃，你知道怎样才能把大孝顺好吗？”他说这话时，眼睛紧紧地盯着花女儿的眼睛，心里忐忑了一下。

花女儿没有言喘，只是紫红着脸盘子，把身子蹲倒去拾二爷脚下的二胡。

赵二爷忍耐不住，往前探了下身子，却又迅疾刹住了拥抱花女儿念头，接着道：“我娃，把它挂到我房里去，你不爱听大拉的二胡，大也没心思拉了。唉！人老了嘛，就会惹得猪嫌狗不爱的，就没人愿意理睬了！”他抬起身子也跟着花女儿往房里走去。

“大，你老人家英雄了半辈子，还甩过几年保长，和有些人一比较，你现在也还不老嘛？说实话，还年轻得很呢，有啥叹息和遗憾的？”花女儿为有这样的公公感到自豪。

“大真的不老吗？你嘴上这么说，其实心里说大是老了的。大知道，我娃在大跟前说反话哩。但是，日你先人，你要知道，大可是人老心不老。还有，我告诉你，大再老，大也是个富汉。大想找什么样的女人就找什么样的女人。大想要啥的话，还会没有吗？”

“看大说的，大哪是一般人呀，大要摘天上的星星，那也是能摘上的，在黑河一带没有大办不到的事情！”他眯缝着眼听着。

赵二爷在房里翻出自己年轻当保长时照的那些老照片，说：

“花女儿，你过来看，你看看大年轻当大官的时候，攒劲（潇洒、英俊、帅气）着吗？”

花女忙走过去接过照片慢慢欣赏着，说道：“大，这是你啥时候照的？咋这么攒劲呀？我长这么大，还没见过大这么攒劲的男人。大，我看您倒是很适合穿军装，军装一上身，简直攒劲律直得人都认不出来了！”那后半句话一出口，她便觉得有些放肆和不妥了，不禁面红耳赤起来。

这个赵二爷说变脸就变脸了，他突然阴森森地说：“花女儿，听你妈说，你好几次给我们端的都是重茬吃头（与男人发生两性关系后，不依照穆民的程序沐浴而做的吃头），太不像话了，真没见过你这号糊弄的媳妇子！”

花女一下子羞得从套房里钻了进去，颤着声说：

“大，你这老杠杠的了，咋胡说哩嘛，我不信我给老人端的是重茬吃头？

你不要听信我妈胡言！”她有些急了，想极力争辩。

“你听着娃娃，这个家可是老子一手创下的基业，我在这里说了算，我叫谁滚蛋谁就得乖乖滚他娘的蛋。谁如果不把老子放在眼里，谁就不想在这个家里坐了，是福烧过头了。你也一样，花女儿，你听着，你不听大的话，我叫尤素福把你休了哩。老子牛羊成群，家产万贯，有的是钱，难道我赵家还会担心找不上听话的乖儿媳妇吗？”赵二爷立眉倒眼，气势汹汹地说，“你知道你是怎么进这个家门的吗？本来，论你的家境和出身，你家贫寒得像狗舔的一样干净，啥都没有。凭你，那是根本进不了我们老赵家这个大门的，但是我当时看着你心疼、听话，人也绵善，大就没有考虑那么多，就硬是把你娶回来了，你是大相中的，你知道吗？尤素福他们谁敢不听我的话，你说对不对？”二爷这一番话，真的很有胁迫和杀伤力的。

花女儿知道赵二爷说的这些话可都是大实话，在这个家和这个大堡子里确实是赵二爷独揽大权，一个人说了算。依靠二爷这棵大树，是没有人敢欺负她的，尽管她刚才被这突如其来的怒斥搞得晕头转向，但还不至于脑子糊涂。当然对公公的一番教育和开导，使她有点应接不暇和不知所措。她委屈地流着泪，小声哭泣，让泪水淹没这点伤悲。

二爷听到套房里的哭声，便又换了一副面孔，也走进套间去用温和的目光来安慰和抚摸她：“我的娃，哭啥哩么？大刚才是跟你闹着耍子哩，没关系、没关系！”他一边说一边用手揽了花女儿柔软的腰身说道，“我的娃，你要听大的话哩，你只要肯听大的话，大不会亏待你的！”他用手去帮她擦那掉下的眼泪。

花女儿就像个被大人冤枉和亏待了的碎娃娃，突然得到了安慰后，便把头一下子抵进二爷的怀里，叫了一声：

“大！”便委屈伤心得泪水滂沱了。

“我的个乖娃，快甭哭了，你再哭就把大的心都哭碎了嘆！”二爷说着顺势就把花女儿揽到两腿间，坐到炕沿边道：“我知道我的花女儿听话呢，一定听大的话呢，大错怪你了！你说咱们富汉家不愁吃不愁穿的，活着为了个啥？就是图个世上的红火快乐嘆！以后只要我娃听大的话，我娃吃啥没、穿啥没？赶明儿大给你买一身时兴的衣裤，叫我娃穿上叫他们看看，看我娃秀丽不秀丽！来，过来，坐到大的腿上来，叫大亲上一个，解个心慌！”二爷说着就把那个黑胡楂楂的嘴凑过去，亲吻花女儿的脸颊。他不等花女反应过来，便又以极快的速度把自己的一只周围长满硬硬的枯草一样胡须的老嘴巴滑向了花女儿那软格囊囊的唇。

这时候，花女儿才仿佛明白过来。她用胳膊推搡、躲闪，摇动着身子。她的心开始一点一点举向了高空，嗓子眼儿也紧张得收缩起来。她清楚地感觉到，有一只难以抗拒的巨大的魔爪在向她的乳房慢慢地游弋。接着，那只魔爪开始揉搓她，搓得她的脑子里嗡嗡地响，最后失去了力量，脑海一片空白。

一会儿，花女儿感到顺从的意念把那些反抗的细胞一个一个都捋顺了，熨帖了。她终于乖乖地躺倒在大堡子铺着绸褥子、缎被子的赵二爷的火炕上，嘴里喃喃地说道：

"大，咱们这是在'顿亚(阳世)'上干罪者哩，后世里是要受惩罚的，大……大……"断断续续说不成话，最后只轻轻地长一声短一声地呻吟着。

"瓜娃，你懂个啥，大是个富汉！"二爷想起不知是谁说过他们富汉的一句话："富贵使人淫！"便在心里笑了。

花女儿被赵二爷剥得一丝不挂，所有的部位都露了出来。二爷把自己也慌慌张张地脱得赤裸裸的，像一只肥胖的癞蛤蟆爬在花女儿的身上。尽管他年纪有些大，但在这件事情上倒显得有些老当益壮，不坠青云之志的气魄。

赵二爷一边大动干戈，一边嘴里含含糊糊地说：

"花女儿，我的娃，把大的身子抱紧咯！"

不知过去了多长时间，花女儿仿佛从梦境回到现实，沮丧地摇着蓬乱的头。她一看躺在身边尚喘着粗气的赵二爷，使她觉得厌恶和罪恶，忙忙寻找衣裤，想穿衣离开二爷的房间。不料却被二爷又一次扳翻在炕上，饶有兴味地研究了一番。

花女儿想，头烂没在一斧头，干罪的事情，一次也是干，两次也是干，既然已经这样了，就索性努力让二爷高兴和开心点，以后难免要仰仗人家保护。"好了赶紧把衣裳穿上去你的房里，等晚上大再去你屋里看你！"说罢，赵二爷也爬起来穿衣服，并不时像只狼狗样竖起耳朵，警觉地听着堡院外面的动静。

"花女儿，可千万别给人讲，别人知道了对你也没什么好处。皇上还有三宫六院哩,你大我这么有钱的富汉,也合该享两天福。你听说过那个唐王李隆基吗?他的儿媳妇杨贵妃也被他娶来当老婆哩。那位我视为师傅的皇上,他还说过一句至理名言,说'把自己养的和养自己的除了外'!唉,人就都只是披着一张人皮,你放眼看看,有钱有势的富汉,谁不是这样生活呢?都是这样的一种活法嘛。在世上,就球那么一回事,俗话说,肥水不流外人田,受活一天算一天……"在花女儿穿衣服的时候,赵二爷又给她讲了一番深刻的道理。

天已经黑麻了。

院子里有了响动,是主麻背着硬柴回来了。今天主麻不小心掉进了黑河里,把全身都湿透了。现在的他,在这个大堡子里已经变得十分木然。人在这个世界上,最悲哀的莫过于:无论你干多少活计,下多大的苦,最后所获得的一切都跟自己没有一点点关系,但是自己却竟然觉得这是有意义的。这就很悲哀了!

主麻抖了抖皮袄上的泥土,回自己房里歇息去了。

六

前面已提到过武家庄钱家那位钱掌柜,他的大儿子名字叫钱文,被送到县上读了几年私塾,回庄后被大家认为是个半拉子秀才。可是那钱文年轻气盛,虽然腮帮子上的肉没有二钱,牙茬骨干汪汪的,对书文方面的兴趣不浓,却喜欢铁尺舞棒的。

那是一个看不大清人面目的夜晚,钱文约了一帮酒肉朋友在他家的麦场房子里炒了半锅向日葵准备吃。钱文狗蹲子蹲在炕上的窗子跟里,抹胳膊卷袖子的和朋友们吹他的拳术如何如何。不知为什么,他今天的激越兴奋和轻浮非比往昔,情绪仿佛有些失控。俗话说:狗亲屁出来,人亲事出来。闲耍武艺,挣断了吃系(吃饭的肠子)。岂不知人在得意忘形的时候,灾难便会悄悄降临下来。

这时候,钱文的一个朋友出去撒尿,工夫不长,他手提着裤腰逃也似的跑进来,喊道:

"哎呀,贼,有个贼娃子在偷东西哩!"他上气不接下气的,用手指着门外。

钱文从炕上一下子站了起来问:"贼在哪达哩?"他目露寒光,向着两手掌心:"呸,呸!"左右吐了两口唾沫,高喊一声:"走,出去先把狗日的打倒再说。”喊罢,他率先跳下了炕,把圆口子斜纹布做的布鞋穿紧承,从门后顺手操起一杆长矛冲了出去。

钱文的朋友也纷纷抓了铁尺、菜刀和棍棒跟了出去。他们在打麦场里揣着黑转了一圈,没有发现什么异常。

“这个坏怂,咋哄人哩啊?”钱文笑着骂起来,以为是朋友故意在捉弄大家玩,叫大伙虚惊一场。钱文虽然自恃胆大,可往门外冲的那一阵,心里也有些嘀咕,担心他跳出去后倘打别人打不到,倒叫别人打着趴下,那他这个成天价吹得绿籽红瓤的拳棒手,可要在朋友们面前丢脸了。但只是虚惊一场,他不由暗自庆幸。

“快看,贼就在场沿坎子下的窑里藏着哩!”有人喊起来,“快看,还在里面呢,我看见探了一下头!”

大家遁声望去,窑里面确实有些动静,细细看,月光下影影绰绰确有人影在窑门口晃动。

他们跳下坎子将那窑门团团围住。钱文带头吆喝:

“里面的人听着,快些出来,不出来我们一顿驴腰子石头哩!”

“咱们用乱石头砸进去!”钱文的哥儿们也跟着狂喊乱叫,“出来,里面的人赶紧出来!”

“不出来,就打!拾石头来,把狗日的用石头往出来叫。”

大家你一言我一语地喊着,一时窑门外乱哄哄的。

这时全庄子的狗抬起了声叫开了,“汪汪”声一片,一直传到黑河的对岸。

黑暗中,有人给钱文递过去两个驴腰子石头,钱文二话不说,一甩膀子,石头像长上眼睛带着呼呼的风声就投进窑里去了,嘴里且喊着:“出来,狗日的再不出来就开枪了。”说着把那杆长矛握紧,做出扣动扳机的样子。

“饶了,饶了,我们出来了,千万别开枪!”窑里传出求饶声,随后从里面走出两个黑影,揣摸着朝前走了几步,正当窑外的人放松警惕之际,两个黑影却像狡兔一般突然一拧身,改变了方向,朝远处没命地逃跑。

“哪里逃?”两个黑影一跑,钱文想他们是不是干下什么心虚的事情,就大吼一声,“弟兄们追啊,别叫贼跑掉了。”说着便紧追上去。

人的命要是尽了,真是想跑都跑不脱。此时,一个黑影儿已经爬上了眼前的场沿坎子,飞一般离去;另一个黑影刚跳上坎子,不料脚下却一打滑,一个跟斗竟栽了下来，刚翻身爬起，就叫随后撵上的钱文伸手就是一矛，戳了一个马趴步。

钱文感觉这一矛是扎到了那人的后脑勺子上了，心中不由顿生害怕。这时，他见那人又爬起来，手捂着后脑勺连滚带爬地跑了。有人要追，被钱文抬手拦挡住了，说：

“算了，我们也不知道人家是干吗的，就不要再追了，吓唬吓唬算了，得饶人处且饶人，留他们一条生路去吧！”钱文边说边把刚才咬紧的干牙荐骨放松下来。

随后，一行人摸黑回到了场房里。唯有钱文的心里一阵阵害怕，因为只有他才明白刚才那一矛刺得到底严不严重。他自己觉得那一矛十分厉害，扎得特深，就像是扎进一个葫子里头了。他没有心思再吃向日葵了，就对大家说：“你们大家都听下，今儿晚上发生的，大家都悄悄地不要声张，也别再给任何人提。俗话说得好：腿长揽露水，嘴长揽是非。病从口入，祸从口出，希望大家的嘴都给我好好夹紧些！”

“钱少爷，你放心，大家都是好朋友，都是讲义气的，不可能口风像女人的烂裤裆一样，那么松的！”一个年龄比钱文大的说。

“你放心，放你二十四个心。”另一个打着保证。

于是，大家都就纷纷赌咒发誓，表示要好好保密，打保票不走漏半点风声。

四天以后，就从下川里，从黑河的对岸沸沸扬扬传来：武家庄的人把王家庄的人打死了的消息。这种事情根本隐瞒不了。纸里怎能包得住火？雪里如何能埋得住人？听说那个死了的人，是因为晚上跑到武家庄来听某某人的炕来了，叫人用矛从后脑勺扎了一家伙，跑回去以后就死了。据另一个逃脱的同伴说，当时那个人后脑勺上的血如水一样汩汩地流，疼得受不了，在经过黑河时，想清洗一下伤口，或者说是想让火一样发热的头颅稍微凉一凉，于是用手连连捞起黑河里的水灌到伤口上冲洗，结果伤口里面灌进去许多黑河里苦得如药一样凉凉的河水，跑回家后当晚就死了。

听炕是黑河一带的一个风俗，有些地方叫听床，就是新娘子结婚的那天晚上，大家都要去听炕，听新郎官和新娘子两个怎么合二为一的。但是要听得巧妙和高明，不能叫新郎和新娘子发现。后来，就延伸到平时大家如果闲得无聊，也会偷偷听一听少妇的炕。那个人到底是听炕来了？还是做贼来了？或者他是武家庄哪个女人偷的汉子？都不得而知。当时见被人发现了，就悄悄地藏进了钱文家场院的草窑里。

大家所知道的，就是听说死者的家属告到武家镇去了。黑河武家镇的自卫队和警察马上就要来庄子里抓人了。

钱文听到这个消息后，吓得半死，老早就做好了躲藏的准备。他和自己的媳妇在房炕的中央挖了一个洞，又在上面盖了一块子木头板板，再将炕席铺在上面。只要一有动静，钱文就把席赶紧揭起来钻进去，悄悄地蹲在炕里面，然后嘱咐好让媳妇在上面故意坐着。钱文自己对躲在炕洞里尚且感到满意，觉得只要这个女人足够忠诚，不告密的话，人就一点都想不到他会藏在炕里面。因为这个炕在院子外面看，是烧着的，且炕洞里冒着烟，给人的假象是炕里面根本不可能藏人的。但是，他们把走烟的地方都用泥糊住了，炕烟是吹不到钱文那里的，他依然能呼吸到可供维系生命的空气。

钱文的父亲钱掌柜在外面做生意，听到儿子牵涉到人命官司后，就日夜兼程往家里赶。他穿着一件青色的棉长袍，赤红的脸上流淌着汗水。当他走进院子，反扣上大门，此时觉得院里鸦雀无声。他走进自己经常礼拜的那个空房间，也没有急着喊钱文出来了解详情，而是先忙忙换了个水，去礼地格热（五番拜中的第三拜）了。

这位声名在外的钱掌柜可说是个虔诚的教徒，一天“五番”不撇，即使是走到路上，到了该礼拜时，就会立即把外面穿的那件青袍子脱下来，铺在地上跪上去礼起拜来。钱掌柜这个人尽管也做生意，但是对钱看得不重，不是那种要钱不要命的人。他明白舍得的道理。

钱掌柜礼完拜，揭起那扇他常居住和礼拜的房子里的活页窗子，压低嗓门喊钱文的乳名：“真麻子、真麻子，你过来一下！”他的声音有些颤抖，嗓子沙哑得像个破锣似的，嘴皮弹跳不止，眼睛红肿着，且布满了许多血丝。都是一路上操劳和伤心所致。刚才礼拜结束出完色俩目，他又一次偷着落下了几串眼泪。这几天，他是吃不下，也睡不好。据说当他在几十站的路上听到儿子闯祸后，差点没着急死，真是马不停蹄，日夜兼程赶回家来的。

钱文在下房里，听到父亲回来了，心里宽慰了一些。他听到父亲唤他，就偷偷抹了把眼泪，来到父亲的炕沿边。他不敢看父亲那张干巴而忧伤的面孔，只是思想着自己怕是不得活了，就看父亲有没有办法救他。

“你给大倒上一杯水吧！”钱掌柜看了儿子越加瘦削的面孔，觉得又心疼又可怜。

钱文精神上几乎快崩溃了，但是他在人前却硬撑着。他提着水壶，又拿了盅子给父亲泡了一杯茶，双手敬给了父亲，然后跪在父亲的炕沿头边的地上到：“大，我这回完了，没命了！”他哭开了，“我的命这回怕是保不住了！”他泣不成声，将头耷拉着歪向一边，吸溜吸溜地哭着。他一直不敢看父亲的脸，又怎敢看父亲那凄苦的神情。他觉得自己对不住父亲，对不住家里的人，他没有福气来享受父亲辛辛苦苦打下的这份基业。他认为自己是个承受不住福气的败家子。

钱文的父亲手抖着把茶接过去，用一双爱怜的目光打量着憔悴的儿子道：“瞧你人不像人鬼不像鬼的样子，叫我怎么说你呢？娃呀，你现在即使想逃也来不及了。你能逃到哪里去？没地方逃。你这次闯下的这个乱子，是真的不想让大活了！你如果想叫我死，早言语一声，我好找根绳子吊死算了。你说你一天不学好的，跟上那些闲打浪（吃喝嫖赌的闲人）图的什么红火，你说你咋这么折磨我哩？”老人凄惶了，声音像哭一样。

“大，你要救我啊，我再不跟那些不三不四的人来往了！”钱文抹着泪，向父亲检讨着。

大凡天底下年轻娃娃，一旦把祸闯下，才会想起自己的娘老子。常有人说：“老人的心在娃娃上，娃娃的心在石头上。”“前院里水，不往后院里流。”儿女哪里能体会父母的心呐！只有在大祸临头之际，他们才觉得世上只有父母是最亲的人。

“你哭啥哩？你不要哭，你哭哭啼啼的，反让大的主意乱了。现在已经闯下麻达，咱们就要想方设法搭救你的命哩！”钱掌柜箍着一口气说。

“嗯！”钱文揩着眼泪。

父子对话间，屋里已站满钱家的妻儿老小，有的在抹眼泪哭，有的看着钱掌柜：意思让赶紧拿个好主意。

“一个办法是躲避，躲着不要叫官府抓住。躲一天是一天，多活一天算一天。如若往远地方逃，现在已经案发，恐怕来不及了。只能就近想办法藏起来，不要叫人看见。但是必须放出风去，就说逃到外地去了。另一个办法是打通关节，买通官府。打死人，得说活话。”钱掌柜下了最后结论。他心里清楚，现如今世道，办什么事不都得拿钱说话，有钱就好办，不管这钱你是变相偷的、抢的，还是剥削下苦人的，以及昧良心赚的，还是你卖淫得来的（倘是卖淫得来的反倒高尚一些，毕竟流血流汗付出了劳动），都没人理睬你这些，无论黑猫白猫抓住老鼠就是攒劲（好）猫。所有的人都信奉这个，都只认得钱，都往钱眼里钻，有奶便是娘，至于道德、良心等等，都统统见鬼去吧！有钱能使鬼推磨，有钱能买个猴上树。钱掌柜考虑来考虑去，觉着这事还得靠一个人。这个人便是曾在马鸿逵手下当过兵，后又当过两轮儿保长的赵二爷赵掌柜的。只是他和赵掌柜以前无形中发生了些摩擦，心上有点纠结与隔阂。卖米的见不得卖面的。但是，为儿子可以化干戈为玉帛。他们两个在黑河一带，可谓一个槽上的两头叫驴。尤其是那位赵二爷，恨不得叫钱家房倒屋塌。

钱掌柜经过一番深思熟虑后，决定硬着头皮去拜访赵二爷，他要给赵二爷上个门。再说，天下穆民是一家，大丈夫不记隔夜仇。

第二天早晨，钱掌柜花了一番心思，到武家镇买了两大包礼物：有最好的枣儿、核桃、花生，一等的毛尖细茶，又在每个情份子上夹了一个二指来宽的红纸条儿，以示尊敬和喜气。他还买了几板当时最时兴的青粗斜纹布。那种布看似棱棱子大大的，但确实是当时最结实最好的布料。另外，那种看上去颤颤悠悠惹人喜爱的二毛羊皮缝制成的皮筒子，也捎带了几张。

钱掌柜赶着一头叫驴娃子，驮着各色礼物向赵二爷家走去，一面走，一面心里思量：那赵二爷可是个麻达人，也许不会轻易包揽这号人命关天的大事，一定要好好儿用点心思交涉呢。

钱掌柜思索间，已来到了赵二爷家的堡子大门前：“二爷在家吗？”他轻轻地拍打那扇近一拃多厚的木头门，内心里却乱糟糟的，那赤红的脸膛看样子快要淌下土来。

出来开门的是尕西木，他陪母亲去外婆家已回来了。因他的心里还惦记着不久前才好上的赛儿，在外乡待不住，于是就催母亲心急火燎地赶回来了。钱掌柜望着这个吃得肥头大耳，像个优异的专事给动物配种的家伙，不禁感慨万千。

人体的各个零部件，黑河人叫头蹄杂肛，就是包括头颅、肠肠肚肚、蹄蹄腿腿一类的东西等等吧，有些地方称杂碎，即人身体的各个组成部分。尕西木的头蹄杂肛这些看点，均都显得有些营养过剩，长得简直可说是黑河岸边的一个奇葩。

尕西木把礼帽在那特大号的脑袋上斜扣着，黑色的石头眼镜挂得很低，把眼皮微微抬起来，从镜片上沿够着看。

尕西木看清楚了，见是庄里的钱掌柜，两家的恩怨根深蒂固，所以他开始老大不高兴。但来者毕竟是长辈，他就用手把镜片向鼻梁上边推了推，慢条斯理地道："噢，我以为是哪里要饭的流浪汉，打算赏一块大洋呢，原来是钱家爸啊！"尕西木的那张癞蛤蟆嘴向两边咧过去，像他老子一样眉毛头子拧成一撮儿，且不以为然地笑笑。

钱掌柜知道，这位二少爷是个不务正业的游徒，纨绔子弟，便微笑道："二少爷真是一表人才啊！我们家的娃娃，你看是些啥？没有一个成行的，一个个吃屁都没人给吵，还尽惹祸招灾，哪有半个如二少爷的。"

钱掌柜几句话，二少爷便心花怒放，心说："你们家的富二代钱文，想跟我比？能比吗?老鸦比凤凰，燕雀比鸿鹄，根本就不是一个档次和级别的。"瞧尕西木那样子，仿佛自己不是依仗父辈的荫庇吃喝玩乐的。他的嘴咧得开开儿的，如半个子烂碗样笑着，但他故作谦虚地说："钱家爸，我其实也是个啃老族，您有事情进来说嘆，我大在家呢。"嘴上这么说着，但是心里却猜测可能是为钱文的事来的。关于钱文的事情，这几天到处传得沸沸扬扬的。

钱掌柜拉着叫驴娃子跟着尕西木进了赵家堡院，正纳闷间，赵二爷出来了，看样子脸上被什么美好的事情滋润得红光满面的。人逢喜事精神爽啊！二爷表现出对钱掌柜很欢迎的样子。二爷见钱掌柜走来，忙忙从錾子錾出的石条铺砌的大房台子台阶上走下来迎接。

钱掌柜忙放下手里的东西，走上前，腰一弯，躬下身子就给赵二爷做了个长把子揖："哎色俩目来空。"

"吾尔来空目色俩目，哎色俩目尔来一空目我热合麦统拉西。"赵二爷接了揖之后，又还了个揖，以示谦虚。因为作揖方面也是有些讲究的，平辈之间作揖，接的人须还以揖，只有长辈或阿訇以及有身份的人，只接揖不还揖。赵二爷今天是有意谦虚呢，因为他若讨厌和想收拾这个人，表面上却总是风平浪静的，不让对方看出蹊跷和破绽。

尕西木说："钱家爸，那您和我大两个聊，我不打扰你们了！"便走回自己房间去了。

再说绰号为钱干狼的钱掌柜，他接了赵二爷还了的揖之后，不知该如何说起，只是龇牙咧嘴一个劲儿地给二爷赔笑脸儿。俄顷，他才长长叹了口气，双手捧起来在那张赤红的脸上像接杜瓦那样抹了一把，腰背躬得如一只虾米似的，身上的长棉袍也拉弯了。

钱掌柜之所以被称为干狼，是因为他长着一个狼脸，颜色红赤赤的，无论怎么吃好东西，脸上总是不肯长肉。他想，此刻的他非昔日可比，今天是有求于赵二爷的。他觉得人就是要能软能硬，才不失大丈夫本色。既然是求人办事，那就得放下自己的臭架子，学会忍辱负重，毕竟是为儿子性命的事，一定要态度放端正，把个人看得低低儿的，把人家看得高高大大的。这样，兴许有可能引起二爷的同情和可怜，才能获得人家的帮助。

赵二爷把钱掌柜让到前头进了房，他心里感到异常舒坦和畅快，有种幸灾乐祸和落井下石的快慰，心说："你个红脸狼，也有今天啊？你在老子的跟前还嚣张吗？你敢不把我放在眼里？本事还不到呢！也不想想，自己是个啥星宿(xu)，敢跟我斗？你看看，在黑河一带，天都在帮我。你要清楚，天都在舔我的腚，都偏着我。瞧瞧，可怜虫，你那个狼儿子还有药可救吗？我看是没救了，就等着挨枪子去吧！还想跟我们家的富二代尕西木相提并论？我们家的高富帅尕西木，你家钱文比得了吗？即使再投一回胎，依旧望尘莫及哈！"

赵二爷在脑子里戏剧性想了下钱文被枪毙的情景，心里就陶醉在天从人愿的喜悦中。他认为这是值得欢欣鼓舞和庆贺的好事情。他在心里慢慢品味这种乐趣。当然，在表面上，他依得装出一副担忧的模样。他扮作推心置腹地样子，对钱掌柜说："娃娃的事，我也是刚听说的，你甭愁了，愁也没用，是那个人口唤到了，命到那儿了。你先坐下，喝上一口茶，压压惊吧！"说着竟亲自泡开了茶。

钱掌柜听了二爷的话，心里稍稍宽松了一下，觉得二爷在关键处顾救人呢，自己原来不该猜测揣度人家的，心想：我钱家现在到了难中，只要你老哥不计前嫌拉帮一把，这个情我一定要记着报答的。

"二爷，你可是咱庄里的当家人，在官方也是有面子的，今天我不求别人,我求你来了,求你给我拿个弦(主见),帮我救救儿子吧!"说话时,钱掌柜已带着哭腔,恨不得给赵二爷跪下的样子。

赵二爷的心里像灌了蜜似的甜,说道:

"不要急咧,不要急咧嘛!钱掌柜,我的老兄弟,这事不能急呀。你可知道,这一号人命关天关地的大事,咱得慢慢商量着来,得从长计议!"他斜着眼睛看了看钱掌柜,接上说,"你钱掌柜在外头也跑得比较广,现在求人办事的行情,水深水浅,你总归清楚哩?至于咋办?我想根本不用我来给你教吧?"然后他没有再继续往亮清里说,只是把脖颈向钱掌柜伸了伸,用一双立眉倒竖的眼睛示意:钱干狼,你知道吗?总的一句话,这号事情要放钱往出堆哩,等你把钱堆成一座小山,让我感到满意的时候,我估计就差不多了。"这事钱少了不行,就打水漂了。"他扮演成自家人的口吻说。

你想这钱掌柜能不急吗?这事搁谁身上谁都得往死里急啊!"二爷,这我都晓得哩,晓得该咋办哩。"钱掌柜变得像个小娃娃一样可怜,那赤红的脸已经有些沮丧不堪。突然,一股无可奈何的极其痛苦的表情划过他的脸庞。钱掌柜觉着再不能感到难为情了,再不能抠抠索索的了,干脆就揭明说算了。

"二爷,关于钱财的事,我尽全力拿,但你一定得帮着给送,一切还要仰仗你二爷哩啊!"他明明高兴不起来,但是为了儿子,他咧嘴赔着笑脸儿。

"哎——!"赵二爷眼一斜、头一扭道:"看他爸你这是说的啥话嘛?都是一个庄里的人,都是一个穆民,你客气啥哩,反正这事我给你前头放命顾缠,你在后头得把劲儿鼓上,鼓劲要放啥鼓劲哩?要用钱鼓劲哩,不过咱一切还得托靠主的慈悯,你说对着吗?"

钱掌柜见他这么说,心里滋味万千,却满口应承:"对着哩,你说的都对着哩。我现在手上还有几个钱,回去我就叫人给你送过来,你先用着,随后,我再变卖些家产给你送来!"

不待钱掌柜再说什么,赵二爷便"哎"了一声道:"我说你这人咋这么说话哩?我把你的钱'先用着'?这是啥话嘛?也不叫人听着恶心。你也不想想,我赵家缺钱花吗?是我老赵要用你的钱吗?我自己钱财上有那么紧张吗?我赵家再穷也还没穷到向自己的乡亲勒索钱财的那个份儿上。我给你讲,咱这明明是给你钱家出力,想办法救你儿子着哩,你竟反过来这么说,你眼珠子吓蓝了吧,嘴提上胡说开了,一下赶紧去去去,看哪达的人能给你帮上,你到哪里去,我是不管你这个事情了!”二爷说着从太师椅上站了起来,佯装要送客的样子。这赵二爷胡搅蛮缠,说变脸可就是瞬间的事情,真可谓翻手为云,覆手为雨,这也是他一向惯用的伎俩儿。

钱掌柜一时觉得好冤枉,脑袋轰地响了一下,差点昏厥过去。他气得差点吐出血来,但是得忍着,差点没叫赵二爷一声:我的爷哟!

人往往就是这么个样子,一旦走到下坡路上,谁看着都想找你的麻烦,都想踩踏一下。墙倒众人推,人栽跟头的时候,狗都追着咬呢。

可钱掌柜只要脑海里一想到儿子被抓走后的情景,就不敢再继续往下深想。忽然,他的心里一酸,不由得老泪纵横。这位经过风浪的钱掌柜,今天居然为了儿女像个小孩子一样可怜地哭开了。

赵二爷一看火候和砝码加得差不多了,知道钱掌柜不会因为钱财把儿子放弃不管,便道:“你哭啥哩,儿子娃娃老叫驴,财贝是狠汉子身上的垢浃穷汉子的命,那些身外之物的东西他娘的牙巴子一咬,剐上一层会再生一层。咱现在主要问题是要全力顾缠咱们的娃哩,你说对着吗?”二爷讲了一番大道理,一种视金钱如粪土的架势,他对钱掌柜进行细心的开导和教育。

“二爷,我刚才不是那个意思。”

“不是那个意思,是个啥球意思?”

“我是……哎呀,我是说这钱……我们两眼煤黑的,怕是提上羊头也摸不着庙门。”

人如果把娃娃养下给你不争气,也实在没办法。钱掌柜已全然放下自己的身价,他心里想:我要是能把钱送到地方上,不怕塞了黑牛尻子,也不找你个老贼骨头。但是他敢怒却不敢言,在二爷跟前,他现在只能把孙子这个角色当好。

赵二爷心里比谁都清楚钱掌柜的心情,他只是故作糊涂罢了。他突然严肃了面孔道:

“既然钱掌柜把咱老赵这么看得起,我把老命豁上也要顾缠你的娃哩。”嘴里说时,那两股子立立子眉毛拧成了两根黑毛绳绳儿,竟然一竖一竖地发起了威,眼仁子如刀子般吓人。

“二爷,我看就这么说下吧!一切还要仰仗你哩。以后我钱家永世给你二爷家记情,给你补情。”钱掌柜担心赵二爷敷衍了事,或嫌他以后不补情而出尔反尔，就紧着后面又补着说了一番话，当他觉得说稳妥了之后，心里才放心和安慰，于是便站起来准备告辞。

“看看看，你看你又来了，我说你咋这么犟，你再不要提补情不补情的事情了，都是一个庄里的人，你要是再提，我真个可就不管了。何况这关天关地的人命大事，还得托靠真主的口唤哩。”这赵二爷真是损得很，心里想着：钱干狼，废话少说，你就回去把钱赶紧用口袋往来驮吧，还有说的啥哩？可他嘴上却硬是假惺惺地说着一些冠冕堂皇的话。

七

送走钱掌柜，赵二爷的心里唱开了：“阿哥的肉，肉囊囊，你脱了，我放上！”他觉得人不发横财不富，马无夜草不肥，一时竟乐得差点撒了一个欢儿。开初，他本想叫钱掌柜折财和光阴倒了之后，再让他儿子去挨枪子儿。可后来又一思谋，觉得要叫他钱干狼狗日的把家产花光，光阴倒了之后，看着他两代人活着比死了还难受哩。当他们变成穷汉之后，就只能给我们富汉打工了。想到开心处，脸上一下陶醉了的样子。

畅快之余，二爷又回想起当年给尤素福娶媳妇那天发生的事情。因为花女儿家没有顶事的人，就把钱掌柜认作娘家人，请去给送亲。临了表嫁妆时，钱掌柜原打算一吃，嘴一抹就走人。

但是赵二爷就有些生气，认为：应有的规程没有办，你就这么一走了之，落人小瞧我们。今天就是受罪，也要你们受上一阵子。

可钱掌柜那天脸上是一股摔碟子打碗的架势，差点没把赵二爷给活活气死，心说你算哪根葱啊？他妈还真把自己当娘家人了。

赵二爷不禁脑海里再次浮现出尤素福娶亲那天，表嫁妆时的情景：迎亲那天赶羊时分，正是冬季，老牛风在西北的黄土高原腹地黑水河畔挟裹着雪渣子扑来，天地成为一片茫茫混沌的世界。这种寒冷来得突然而迅猛，令人猝不及防，一时难以适应。

赵二爷家堡院里恭喜的人们纷纷议论，说瞧这个天气，变得这么凶，这位新来的媳妇子与婆婆之间会有一番争竞哩！还说连天气都变了，这媳妇子和婆婆都不是饶爷的孙子，不知谁将来会拿谁的弦(主意)哩！都说不准。

中午时分，给二爷家恭喜的人们依然接连不断地出出进进，可说车水马龙吧。吃过席的一帮子人刚走，另一伙却又来了。凡所有和赵家有点瓜葛的人，都来到大堡子给二爷恭喜来了，无论钱多钱少、情轻情重，都统统来了。没钱的人即使借钱也要来帮个人场，捧个人气。

那钱掌柜作为送亲人，吃了宴席之后，领着一伙人打算就那样匆匆一走了事，连个谢也不想道一声。这是有欠妥帖的。前面已有交代，尤素福媳妇花女儿本贫寒出身，赵家原本不想找这个媳妇子，但是后来二爷无意之间见了花女儿一面后，就被她的美貌深深震动，于是就对尤素福和老婆做了一番工作，说：

"这个姑娘人长得挺乖的，看起来也端庄干净，有些福气哩，将来生的娃娃也不会很难看的，虽家境不怎么好，但进了咱家，调教上两年，我觉得能成！"就这么一番话，算是把亲事成了。而花女家这一门人个个都穷得连鞋跟都拾不起来，自卑着不敢吃宴席和送亲，为了找个人撑门面，亲戚邻居就帮凑着连夜将钱掌柜认作了干亲，就请上充做娘家人来送亲，并顺便给撑个势，增个人气。

再说钱掌柜，那天吃完席之后，领上他们一起坐席的人一边往门外走，一边说："都说赵家是咱黑河岸边的大户，给人吃得好得很，我看很是一般！"他背搭着手，一张红脸被冻得像片紫檀条绒布，气鼓鼓很不开心地往堡院外走去。一起来的几个人便紧紧跟随着。

钱掌柜的一言一行被赵家人听了去，马上学给了赵二爷，赵家几个晚辈气得心口窝子疼，差点去叫住钱掌柜一拨人，就要给些厉害瞧瞧。

可二爷却拦住了他们，说是不能搅了今天儿子的大喜事，一旦动起干戈会让远路上的亲戚、交往们笑话的。他劝一群晚辈们不要轻举妄动，以免搬起石头砸了自己的脚。

赵家的年轻人们，才只好忍气吞声悻悻地作罢了。

这黑河两岸娶亲，本有个习俗，就是送亲的临告别时，要将嫁妆抬到院里，设一个摊场，请会说的人夸一下嫁妆。一般都请能说会道的阿訇，先诵经文，后用汉语，说嫁妆的丰厚和家资的实力。而钱掌柜不理那一套，也不向人家道谢及等人家夸完嫁妆再走，竟径自领人走出了堡门。

这不是给二爷家难堪又是什么？

幸亏钱掌柜这帮人中有位年长的念经人道：

"老钱，来来来，这样走了也不大好，咱们做事要光明磊落，有始有终，最好还是把这送亲的规程给行一行咔，你觉得呢？”

“就是，我们千万不能失规程（规矩）！”有人开始附和。

于是大家又硬是把钱掌柜拉回了堡院。

钱掌柜折回来，随行的人就又都跟回来了。

那钱掌柜这才将背在身后的手取过来，右手握住左手腕子，微置于肚脐前头，挺起腰，长袍笔挺笔挺的，一副不屑一顾的傲慢神情。他用头示意刚才那位老念经人，让他给人家亦是道谢亦是表达一番主儿家的锅大碗小，以及这桩婚缘的奇巧。

那老念经人乍看：一个罗圈腿，长眉毛，长胡子，嘴皮遮不住一口的黄牙。那人也算得上是惯腕的说家，差点没将那嫁妆给表化了。这叫说脱走脱，说不脱走不脱。他先是故作谦让一番，见没有人说，才接上一笑说：

“我怕说得不好，请大家原谅宽大为怀。”然后他清了清自己的嗓子，开始利索地念了一段阿夜替（阿文典故），才说脱（开）了：

“这段经文的意思是言语自详的，话头不长的，有根有据的，不惹人讨厌的；背念千张纸，对人一次连。记得孔夫子在他的书文里边说了‘百贵之言，上可莫言，之言之间，不可违言’。说上可莫言者就像把大价的珠宝上了锈气的时候，能有擦磨它；说下可莫言者，就像我这个无才之人站在你们大众的面前，不敢展齿开言。但展齿开言者，把话说错的时候，二次不能复言。穆圣在他的圣语里边说了：哎那个人呵，即他尊重了客人的那个人，天堂因为他者当然，因为遵行了这一段哈迪斯（圣训）者。你们亲戚给我们是：烧汤管饭的，立前站后的，安客待老的，提壶拉盏的，双手圆碗的。十字交叉往上端，色俩目请下把腰弯；梅花桌子清亮亮，四平八稳在炕上。八个人八双筷子八个盅子（一席常规定为八人）一起放。桌上的样儿大字花，大白壶壶儿、碎瓷缸缸儿上的牡丹花，不知里面泡的啥？细茶糖果都不差。上摆的样儿不可夸，核头枣儿一起抓，油饼馓子全不差。看劳之人往上端，厨倌大人的好手法，油盐酱醋都不差，蒸下的馍馍摆在桌子上就像那牡丹花。我把厨倌大人的两手比像那翠莲花，做下酒席十三花，端上桌子就像那凤仙花，把四碟子做了个牡丹花，把九碗做了个十翠花，把十全做成个十三花，满碗架的肉疙瘩，我一行人吃了没算啥。在此，我们给你们说色俩目道谢，哎色俩目尔来一空！”那老者率大家一起躬腰给赵二爷一帮人做了个长把子揖。

从刚才那位老者的话里所表述的，大家可以清楚地了解道赵二爷家当时置办宴席的盛况。

只见赵二爷家立即给送亲的人端出了回盘。这回盘就是把在席上给大伙端的东西又每样儿大批量成双成对地送给送亲的娘家人一部分。

送亲的人接了回盘后,钱掌柜带人又欲走,却被赵二爷率人挡住了。二爷心说:“我赵家这次娶了这么个穷汉家的媳妇儿,可买的东西也不算少,今天我们也要乘着人多,搬出来亮一亮相。”于是他喊人把所有嫁妆都抬出来,叫他们的碎阿訇(赵家本门培养的一个叫阿旦的满拉娃)也给表上一表,夸赞一番。

那阿旦便随着抬到大众面前的嫁妆站到了场子中间。猛看,白帽,白脸,白褂袍,一个雪白的年轻人。他清了一下嗓子,咽了口唾沫说开了:

“无事尽言少开口,莫管闲事少为头,文学治才命里有,命里没有莫强求。是非怕的多开口,无才胡说惹罪刑。可是今天,我不得不说。为什么呢?因为形势的逼迫,我多少说上几句,说的道与不道,请在场的‘爱罕里’(有学问的能人)做个包涵遮掩。”

“论起事情的本然,我把东西两山,北南二川,远来的骨亲,近来的骨主,单提着另表,分开者作好。但很(重要)一件:‘我克密来’(我这无知的人,谦语)是无才之人,站在大众面前不敢展齿开言,但展齿开言者,不能胡言乱语,但胡言乱语者,以我为止。”

“这就是树大根深叶儿细,水深流到底。犁牛的尖角,被谩骂的尊多,君子的言贵(君子说的都是对人有益的好话,据说语出《史记》),小人的话多(说的话都是伤害别人的话,据说语出《史记》)。这就是黑夜行路不用灯,敬那神君。圣人在他的圣语里边说了一段:哎,呢卡哈(亲事)儿不成就,除非伊玛尼(信仰)的四桩事情不成立。第一,真主的口唤。第二是万圣的圣行。第三是媒人的引近。第四是一双父母的鉴选。说起真主的口唤者来,真主在阿夜替(典故)里边说了一段:与他的那个主呵,从水上造了人,然后他转出了儿子生根立后,转出了女子攀高结贵。因此在妙秘的诗文里面说了:‘一清无染不是真,是从净水造为人,造化的儿子要生根,造化的女子要结亲’,这就是真主的口唤。”

“说起万圣的圣行者来,圣人在他的哈递斯(圣训)里边说了:哎,尼卡哈是我的颂乃提(圣行)。既然他从我的颂乃提(圣行)上转(翻)了脸的那个人,是他不是我的教生之数,因此在其妙秘的诗文里面说了:哎,阿旦(亚当)、哈娃(夏娃)配成婚,只此凭借到如今,教生跟随要生根,九针九毡九真功,开开门儿要九功,非离媒人不成亲。这就是万圣的圣行。"

"说起媒人的引近者来,圣人在他的圣语里边说了一个:实在地凭借了散拜布(机缘)的那个人,尼卡哈(婚缘,或亲事)是凭着媒人的引近。因此在其妙秘的诗文里边说了一个:金子桥,心不肯,坐在苦海堰上如坐钟;坐钟的物儿心不定,站在圣人面前讨情分;一家喜爱言行重,两家喜爱真主定,给媒工没有功。媒工人,多提苦处万人夸,把你们的好事跑仙马,跑来跑去运冬花。"他凭着舌尖嘴快,把两家说成一家,这就是媒人的引近。

"说起一双父母的鉴选者来,圣人在他的圣训里说了:在尼卡哈里边,就是凭了个门当户对。因此在其妙秘的诗文里边说了:父母鉴选最为先,这天真主一定给口唤,父母的生养落安然。主造万物有根源,海里莲花水上漂,狮子门上的金钱豹,凤凰的门上金字雕。养儿是金花,养女是翠花。金花配翠花,两家喜爱结亲家。我今天说的目的只有一个,那就是贵府上的亲戚,给他们的媳妇儿买上了大价的衣料,缝上了春夏秋冬的衣裳。真是:夏里的衣服单叠下,冬里的衣服壮棉花,褥子被儿双叠下,绿绸缎子高头压。摆的毯子放的毡,前边摆下个大红柜。大红柜染得妙,高头的东西摞得高。八仙桌子四平放,两对水壶散着光。一对洋盘一样大,两个枕头实在花,千针扎、万针扎,离过新媳妇做不下。一对枕巾两朵花,上面绣下个鲤鱼戏莲花。一对金匣子真好看,详说慢讲难上难。提起浪绳一翅朗明,机密奥妙挂空中。袜子围巾对对子,个个吊的穗穗子。浪绳上的东西真不少,几个手绢搭得好。几个手绢赛着花,狼绒带子毛辣辣。往上看,遮蓝云;往下看,机密奥妙说无穷。我的嫁妆没说(表)好,请在场的众人不可笑。在这里,我们凭着真主的口唤给你们说色俩目道谢:哎色俩目尔来一空!"

赵家的碎"阿訇"凭着个三寸不烂之舌将二爷家的嫁妆大表特表一番,把些好听话说尽之后,才领赵家的人说了色俩目。

赵二爷听了脸上暗含得意之色,用目光斜视了一眼钱掌柜,心说:

"钱干狼,你狗日的不懂规矩,在这黑河一带还是我声势浩大,你最好低调一点,收拾你还在后面,咱以后走着瞧!"

钱掌柜当时把赵二爷也没放在眼里，心说人不求人，品自高，我不会求你的。他一声未吭，带着那帮送亲的人头也没回地走了。

八

再说，赵二爷回忆完儿子娶亲那天发生的事之后，一眯眼，脑海里显现出钱掌柜因人命案而沦落的下场，不禁高兴，仰天失声道："哈，哎呀胡达，钱干狼能有今天，看以后再扎尾巴吗？"

下午，近黄昏，赵二爷叫儿子给骡子备好了鞍鞯，他自己穿了一身青袍子，戴上大头礼帽，拿出了老先人传承给他的那副竹叶青石头眼镜，挂在了鼻梁上。

二爷有两副眼镜，一副是父亲留下来的这副"竹叶青"，他嫌弹这副眼镜的镜片有点小，颜色有点淡，但这是真正的家传。另一副茶色眼镜，是他当保长时，别人为了巴结他，也是将人家祖传几代的家当白送给了他。只是这副茶色镜子比起那副"竹叶青"来，年代稍稍显得有些短，但的确都是好东西。赵二爷本人却甚为喜欢这副茶色的眼镜，平时都舍不得戴。他曾听人说这种好石头镜子，年限越功长，石瑕或者石罅越明晰，就越是好，就越是值价。他还听说男人把石头镜子戴啊戴，就能戴活了，但万事不能叫女人揣摸，女人阴气太重，倘若一揣摸，就把石头上的灵气和阳气揣没了，将眼镜摸死了，有时候还会破为两半。这都是赵二爷时常引以为真理的说法。他认为女人是阴人，男人属阳，男人属于万物之元、之首。拿二爷自己的哲学理念和自己总结的语言来说的话，就是："女人是母的，是挨牛把子的，是永远给男人当褥子铺的垫底的货，是供我们富汉玩的。她们有虚荣心，有填不满的欲壑，常以我们富汉为荣。"

二爷骑着骡子从下川里那条织满马莲草的土道，向黑河上游的武家镇进发。那头骡子伸展开四个蹄腕上的功夫"达达达"疾走如飞。

俗话说：走马不如走骡子，走骡子不如好走驴。马的耐力不如骡子的好。一匹被训练好的擅长走路的走骡子的价格，要远比一匹好马的价格贵。骡子的这种软走，犹如竞走运动员那样的走手，人骑在上面异常舒服。而马走不了很长时间，就会跑起来的。可是骡子无论走多远，都一直会保持那样的匀速运动，无论走多远，都会永远保持那样不变的状态。

所以，赵二爷一般出门或上长路，专爱骑这头脖子上系满小铜铃铛，昂头挺胸的黄骡子。这种善于行走的骡马，脖子里的皮带上拴的这一圈指头蛋子大的小铃铛，黑河人叫草子铃。草子铃原本是黑河这一带的一种植物，浑身开着缀满许多像小铃铛一样的花朵，将其折下来系在牲口脖子里甚是好看。于是竟引发打铃铛者的创作灵感，便仿其样式打造了这样的小铜铃铛，专门供给那些训练好的走骡子或走马戴在脖子里作装饰用。

随着骡马快速地行走，那些小铜铃铛也就集体跟着发出十分有韵律和有节奏的声响。这动人的声音，可以让人联想到古时候那些年轻丰满，且美丽动人的女子在脚腕子、手腕子，以及脖子和耳朵坠上戴的那些金银珠宝的饰物。这些饰物到底有些什么用途呢？一是为了好看，但最主要的是：这些饰物随着她们跳舞，或者和男人做爱时，能够发出扣人心弦的，欢快的声响；这声响可以令男人热血沸腾和激情澎湃，同时令男人无比陶醉和沉迷其中。

所以，女人身上佩戴的一切，无不和性的东西有关。说白了，都是有钱汉发明的一种供他们享乐的游戏。这些东西可以激起男人原始的欲望和野性的东西。就像赵二爷常开玩笑说："性命、性命，有了性，才会养娃娃，才就有了生命，我说的全是真理哈！"赵二爷的谬论极多，无论他说什么，别人也都不敢说不对。

单就赵二爷调教这头土黄骡子的那一走，便花费了其半年多时间。因为骡马这号畜生，若骑上双蹄狂跑起来，人骑在上面自会颠簸得腰和屁股又酸又难受，也磨得人的尻壕子烧烘烘往死里疼，有啥好呢？可若是调教好了那一场子软走，啧啧啧，那骑的人就像踩在七彩云上遨游太空一样，晕晕乎乎、欲醉欲仙，往死里受活、往死里美和惬意哩。

二爷的这头土黄骡子就调教到了这样走得出神入化的田地。但见那骡子颈里的草子铃：

"呛琅琅、呛琅琅，呛琅、呛琅，呛琅琅！"美妙的响声不绝于耳，不禁使人浮想联翩。

那畜生一时兴起，高昂着像赵二爷一样永远不肯低下的头颅，甩打着屁股上的尾巴，四蹄上下翻飞，顿时令人眼花缭乱。

再看二爷，左手握着缰绳，右手晃动着一根小扎鞭在骡子身上晕晕乎乎的，"日晃日晃日晃"浑身颤动不止，简直一如他爬在一个漂亮夫人的身上一样舒服和享受。他嘴里还情不自禁地哼起继那首“山里的野鸡娃”的姊妹篇的干花儿，即《马忠英》来。

这首《马忠英》是赵二爷当兵的时候学下的。他悠悠然然地开始唱道：

马忠英呀
人年轻
一十八岁当司令
不知道司令名和姓呀——
外洋啊的电报上，也有我的名呀那哈意儿喂
……

他在名气的“名”前故竟加上“我的”二字。下面的歌词二爷却忘了，只一个劲儿地“嗯哼嗯哼嗯哼——”。

不觉间赵二爷就来到武家镇，他侧身跳下骡子，缓缓走入几家杂货部，买了一大堆礼物，驮上骡背，便径直奔张镇长家去了。

这武家镇的镇长姓张，名霜剑。“我贪我就贪，任凭你冬霜与雪剑！”人们经常以此暗讽张镇长贪腐的执拗。一直以来，没有人敢当面直呼他的大名，因他的名字一直被官衔占着，所以名字却鲜为人知，人们见了只称他：镇长，或张镇长。

这时，张镇长听见院里有人喊：

“张兄、张兄！”他就好生奇怪和诧异：他奶奶的，谁这么大胆，敢与我这个土皇上称兄道弟的？好像要跟我结拜似的。可听声音似曾相识，他便趿拉了鞋从房里出来细看端详。一看，却原来是提了大包小包送东西来的赵二爷，便道：

“二狗，你这个狗大爷，啥时把狗耍到我的门上来了？快来，快屋里坐、屋里坐！”张镇长让着赵二爷。

镇长今天也穿一身青袍，衣服包裹着肥肥的巴株个子。那脖颈上的软肉几乎将他的脖子淤得都找不见了，脸蛋上的肉直往肩胛骨上坠。他的眼睛十分引人注目：左眼仁老是斜斜子攥得实实儿的；且一只眼睛大，另一只眼睛碎。俗话说：“斜个儿瞎子，趺角儿(角向下弯)的牛，占不上便宜不回头。”这张镇长就是这号死占便宜不吃一点亏的阴阳眼人。官场已经把他训练得头上"生疮",脚底里"流脓",真是坏透膛了。别人背地里偷着给他送了一个绰号,叫"斜眼瞪"。"斜眼瞪,到人间,拿的刀刀挖心肝!"老百姓说他心狠手辣,可以抽人的筋,挖人的心肝肺哩。他是个名副其实的吃人虫,每逢开会开到半中腰,要是从窗子眼里瞥见有人提的东西找他,便立刻对在会的人说:"今天的会就先开到这里,咱们简明扼要,尽量务实一些,切勿说废话、空话和大话,如果大家没有别的,今天的会就散了吧,我还有重要的事情呢。"说着自己便急匆匆领了他的几个心腹,直奔自己家中收受贿赂去了。

如果没有人送东西,正逢张镇长开会,这个会就开得没完没了,任他在那里东拉西扯,天南海北地胡说八道,像是在夸耀他的学识、阅历和滔滔不绝的口才。听的人有些打呵欠,有些连尿都夹不住了,他常常认为别人上厕所是对他讲话的不尊重,是对他的蔑视,因而就会破口大骂。他喜欢倾听自己讲话的声音,尤其当他讲到兴奋的时候,他会时不时观察一下,看看那些年轻漂亮的女属下们是否对他产生了敬仰之情和倾倒之心。于是,他便伺机揩她们的油,占她们的便宜。

"把这个碎斜眼瞪,神气啥着哩?当了个球不硬的个碎镇长,就忘了咱钻鸡毛洞的时候了!"二爷一边往里走,一边立眉竖眼儿地献着殷勤笑着说。

这个张镇长最忌讳的就是别人叫他"斜眼瞪"这个绰号。今天被赵二爷这么一叫,把人的脸给叫红了,不言喘了,想着:硬是年轻时一块儿当过兵的赵二,要是换成别个没鼻擤的,老子今天要叫他吃不了兜着走,非和他翻脸不可。

张镇长心里极不舒服,觉着赵二爷在揭他的短,幸好没有人听见。但他尽量不在面子上表露出来,人和人有成见可以,但是人不能和贵重礼物、好东西结仇生根,就看在那些好东西和礼物的份儿上,忍了吧。

二人双双进了镇长的房,落座在太师椅上。镇长家的房子收拾得气派的不得了,又干净、又洋气。正墙上挂了一把青龙宝剑,那剑身的红穗子红得惹人。挂的中堂是《虎啸万里》,侧面为《富贵牡丹》的画。房里总的感觉是:热腾腾、暖烘烘儿的,和老百姓家就是两个天地。

张赵二人互问了一些家里的情况,无甚可谈,便又怀念了一阵子当兵时的战友情谊,谈了些曾在一起钻玩过的朋友现在的去向。最后二人才把话拉到了钱家打死人的这件命案上。

“你们村里钱家把人打死的事，你清楚吗？现今死者的家属告得很紧！”张镇长遂恢复了官腔转脸问赵二爷。

“不瞒你，我这次就是为这事来的。”于是，赵二爷把钱家打死人想塞钱保钱文，不折不扣地都倒给了张镇长。

“你别把这事考虑得简单了，再说我身旁还有个副的，这是个死钻牛角尖儿的货，也正准备亲自着手这件案子哩。”镇长不紧不慢地讲解着，似乎二爷不懂的还多着哩。而他仿佛又对钱家的钱财没有充满多大的兴趣似的。

“老兄，你看，到时候咱叫钱家适当再给那个副镇长……”赵二爷递了个眼，没有再往下说，只用手做了个送东西的动作，便拿目光盯着镇长，等待着。

“这太危险，人家肯定不收。这会弄得很难堪，以后对你我也没好处！”镇长的声音变得轻轻地说。

“他不收了，咱还不理尿他，看他能咋？叫他的嘴连个干羊皮样歇着去，没他日的好处和实惠。再说，是老哥你在这达坐帅着哩，哪有他扎的份儿哩？”赵二爷的声音冷冷儿地鼓足了劲儿骂着，仿佛镇长真是他赵家什么人似的。

“你骂副镇长着哩，小心我告你。”张镇长说着“嘿嘿嘿”阴险地一笑道：“放心，咱俩是什么关系？我啥都可以干，但不会出卖朋友。哈哈，二狗呀，我对你是太了解了，那个钱掌柜，也是眼睛……实了，怎么认了你这么个帮忙的人？唉！真是的。”

张镇长原本准备说钱掌柜眼睛“斜了、瞎了”，可话到嘴边忙更了口，说成“实了”。因他最讨厌忌讳人说“斜了”“瞎了”的话。尔后，张镇长一阵大笑。

赵二爷心里一阵紧张后，也跟上张镇长“哈哈哈”地笑起来，一时笑得脸上的皮肉一阵痉挛般地乱颤。

但张镇长哪里肯放弃吃人的机会。这件事主要由二爷担任和扮演主角，在里面两头周旋，叫他既在钱家人眼里落个好人，又可与张镇长搞一笔收入。二爷着实喜欢这个名利双收的美差，他与镇长又密谋了一番，觉得一切都妥善之后，才告辞镇长，放下东西，骑上走骡子连夜赶回武家庄不提。

九

这武家镇新来的副镇长在那些老百姓眼里，影响极好。他的面庞大大方方，眉清目秀，眸内清澈干净，喜好结交文人，常与一帮文人墨客谈文论道。文学的独行者了不得便是他的好朋友之一。他们经常相约行走于山水间吟诗赏字，品评世事。

于副镇长面白如玉，手里常拿一把纸扇，扇面上的诗就是了不得所题，是一首白居易的诗，名字叫《山中独吟》，内容是这样的："人各有一癖，我癖在章句。万缘皆已消，此病独未去。每逢美风景，或对好亲故：高声咏一篇，恍若与神遇。自为江上客，半在山中住，有时新诗成，独上东岩路。身倚白石崖，手攀青桂树，狂吟惊林壑，猿鸟皆窥觑：恐为世所嗤，故就无人处。"写得遒劲古朴，自然天成。

了不得一直隐居在一个小山村里，作文、写字、画画，与世无争，生平知己甚少，自己种菜自食。

于副镇长有时去拜访和看望了不得，或者约他到山水间走一走。赏这位文友扇面上的字，他觉得就是和当年的白居易在神交，在聊天，一种冥冥知音的感觉在心头荡漾。

于镇长是个中等个子，走路时身板端正，从来都目不斜视。他一向坐有坐势，站有站相，得体大方。他为人正派刚直，办事公道，仰慕那些身怀绝技的隐士高人，故而美名在民间远播。他原本是县上一副县长，因对百姓好，说真话，使他深受百信爱戴和拥护。可是，这下却让一把手的孙县长非常恼火，觉得是他遮蔽了他的光彩，有些功高盖主的意思，于是就以莫须有的罪名设计差点让他蹲了班房子。幸亏，孙县长晚上做了个怪异的睡梦，梦见有一白胡子老汉对他说，如果他坑害了于镇长这个天上的星宿，让坐了班房子，他就会头疼而死。结果吓得有点迷信的孙县长自梦里醒来，出了一身冷汗。醒来后的孙县长，竟真的开始头疼起来。于是，他把这个睡梦给老婆说了，老婆就给出主意说，不要让于县长进班房子了，想办法让他从你的视线中消失，远离你的生活圈，不要让他影响你的事情就行了。

就这样，于县长最终被孙县长网一般的圈子一通排挤，下发到这武家镇，来担任了一个副职的镇长，叫他慢慢反省去。

有关这位于副镇长办案的精彩传闻很多。其中就有这样的两件：

第一件是，有年夏天的晚上，有个叫王生好的年轻后生的驴子被人盗了，第二天他侥幸捉住了那个贼。王生好异常兴奋，欲将那贼人扭送官府，可那偷驴贼摇身一变竟说王生好才是真正的贼，驴原本是他家的，并一个劲大骂说王生好想赖他的驴。

二人争执半晌，闹不出个眉眼。于是，就同去告到县衙。当时，接受这个案子的是那位脱了发，头有点没毛和旋顶了的孙县长，绰号孙打鬼。这人最早是个缝皮活的出身，父亲是一个大皮毛商，给他捐钱买了个官，当官后才请了先生，教其读了点圣贤书。但他的骨子里还是重商，轻视文化。办案的那阵，是孙打鬼身体最肥胖的时节，几乎胖得连脖子都有些转不过来了。他是个地道的草包，写文件及演讲稿，从来自己一个字都不写，让秘书找着抄邻县的县长的讲稿内容来念。那个邻县的县长秘书想捉弄一下他，就在讲稿中掺杂了一首讽刺国民党最高长官的藏头诗，他竟然在会上读得洋洋得意，幸亏山高皇帝远，否则还哪有他的县长当。

回头再说，那孙县长让告状的两人先各自交出二十大板麻钱的受理费。盗驴人忙交了钱，县长叫人收了铜板，又向丢驴的年轻后生王生好要钱。这年轻人祖宗几代家道贫困，人又老实，老婆在未婚时就已被人占了，嫁来时怀有身孕，但他却以为是自己的呢。他全凭人老实，在庄里落了个好名。他哪里有钱交付受理费？那孙县长便大骂他：

“把你个狗日的，想在我这里胡搅蛮缠，晓不得老子的厉害啦？拉出去，给我先打上二十大板！”

打完后，那王生好疼得只管“哼哼”，且泪流满面。

县长见了，笑着问：

“年轻人，我看你日的疼还是不疼？”

“不疼、不疼！”王生好抹着泪咬牙说。

“好好好，还不疼？那我问你：二十大板铜钱不算疼，不疼为啥哼哼哼？”说完一阵大笑，随之就将驴判给了那个贼。

你说这气人不气人，谁怪王生好是个穷人呢，没钱你就休想打赢官司。传言，每次逢年过节，只要天刚一挂麻儿，一些人就贼头贼脑地提着东西向县长“孙打鬼”家进发。以至在“孙打鬼”的家门前排起了一个长队。

那“孙打鬼”的老婆拧摆着一副得势的肥臀，爬在灶房窗口装作嗔怨地喊：

“你看看，瞧你们一副副着急的样子，慢慢来嘛，急啥哩？家里到底能有多少羊哩，还怕赶不到山上来？”

送东西的人便只好打肿脸充胖子，说：

“我家景都好着哩，加之社会这么好，形势一片大好，国富民强的，现在每个人的境况都好着哩，您就放心吧，这点东西还是拿得出的，没什么的！”可心里却无不怨恨地说：“是啊，你这个下辈子卖淫的货，不知我们生活的艰难，可我们不给你们当官的送，我们就活不前去，就没法儿活。我们不来，你不让活；来了，我们也活不成！”

话说那件盗驴案不知怎么被于副县长知道了，他竟然要重新复查。于副县长让把那头毛驴拉来圈到一个圈里，饿了几天，又叫来两个跟班对那驴猛抽一顿棍棒。尔后，于县长命人丢开了那驴，派人看它的去向。结果那驴竟飞也似的径直跑回了王生好的家，见了王生好家的人竟然哭了一鼻子，落下了委屈和思念的泪。

于副县长准确地断道：

“这驴是王生好家的，不要胡赖了。”就捕了那盗驴贼，让他到班房子吃皇粮去——也就是后来大家开玩笑所说的：吃商品粮去了。

一时，百姓交口称赞，说于县长乃是包青天在世，文曲星转世投胎来的，天赋其才，本领大得没个底底子。

还有一件令人啼笑皆非的事。有一次，一个名字叫李老财的大富汉把一个叫王实在的穷苦人的半瓶子清油踢着倒了。这穷苦人唠叨了几句，竟就挨了那富汉的两个嘴巴子，把门牙都打跌了。

于副县长知晓后，问了原委。不料那富汉早已买好了一个绰号叫“大匣儿”的人给他作证。

当时，于副镇长命人捉来几只蛐蜒，把李老财的鞋子脱下来，那些蛐蜒一见鞋子上黏着的清油，便蜂拥而上。于县长一下子就明白了。随后，他立刻叫那富汉在大庭之下脱了裤子爬倒，然后在他的尻壕子里倒了一股子清油，让那说偏心向已话的“大匣儿”爬倒去，用舌头舔那屁眼上的清油。每舔上一下，还要让抬起头来冲着大家喊道：

“舔尻子的人嗳，赶紧学我来……”并且每喊一声，便有衙门里的差役，敲三下锣。

那场面吸引了许多看客。一些平日受人欺压的老百姓无不拍手称快，高声叫好。

从于县长一系列的做法中，使他无法与那些徇私枉法的腐败分子们相容。

他的清廉的声名也不胫而走，扬得很远。

俗话说“树怕招风，人怕出名”。人若出了名，诽谤、毒害的人就多了。就像一个人的成就越大，遭受的诽谤就越多，你看那树上结的果子最多的树，就会挨的棍棒和石头的敲打越多。这两者之间是正比的关系。

后来于副县长遭到毁谤，被排挤贬到这武家镇担了个副镇长。从此，他变得愈加孤独，偶尔去找隐者了不得一起吟诗，写写字。他现在把大量的时间都用于吟诗作画，读书和寄情于山水中了。但他的本性依是不改，偶尔见谁受了迫害，便忍不住要说个公道。

世间的一些好官、清官，在了不得的笔下都赋予了其横溢的才华，把他们描绘得传奇而富有悲悯心。有关了不得，于副镇长曾给人透漏说他能掐会算，下笔如滔滔之江水，势不可挡，真是笔落惊风雨，文章泣鬼神！譬如于镇长这样的官，在了不得的笔下则成了现代版的包青天。

这时，只见于副镇长的房间里溜进去一个黑影。来人正是被钱文刺死之人的家属。这是一个地道的庄稼汉。他坐在椅子上，鼻一把，泪一把的哭诉起来：

“于副镇长，你要给我们做主哩呀！你若不帮我们立公道，还能有谁来管呀？”那人说至伤心处，不禁愈益悲痛。

“兄弟，你别哭了，你反映的情况怎么和人家说的不一样呀，人家说是你们的人抢劫去了，被人家正当防卫时，失手打死了。再说，我现在也是个空架子，没啥权力，真的没办法帮你！”于镇长安抚着那庄稼汉。

“冤枉死了啊！退一步讲，那他们打死人总是事实吧！”庄稼汉说。

于副镇长脸色凝重，一张白脸悠然变得有些伤感，浑身也因愤慨而哆嗦了一下。

“于镇长，依您说，难道就让我们的人白白死了吗？您想想，一条人命哩，我们这些人只是为了立个公道。但是，您不知道，我们真恨那些只顾来回吃我们两家的衙门里的人。为了争一口气，我们愿意倾家荡产，背上馍馍袋子上京城也要找人讨个公道。我们相信世上有公道可寻！”那人说着说着，哭了起来。

"兄弟，说老实话，我这些年，对这个不平的世道看得多了，要知道，无论你走到天南海北，像你这样的人，只是碰壁徒劳，弄不好，会有更大的磨难和麻烦等着哩！依我看，你索性看开了，忍下这口气，好好去过日子！如果你一定要出这口气，我劝你别给张镇长和县上的人再送钱送礼了。那些人你送得少了，人家根本不放在眼里，也划不来为你办这事；你想多送，可你一个普通百姓也没钱送。那张镇长的为人我了解，你肯定是已经塞过一些钱了，否则，他是不会来我这里'征求'什么意见的。难道你不想想那打死人的人会坐以待毙？你要知道这种用钱衡量案子的结果何时是个尽头？像你这般乡里人能吃得消？兄弟，还是赶紧回去老老实实过日子去吧！"一说这些，他自己竟有些气愤，随之又生悲悯之心：

"不过，我有位故旧，在省上谋职，我因固直，向来很少跟他联络，但是我写一封信，你拿上去找他，我想他还是会帮你的。"于副镇长说完疾步走至书案，提起笔，龙飞凤舞修书一封。他写好后又折妥装入信封，递与那庄稼汉，嘱咐了一番。

那人双手接过信，几欲跪在于副镇长脚下。他挥泪作别了于副镇长，直奔省上去了不提。

于副镇长送走那庄稼汉后，回到书房拿起那本手抄《透天机》开始翻阅。这是了不得送他的一本书，让他慢慢感悟里面的深意。此刻，他仿佛有一种奇异的预感，便放下书，痴痴地在窗前立着。忽然，他脸上掠过一丝平静的微笑。

有人悄悄地站在了于镇长的身后。于镇长回转身，却发现是张镇长。

"嘿嘿，干吗呢？"张镇长皮笑肉不笑地问。

于副镇长起身让座："噢！镇长啊，您请坐！来了，也不打声招呼，像鬼一样。"于镇长略有讥讽地挖苦着，他知道张镇长经常喜欢站在暗处，或者不知不觉出现在人的身后面。

"嘿嘿嘿……"张镇长一阵奸笑，但却戛然而止道："人不都变成鬼了吗？"他的脸变形扭曲着，一只眼睛半眯着，另一只眼睛仿佛瞪到了天上，样子诡谲。

于镇长的书房里顿时弥漫了一地异样的气氛。这气氛在向远处扩散，以至于飞向整个武家镇的上空。

那张镇长接着说："据反应，武家庄那桩案子是把个抢人的土匪给打死了，我看这是为民除害啊，你说哩？"张镇长个子小，仰着脸望着于镇长，看他怎么说。

于副镇长心里亮堂得很，心说：你这个"斜眼瞪"，把事情五做六做十一做，都快做绝了。上次还说要赶快捉拿杀人凶犯呢，今番却又变成为民除害了，定是尝上了钱家的甜头了吧？便道：

"镇长自己掂量着办好了，办妥了，再报上面就是了。你说什么，上面还不是信什么。"于镇长轻描淡写地挖苦了几句，就不想再跟张镇长说了。他心说：斜眼瞪，你看谁给你给的钱多，你就向着谁去吧，别假惺惺的在我跟前来这一套，我把你早看清楚着哩。于副镇长不禁微微一笑，像是在笑张镇长，也许是在笑别的什么，抑或在笑自己内心的一份怆然。

张镇长对于镇长真是又恨又怕，心里骂道："这个异端，不合群的货！等着，我迟早要烫你的毛、倒你的肚子，叫你在这武家镇坐不长久哩。"他嘴里却说："你放心，这案子，我们还得继续往实里查。决不冤枉一个好人，也不放过一个坏人。希望我们俩能同心协力，团结一致，把武家镇这个地方的稳定搞好，不要让出现麻烦。"张镇长仿佛一语双关地说。

"镇长，总之，咱俩的观念不一样。有句话，不知当讲不当讲？"

"有话就直说呗，咱俩一起共事，都是弟兄。"张镇长引导于副镇长说。

"镇长，你要知道，富人在地球上毕竟占少数，穷人占多数。你去过那些贫民窟看过吗？你看过那些人是怎么生存的吗？我曾经见过一个人，灰头土脸的，装扮成武大郎的样子，挑着一个担子，担子的箱子和他穿的衣服的背子上都写有：武大郎炊饼！如果一个真正生活和衣食无忧的人，一个有钱有势的人，愿意这样自甘其辱吗？他们其实很可怜。我还见过在一座城市的中心，有一个贫民窟，里面住着全是一些打工的、做手艺的、做小买卖的，以及一些昼伏夜出的站街女。他们住的房子跟地下室差不多，里面潮湿、黑暗，冬天生的炉火一不小心就会煤烟中毒了；夏天要做饭，房子里热得受不了，就把泥的炉子放在门口，上面插着一根炉筒子，烟熏火燎的，他们的孩子根本就没有机会读书。尽管同在城市，却千差万别。那些人穿得破破烂烂的，他们居住的周围全是污水和垃圾，黑咕隆咚，臭不可闻，他们全是下层人。他们整天浸泡在那样的环境里，受着各种压迫能不生病吗？抑郁症患者不胜枚举。然而，可悲的是，他们自己却感觉不到痛苦，他们和那些有钱的人有什么不一样。他们不允许愤怒和不满。他们受到的教育是:人不要往前看,不要和那些比自己强的人比较,要往后看,要看看那些折胳膊烂腿子的残疾儿童,这样心里就会平衡。还要这些人学会安分守己和相信命运的安排。他们一定得相信:这就是命,相信这里面没有不公、没有欺压、没有剥削、没有侮辱和被侮辱。可能有人会说,贫穷是因为这些人懒惰,其实他们付出的劳动比任何人都多,他们劳动了一生,付出了全部,但他们还是那么贫穷,这究竟是为什么？他们其实特别可怜！”于副镇长显然有点激动。

张镇长略一斟酌,便觉得有些厌恶,心说:“说这些有什么用啊？老子比你懂得多,别给我讲什么大道理了。人不为己,天诛地灭。眼下谁不是在以权谋私,只有多数人的血汗、以至于死,才能换来我们这些少数富人的活,乃至于幸福。明白吗？”

于副镇长送走了张镇长之后,又过了几天,武家镇传来了一股风,说于镇长突然失踪了。有人说是被人陷害了,也有人说可能是出家当和尚了。隐居了？总之,众说纷纭,也不必考究。于副镇长平时读过的书籍,用的东西都统统留下了,只带走了那本他时常带在身边了不得研究过的《透天机》和一把纸扇,就是民间文人了不得送给他的那把扇子,上面题写的白居易的那首诗歌,还仿佛在讲述着他们之间的切切交流。这纸扇也成为破解他和了不得人生之谜的一件物证。总之,于镇长是一个文人,一个清官,一个在百姓的眼里不朽的传说。

十

赵二爷回到武家庄之后,便给钱掌柜送来一句模棱两可的话:

“救你家钱文大有希望,我把事情基本帮你办妥了,但是还得继续努力。”他的意思明摆着:就是要不停送钱,只有源源不断地送钱,才有可能把问题彻底解决。

于是,钱掌柜便隔三差五地送钱给赵二爷,并到处散布说儿子钱文已经跑了。跑哪儿了？连他们的人都不知道。

再说,那钱家的钱财也是有限的,又不是河滩里的石头片片,如果需要的话,即使拣一房子、拾几马车都没啥问题。但是这是钱,钱这个东西毕竟是个硬头子货,说没有就没有,俗话讲:一文钱可以难倒一个英雄汉哩,何况这个要填塞的窟窿也真格太壮了,没有个底子!

不久,钱家把一圈羊也卖光了,连家里的耕牛也卖了。这种勒索钱财的过程,就像有些穷人家过节,在锅里倒不起清油,只能在锅底抹一下蘸了油的油蘸布子,被烧红的铁锅很快就炼干了。

钱虽然如水一般流淌出去了,但官司却依旧没有个着落和结果,警察和自卫队的人依然隔三岔五扬言要来武家庄捉人。

那赵二爷和张镇长落了许多钱家的钱财礼物,心里自是暗暗偷着乐,高兴得不得了,不在话下。但事情没有就此结束。

十一

天气渐渐转向寒冷了。

大西北的黄土高原依然上演着许多人生的苦辣酸甜。就在这些天,人们议论说省里有人要插手管这件人命案子了。据说问这件案子的,还有些来头呢。

又过了几日,正是早晨,日头像是伸出红红的胡须,把那束光洒向西北的黄土高原和黑河岸畔。就在这天,武家庄来了几名警察,他们骑着高头大马,屁股上挂的盒子枪,耀武扬威地从村巷里穿过。

历朝历代,凡是上面派人到下面去出差办公事的人,每到地方上,都要先去当地有钱有势的人家去了解情况。这些地方势力,都是上面来的那些人慢慢树立和扶植起来的。武家庄人把这种地方上有头有面的人物称作"当家人"。

那些来考察办公的人,总是根据"当家人"所提供的具有导向性的信息,来决定他们怎么做。一般"当家人"所反映的,或者指点办差的人怎么做,这些公差们就会怎么做。他们对"当家人"的话言听计从,因为他们在"当家人"家里吃了喝了,走时还能捞点好处。多数情况,那些"当家人"就把黑的说成白的,把白的说成了黑的。他们倾向谁,谁就是既得利益者。

所以,长此以往,老百姓就觉得上面的人是非不分,黑白颠倒。这些办差的人,总是只听一面之词,从来不会到别的受欺压的人跟前了解,或者也不会到老百姓当中去明察暗访的,他们就是担心了解得太多。这一点,就像打雷闪电的黑河水一样,非常之黑!舆论和导向的工具都掌握在有权有势的少数人手里。他们的意见,往往就成了真理和法律条文。老百姓的意见,上面的人根本不听。就拿当时官方向老百姓收的各种款子来说,许多便是依靠地方势力来帮忙，进行收取，当然常常会诉诸武力，打得那些穷困的老百姓头破血流，搞得鸡犬不宁。至于多收来的钱，自然便纳入他们的私人腰包。那些原本穷困的老百姓，就只有忍气吞声了。

再说那几个警察来了后，便径自去了二爷家的大堡子。也许是二爷自恃自己有张镇长撑腰，便把那几个警察没怎么放在眼里，日日鬼鬼适当送了几个鞋脚钱（跑路钱或办差费）欲打发他们回去。

可是，那几个办差的人也都不是饶爷爷的孙子，为首的瘦干猴儿警察一看二爷这样，便施加起压力来，说：

“二爷，我们这些人都是些跑腿的，上面叫我们干啥我们就干啥。实话告诉您吧，省上已经有人来追问这件案子了，我们也只是奉命行事，不敢徇私。张镇长也让我们秉公办理哩，并嘱咐我们来一定要先找您，说您会帮我们提供方便的。看来事情很棘手嘛。这次，无论如何，我们也要公事公办，如果一经发现有谁包庇、窝藏案犯，绝不轻饶。”

赵二爷听着眉毛尖子上的汗慢慢下来了，胸脯里像有个铁钩儿在钩他的心。他心里骂道：“斜眼瞪呀、斜眼瞪，我赵二爷算是瞎了眼，交了你这么个人，你得我的好处还少吗？咋到关键时就翻脸不认人了？”二爷心里有鬼，想着这些警察也是张镇长派来的，他们如果讨不到便宜，是不会善罢甘休的，还是小心谨慎为妙。二爷心上有些紧张，只觉尻子吓得嘬起包子。

那时便是这样子——官大压的官小、锤大压的锤二；大鱼吃小鱼，小鱼吃虾米；一物降一物。人类和动物世界是一样的，也是呈现着形形色色的食物链的状态。

如果真是到了万不得已时，张镇长有可能会出卖赵二爷的，这叫丢车保帅嘛。赵二爷自知对自己不利，忙命人宰鸡宰羊，给几个警察重新吃吃喝喝，好生招待了一番。

二爷对那几个公差说：

“钱家把人杀了，你们说，我姓赵的庇护的哪一个？我们赵家和钱家，自古以来就是两条道上的人，斗了几辈人了，是真正的冤家对头，我们怎么会庇护他们呢？那是一点都不可能的。你们如果要去抓人便只管去抓，我们不会管的。再说抓这样的杀人犯，是天经地义为民除害，我们全庄的人都拍手支持哩。”二爷想把自己推得干干净净的。他睁着一双神色迷乱的立眉子眼，表情上开始讨好起几个警察。

“别担心，二爷，我们也是奉命办差，只要工作做圆，我们也就可以向上面交差了。”一个警察道出实情。

赵二爷一听，立马神气活现起来：“好说，这不是啥事情，你们放心，让张镇长也放心，这事都就包在我姓赵的身上，我让他钱干狼狗日的非掏这笔钱不可。他凭啥不掏？已经够便宜他了，我们为了他们一家，受的苦楚还少吗？我随后就让钱家把钱送来！”他冲几名警察拍胸保证。

再说警察走后，赵二爷便马不停蹄地跑到了钱家。一进门，却见钱掌柜病在炕上，房里笼罩着一片晦暗悲哀气氛，到处弥漫着一股败落的迹象。真是大势所去，无力回天。

赵二爷心下欣喜，心说：“狗日的，倒霉相在脸上带着哩！”他故作同情地给钱掌柜及钱家人说：

“老钱，我给你们送好消息来了，是专门医你病的一剂良药，你儿子有救了，这是我费了九牛二虎的力气，连泥带水跑成的哩。我姓赵的也是有面子的人，我的面子在天南海北那也是要值些钱的！”

“我忘不了你的恩情！”钱掌柜翻起来，捧着赵二爷的手。

“乡里乡亲，记情不记情都无所谓。我这人不在乎这些，毕竟你我都曾趟过这黑河里的水。”他顿了顿，显得有些为难地接上说：“不过，人家现今一总还得要笔人命价哩，我来告诉你一声。”二爷说着，脸红都不红。

钱掌柜眼中含着感激的泪水，良久才说出话来：

“二爷，我们全家谢谢您了。您放心，这次我豁了，即使家里剐锅涮碗也要凑够这笔钱哩。”

话说赵二爷来钱家之后的第四天，钱家给死者一次性补了一大笔人命价，钱掌柜因此也几乎把所有的家底彻底给花光了，家产基本荡然无存，就连一些好田竟也贱卖给了赵二爷家。事情算是解决了，以后只要死者的家属不再追究，这事算是妥当了。

短短几日，钱掌柜的头发、胡子猛然间全白了，一双眼珠子像是从窑脑里凹了进去，赤红脸干得骨头凸起约一寸高，浑身成了一把干柴，加之染上风寒，一时竟然吐血不止。家里人便把半个烂碗放在他的枕头跟前，让他随时取过来吐痰、吐血。

钱掌柜的病已是到了晚期，叫的阿訇吹的糖杜瓦与纸杜瓦分别都吃上了，皆不管用。吃杜瓦在黑河一带是异常流行和时髦的，大家在大夫那里看不了的疑难杂症等，就都得请专门研究和会吹杜瓦，抑或是人家专门务过这一行的阿訇，给吹点杜瓦吃上。具有这样神奇能力的阿訇，都居住在十分偏僻的地方，一般也很难请来特别厉害的杜瓦。杜瓦分别为糖的和纸的等等，通过阿訇念经吹气以后，赋予其某种神奇的力量，令患者服用，进行治疗。纸质的要用火烧成灰之后，以水帮助服用。

下午，钱掌柜在炕上唤来儿男子孙一群围在他的炕沿头边，安顿着临无常时的话：

“娃娃，大不行了，看来咱家的光阴到你们这代人上就到头了。没办法，真的应了老年人常说的那句，‘富不过三代’的话了。以后，你们怎么过日子我是看不见了，那是你们自己的事情了，有本事就往人前头过，没本事我也帮不上你们了。”说着竟然有眼泪从深陷进去的眼窝里滚出来，在脸上划过一道白印印之后，落到了枕头上。接着他一句话都不说了，但是看上去气息平缓，满脸红润。

大家皆以为病松活了，心下正在高兴。突然，钱掌柜却声气低微地说道：

“我无常之后，钱文若能躲脱这场官司，一定要顾缠好这个家，照看好兄弟姊妹……”最后已听不清在说些什么，只是隐隐约约听他说让赶紧请念经人来，给他念临尾讨白(忏悔词)。

钱家几个晚辈，忙忙跑去叫了一位念经人跪在钱掌柜身边，诵念临尾词。

钱掌柜自己嘴唇慢慢翕动着，似乎也诵念着一些生命结束时忏悔的经文断章。

亲属们都守在旁边抹眼泪。

钱文的牙茬干得几乎连一钱儿肉都剐不下来了，哭得伤心透顶。

钱掌柜无常一会儿了，而那位念经人，眼睛依然闭得实夯夯儿地跪在炕上念着。幸亏钱家本门里一个有经验的老人把手伸过去摸了一下钱掌柜的口和鼻息，悲怆地说：

“他已经归真了！”便用手绢抹去了钱掌柜腮边落下的一颗泪豆儿。

听说，无常时若流着泪去了的，是好的迹象。钱掌柜这个生前五番不撇，教门比较实诚的人就这样为了儿女的事情，操劳一生，直至咽下最后一口气。

钱家的院里、屋里一片悲痛的哭声。钱家本门里几位老者忙嘱咐人让快点去打坟，并向亲戚、朋友们报讣说："钱掌柜归回了。"

因黑河一带的人提倡速葬，即便是最大的埋体（丧葬）也不得超过三天，且实行土葬，也不得给亡人穿绫罗绸缎之类的丝织品，也不给穿任何衣服。报讣时说："归真了"、"无常了"，也可说："病故了"。把死人叫亡人。

钱文的眼睛都哭肿了、嗓子也涩了，连话都说不出来。

打发到武家镇扯白布的人到黄昏时分才拿回来。丧葬很简朴，不热闹，也不排扬，无需比富，也不带青纱，不允许送挽联和花圈，更不许烧纸和撒纸花，不设灵堂，不美容理发，不敲锣打鼓奏哀乐。总之，停止了一切娱乐活动。

钱掌柜家三天不得动烟火。这是一种摒弃吃丧家饭的规俗。

第二天晌午，打坟的四个人已经打好坟回来了。他们嗔怨和解劝钱文兄弟及家人：

"别再哭了，你们这么大声哭泣惊搅了亡人，对亡人很不好！"

但钱文却就是克制不住，眼泪如断线的珠子和决堤的小坝样，涌流不止。

那位给赵二爷家诵过经的从外地搬来的黄面白须的老阿訇走到钱文跟前道：

"你这个年轻人，说话咋一点儿不听？再别哭着惊丧亡人了！"说着拉起蹲在房门口的钱文到坟上转着看打好的坟合格不合格。

阿訇与钱文绕过房背后，走上一个土山坡，再拐过一个弯子，就看见了一片长满蒿草的土滩滩儿，土滩滩上有白色的羊脑子石头，还有一种羊咸石，这种石头是土黄色的，像冰块一样，羊特别喜欢舔食，味道是咸的。还有几棵小榆树，凄零地长在坟头的前面。几只乌鸦在几颗大的羊脑子石上面飞来飞去。人死了就是要被埋在这样一个荒凉的地方吗？这便是钱家的坟地了。

那些有钱的富汉活着相互攀比，死了也喜欢比富。你只需看那坟墓的豪华和规模，就可见一个家族的实力来。黑河一带的人，几个大户尽管各自都有各自的坟墓，但因为信仰的缘故，这些坟园都相对比较自然和简单。听说有些地方的富汉把坟墓修建得比宫殿还豪华和气魄，并且极讲求风水。一旦找到一块好坟地之后，简直修建得比活人住的地方还奢侈。其实从古到今，大家可曾看到，那些越是豪华的坟墓，越是被后人们掘得快、掘得深。

黑河一带的人大多不信风水，埋人也不择时间，火速埋葬为佳。因为他们相信生死有命。在这一带，大家还可看到许多乱杂坟，就是具有共同信仰的杂帮五姓的人共同的坟园。这些坟地很少有人打理，但说是天仙给看护着的。

话说阿訇和钱文，观摩和察看了一会儿坟坑的大小，觉得比较适宜，仿佛钱掌柜这个人去世后给活人不愿再添什么大麻烦似的，一切都顺顺当当的。那坟的土层里也很少有沙子和石块儿。土也比较松软，打坟的人异常顺利。坟的坟头朝着北，脚向着南，即西北方向是一个真坑，在坑的北面又挖了一个斜洞，俗称汆堂，汆堂里面是一个拱形的样子，亡人就是睡在这里的。

阿訇叫钱文拉住他的手，自己便跳入坟坑。他伏倒身子，详细地看了一下汆堂儿，即那个斜洞的大小，又用手比画丈量着尺寸，自己竟还亲自爬进去示范了一番，觉得非常恰当和满意，才缓缓地爬出坟坑来立在坟沿边，拍了拍身上的尘土。

等钱文和阿訇从坟地回来时，院里已来了许多钱掌柜生前的亲朋好友。他们有的拿来卫生香，也有送清油和面粉的。他们以此来表示对亡人深深的怀念。他们伤怀之余，劝说钱家全家老小别太悲痛了。在场的穆斯林们都净身沐浴过了。他们逐个儿双手捧起悼念，口里说着：

“你前面走，今后我们都要走这条路的！”

赵二爷把手捧起时，口里长长“嘘”了一声。他抹完脸就慢慢往出走。

鬼知道二爷的心里在想些什么！

钱家院子里整个一股哀凉的气氛，每个人的脸上都保持着一种肃穆和对亡人深深的敬意。

阿訇派了一位寺师傅、两个满拉给亡人捉水（沐浴净身）。那位寺师傅和满拉先将亡人抬放在水床上，然后拿了一块白布把羞体遮盖好，再戴了手套，将温水盛于汤瓶内冲洗。那寺师傅用右手洗刷着上肢，用左手洗着下肢。

一个小满拉娃娃，他顺着寺师傅的手的移动给倒着汤瓶里的水。

另一个满拉娃娃不时地往汤瓶里来来回回地灌水。

待洗到大小便那里时，那寺师傅很耐心又很沉静地把手伸展到遮羞布的下面洗，洗净后又揩干。

一会儿工夫，有几个人来给亡人包克凡（穿布），要把亡人用一片布裹上。那棉织的白布，很粗糙。

寺师傅和几个满拉七手八脚地把冰片和红花撒在布上面，然后将亡故的钱掌柜这个曾经在世上可以走来走去此刻却任人摆布的人，平放在布上，再将布紧贴遗体，抽去遮羞布，把亡人包裹好。

接近下午时分，给亡人站礼的，送埋体的人都已来齐。亡人被放入一个简单供大家公用的木架子里，头北脚南平放。许多沐浴后的男子排班站立，向亡人站者拉子(告别仪式)。

仪式由最有名望的阿訇领着，非常之庄重。站完者拉子之后，就有四名杂帮五姓的大男子跑上去抢着抬起了亡人朝坟上走去。送行的人，跟了一大串，口里念着美好动人的经歌儿。在路上，抬埋体的人乏了，后面跟的人就跑上前去换下他们，继续抬上往坟坑跟前走。

人们看见钱文哭泣着，独自一个跌跌撞撞地从另一条小路往坟园那里走。

埋了亡人之后，阿訇、满拉等围成一圈，跪在坟地里诵读“三十本古阿尼。”那些亡人生前的一些异族朋友，只能站得远远儿的向亡人默默致哀。

十二

埋了钱掌柜，又过了半个月。一天，钱文正在扫院，那扫帚的头总是掉。每掉一次，钱文总是不厌其烦地再把它重新安上，继续一下一下扫着院子里的鸡粪和垃圾。

如今的钱文变得沉稳和安静了许多，不喜欢交往，也不愿说话了。他的内心有一丝死而复生的欣慰，也忍受着父亲因他操劳致死的痛苦。他本来就很瘦，现在显得愈加憔悴。他头上替父亲戴的那顶白孝帽，已经污黑。媳妇叫他跟她说一说话，奉劝他到热闹的地方走一走，散散心。他却摇摇头。再劝他时，他的眼泪就下来了。

钱文听到门外有人喊着化钱粮，即替清真寺和拱北要乜帖的。他便走出去看，见大门洞下站着一个中等个子的人。这个人，瘦骼大脸，头围黛斯达儿，背子里挽着个形似背篼，却有四个并角的木头背夹子。背夹子里面盛着行礼和礼拜用的东西，角上还绑着个供净身用的小铜汤瓶和两条形如毛巾样的白布条。

“你是化钱粮的吗？”钱文轻声问。

那人却笑嘻嘻的，全然不把人家的忧伤放在心上，开口道：

"钱少爷,人死不能复生呵!"

钱文真诚地赔着笑脸,问他是哪里人。

那人却依是笑眯眯的,似乎是在幸灾乐祸。

钱文却并未动气。如今的他,已是经过一场生死磨难的人了,生活教会了他沉着和冷静。若换做以前,钱文会把这个人从大门里推出去,让他滚得远远的。

"钱少爷,你若有钱就散几个钱。没钱的话。就把你家的好吃头端些来吧。"那人用手指指肚子、指指嘴,依旧笑眯眯的。随后,他弯下腰,把腿上的裹缠往紧里扎了扎。

钱文即没恼也没怒:

"老爸,实话跟你说,钱确实没有,信不信由您,我可以发誓。"

"别发誓。你们这些人赌咒如喝凉水的。"那人连忙抬手制止了,"嘿嘿,玩权谋的人都喜欢发誓,可脸上长狗毛,翻脸无情!"

"要说吃的,可能达不到你的要求。我这就去给你看看。"连钱文自己也不敢相信,他现在会变得如此容忍和宽宏。时间不大,钱文进去端出一碗洋芋,两个馒头,外加半碗酸菜。

那人接过钱文递来的吃头,二话没说就吃了起来。不一会儿,就把所有的东西吃了个精光。他拍打着肚皮,抹着嘴一连打了几个饱嗝,然后走到另一头儿的墙根底下,蹲倒晒起了太阳。

钱文猛然感觉有种惺惺相惜,同病相怜的感觉。他原不曾产生过这种感觉。记得以前,家门前也曾来过几个要饭的,他显得非常麻木,不但没散什么,而且还痛骂着赶走了。可是现在,竟然可怜起这些要饭的人来了,只可惜自己如今也成了普通的穷汉了。他觉得自己再也不是原来那种当爷当王的钱公子钱少爷的时节了。他觉得自己是一个死而复生的人。他面对近几天门上匆匆而过的要饭的人,也只有无奈地摇头叹息。原来这些人是那么可怜啊!我以前怎么没有发现呢?钱文在心里反复咀嚼和拷问自己。他瞅着那化钱粮者的一身装扮,呆呆地出神。

过了一会儿,他准备回家里去,就随便问了一句那个要钱粮的:"老爸,你是哪里的人啊?"

"我没家没舍,在各个拱北及道堂奔波。"看那人的情形,也没有什么独特之处，说话疯疯癫癫，没高没低的。

"您怎么称呼啊？"钱文谨慎而又礼貌地问。

"俺叫呱呱叫，呱呱、呱呱叫，哈哈……"那笑声如寺内梆子般旋响和回荡在巷子里。

"啊！您就是大家传说的呱呱叫老人家？"钱文激动陶醉在遇到圣贤的吉庆和幸福中。他想扑进呱呱叫老人家的怀中哭一场，好诉说自己的不幸和遇到的磨难！

所谓"呱呱叫"，就是因为人们认为他很了不起，很不一般的意思。

"钱少爷，吃了你一顿饭，没啥留给你，就送你几句好听的话吧！富兮人之祸，穷兮人之福。不要因为你现在的处境，而去羡慕别人的富有。富得不正当的话，倘若再不行善积德，只一味享乐，祸将不远。多行不义，下场会十分凄惨。这是天道和自然规律，什么都不能过分，不能太满了，盈则为亏。一切都会印证的。"说罢，老人就走了。

钱文赶紧追过墙后巷道，见那条通向大路的巷道，已不见老人的影子。他不禁在心里喊着："胡达呀！饶恕我的过错，饶恕我以前的狂妄自大，以及饶恕我的嫌贫爱富，恃强凌弱的罪行吧，让灾难远离我们！"钱文的内心一时充塞着满腹的敬畏感。他总算是有了敬畏感。他记起父亲嘱咐他的话："到任何时候都不要失去善心，不要放弃自己的信仰。"钱文慢慢回想起关于呱呱叫老人家的一些传闻。

呱呱叫老人家据说是真正得了正道的人。

大家只知道呱呱叫是北京的汉人，后入教奔跑在西北的拱北道堂上行善，干好。他精通书文，能写会画。他从不把别人散的钱，装入自己的腰包，也从不贪财，十分虔诚。他若贪财的话，估计会成为西北的大富翁。他把别人散的财物，随后又统统散给了拱北，道堂和许多在路途中遇见的穷人和受难者。他的故事很多，民间传说得广泛的以下列举一二吧。

有一次，呱呱叫和几个路人结伴而行。其间，他们谈笑聊天，不无生趣。在经过一片泥泞的河滩时，同行几人，脚上全沾满了红胶泥，脚都拖不动了。后来，大家发现只有呱呱叫老人家的鞋子上却干干净净的，一点泥都没有。他走得依然十分轻巧利索。那几个人便不由惊奇道："您的鞋底怎么一点泥都不粘？"

“嘻嘻,阳世万物皆为虚无,我不为难它们,它们也不难为我呀!”呱呱叫老人家说话间脚下生风,已超过了那几位行路人,说:“我还有点事,先走了!”

那几个路人就觉得这老头很可笑,心说都是两条腿子走路,你一个老汉,背子里还背着个背夹子,能走得比我们快?不信我们还走不过你?

“前面就没路了,得从这边绕过去!”那几位路人见老头不走大路,为走捷径要从崖里跳下去,便喊他回来。不等他们拽住他,却见呱呱叫已扑下了那道几十丈深的石崖。

几个人吓得面面相觑,认为这下定会把这个面黄肌瘦的老头儿,摔得粉身碎骨不可。当他们走到沟沿边上仔细看时,却见呱呱叫已健步走在远处的那条大路上了。他一面背着背夹走着,一面还向他们挥了挥手。

把那几个人看得目瞪口呆。

还有一次,有人想考验呱呱叫老人家有啥本事,于是就把个死鸡给他吃了。随后,那人便笑着道:“都说呱呱叫老人家如何未卜先知,可是他竟然连未经过诵经自死的鸡都吃了,怎说他是得道者呢?”

这时候,呱呱叫老人家笑嘻嘻地把嘴一张,那只鸡从他口中飞出来了。这只鸡跳到门外,满院子奔跑开了。

这下,大家都服了。

钱文回忆了一段儿呱呱叫老人家的传说,心中细细想着,并将老人家留给他的话,写在了一张纸上。随后,他又在各房间点上了香。也许,这对他来说是莫大的安慰。一个人的好坏善恶,总是随着他人生的各种际遇,以及环境的变化而变化。

十三

三奶奶家那个亲戚女子赛尔自和尕西木好上后，便时常往赵二爷家的堡子那边跑。她把那麻花辫子梳得更加明光可鉴。这姑娘认为这赵家的二少奶奶是非她不可的。她黑了睡不着觉,总想着尕西木,想着想着,便觉得自己已经是赵家的二少奶奶了。只要一想到这些,她就会禁不住偷偷地笑出声来。

她还发现一个秘密:自己那硬格生生儿、直挺起来的乳头蛋子,现在竟然慢慢低垂下来。她用手把它慢慢推起来,很快便发现它们再一次会不争气地垂下来。她想:都是叫那馋嘴的尕西木用嘴巴吮的。她心里倒是一点儿也不怨他，认为尕西木是富汉的种。想到这里，她为自己所做的一切，不仅不觉得懊悔，反因拥有尕西木而暗暗地窃喜。但她偶尔也有些不安和担心：何时才能正大光明地出入于赵家的大堡子，成为名副其实的二少奶奶呢？于是突然又有些茫然。

时间一天一天过去，最后赛尔终于等不及了，便要尕西木和三奶奶各自向二爷和二奶奶去提就一下亲事。

这天，赵二爷闲得慌，便在堡院里转着看。他见院里洒落着一些草渣儿，便拾了放到草棚子里去。他有时为尕西木四处乱跑而深深担忧，生怕他因嫖风吃醋什么的，在外面闯下个什么祸端，步钱文的后尘，若叫人把鼻子割了也说不定。

赵二爷走到牛圈里，见着儿媳妇花女儿正给牛麻利地搅拌着草料，就在心里想："这媳妇子，也是我赵家的个宝，身兼数职，一天忙得不得站闲，黑了还得陪男人睡觉，但身子总是那么健康可爱。"

二爷的鼻孔里笑了一下，然后蹑手蹑脚地从牛圈里溜进去。

赵二爷家的牛圈正对着武家庄的北山洼，那洼上茂密的蒿草，远望上去，就像人缭乱的心情。山上拣柴和拾粪的穷困者，他们常会好奇地观望二爷家那座宏伟的堡子。他们觉得，堡子好似黄土地上的一座深宫，深锁着无数人的想象和惆怅。

"娃娃，忙喀咧缓去。一直忙，人咋能挡住？"赵二爷袖着手，站在牛槽边给花女儿说，眼睛却一刻不离开她那诱人的软尻蛋子。他真想扑上去用牙啃几口。那是一块让他永远也不得够的软肉。他回过头来，向北山顶上扫视了一番。然后又谨慎地四下里看看，见只有牛圈墙角的那几垛黑猫儿头刺上，依稀落着的几只麻雀在"叽叽喳喳"地叫个不休，这才放松了警惕。

麻雀们在猫儿头刺上面跳来跳去，似乎是在迫不及待地等着人走了之后，好飞下来啄食牛槽里的牛料。

"大的花女儿，快过来让大看看。放心，你妈这阵正在炕上睡觉哩，尕西木耍去了，尤素福被我撵到大河畔等候背柴的主麻去了，没人看见！"二爷说着便抽出袖筒里的手去拉花女儿。

花女儿笑着，却把个料棍塞进了二爷的手里。

二爷接过棍子，在几个手指头上转金箍棒一样耍了一圈，装着有些生气，却见花女儿已开始改开了裤带。于是，他快活地扔了料棍，扑上去就猛地抱住了花女儿，然后在脸上、在头发畔畔子上、耳坠坠子上、脖子里等等，用鼻子慢慢地嗅，用舌头贪婪地舔，用牙轻轻地啃咬。

二爷把花女儿的红紫坛大襟子布疙瘩纽子改开了，揭起衣襟，好似饿坏了的碎娃娃，吸吮他妈的奶一样吸吮着花女儿的乳房。他吸得发出古怪的“吱儿、吱儿”的响声。

二爷知道，如今的花女儿，已被他调教得如那头土黄骡子一样，服服帖帖、乖乖矩矩的了。他清楚，女人天性都具有某种依赖性。他所见到过的女人，无不是这样的脸势。她们最怕的是失去荣华富贵，她们天生喜欢富人的生活，且有填不满的永无止境的欲望。

赵二爷觉得，自己具有得天独厚的优势和资源，可以去充实装扮任何一个女人。二爷想到得意处，不禁陶醉在自家的富有之中。他真切地体会到，人富了就可以为所欲为，可以得到一切自己想得到的东西，乃至很难得到的东西。二爷感慨之余，已把手伸进了花女儿的裤裆里，开始肆无忌惮地乱摸。他知道，现在的她已完全听命于他。他成了她的靠山。她显得很乖、很听话，任他想怎么摆布就怎么摆布。

这时，她静静地等待着二爷能抓紧时间。但是二爷却要消消停停地折磨她，细嚼细咽般地咀嚼她。

忽然，那墙头的狗牙刺上的麻雀飞到牛槽里来了，它像是突然发现槽边有两个人，便“忽儿”一下又飞回到了墙头上。

那麻雀奇怪地打量着赵二爷他们，“唧儿、唧儿”生气的仿佛诅咒般骂道：“畜生不如的东西，干吗不叫我吃牛料呢？躲在这里吓唬谁啊？狗日的，不是人的老东西，不得好死！”。

这只麻雀把注意力高度集中的赵二爷，惊得差点闭了气，头上的虚汗珠子冷松地往出渗。他气得直骂：

“要是吓得叫老子当不成男人，老子饶不了你们。你个死麻雀子，你们就不知道老子是个大富汉吗？真的惹恼了我，雇些人把你们弄死哩！”

花女儿说：

“大，你跟它们那些麻雀子较啥量、说啥啊？它们能听懂你的话吗？”

赵二爷笑了,"我是虚张声势,吓唬它们一下,叫它们别打扰咱们!"他示意她调整一下姿势。

花女儿便将裤子又往下抹了抹。她刚站稳,就被赵二爷一个饿虎扑食压在了牛槽上。

这里本来写了约一千五百字,但觉得非常好笑,又怕被仿似赵二爷的后人们咒骂,说这个作者太挖苦他们那些大富汉爷爷了,于是就不得不删了。

二爷的尻蛋子正对着堡院前头的北山梁。

赵二爷和花女儿被一头花牛与两头黄牛夹在中间。有一头小牛睁着一双惊恐的眼睛,审视着,感到有些紧张和不知所措。

"槽沿冰吗?"赵二爷关切地拉着情话。

花女不语,只是瞪着一对大眼睛"扑棱、扑棱"的。她听了二爷的问话,闭眼无声地摇了摇头。片刻,就抑制不住般呻唤起来。

又有几只雀儿飞到了他们头顶的黑刺上,吓得二爷抬头观望。

说时迟,那时快,"扑簌"一股子雀儿屎冒到了赵二爷的鼻尖子上了。二爷顾不得擦屎,自己却已溃不成军了。

雀儿屎让赵二爷早泄了!

二爷一手提着裤子,一手抹了把脸上的汗水,长长嘘了一口气,说:"他娘的,老了、老了,毕竟年龄不饶人啊!"

"大不是一般的男人!"花女儿想着刚才的事情说。

二爷大约忘了鼻子上的雀屎,经他刚才一撩拨,竟抹了一胡须一脸。他仿佛想起什么,说:

"我娃的骚板子上的毛又长长了,可不能叫长长呀,得空要修一修!"二爷像给自己的老婆安顿一样,操着一副当丈夫才有的心。

花女头勾着,故作羞嗔地一边用手掩了面,一边笑着用脚尖在二爷的腿上踢了一下,便抛了个媚眼,提着料背篼,前头出了牛圈。

赵二爷暗自得意。他神不知鬼不觉地溜回自己的大房,见老婆正披了衣服坐在炕上打呵欠,并揉着睡意惺忪的眼睛。女人忽然像发现新大陆似地把个勾搭嘴笑得差点扯开了:

"素福大,你看看你的脸上,哪里的屎啊?"她双手拍打着膝盖,差点笑死过去。

赵二爷有些生气和狼狈,他憎恶地瞪了一眼老婆。他对这个女人非常不满,不是因为她年老色衰,而是因为她碍手碍脚。

老婆还在笑。

二爷便轻轻地“哼”了一声,眉毛头子一皱,走出房子去。

“哎哟哟,看把你能的,人家给你说的是好话,你看看你那脸上、嘴上都有屎嘛!”二奶奶不甘心,爬到窗眼里冲走到院心的二爷嘟囔着。

赵二爷走出大门,沿着堡壕走了下去。他抬眼看了一下武家庄的全貌。但见武家庄四面是山,山外依是山。

远处,那淡青色直入云霄的大山,把武家庄的小山一圈一圈包围起来,形成一座天然的屏障。二爷忽然想着,庄里这几百户人家,包括外来的杂帮五姓都穷得屁淌流水,吃了早起无晚夕,而只有他家控制着武家庄几乎所有的资源和财富。他突然觉得,人在世上怎么都行,但就是穷不得。穷了瘦腰抽上活就像一个鬼;人穷了,任何时候就没你说话的余地,什么事也别想办成,谁都瞧不起你,见了有钱汉就得低头哈腰,就得要巴结奉承;倘若再穷得没搞干了,就得给人当长工、打短工。二爷认为,穷是根本富是命,富汉也是上苍造定的,是专门到阳世上享福来的,来管理和统治穷人来的,叫穷人当牛马的。

不知不觉间,二爷来到了这条长久不息的黑河的河畔,那河里的水在不打雷的时候,清得能照见人的影影儿,连河里的石头疙瘩、石头片片都能辨别得清。水里的石头,什么颜色的都有,混杂在一起,极其好看。

赵二爷望着水面,记起自己刚懂得男女之事时,一次在这条河里学着洗澡,硬是把个过河拾粪的碎女子压在黑河岸边解决了。有许多人都看见了,可就是没一个敢指责他。谁敢言喘啊?

也就在那一阵,二爷就已开始立下了当武家庄的土皇帝的誓愿。现在,武家庄已是属于他赵家的地盘,连那成百上千亩的田山地土,包括头顶上的蓝天白云,都是他赵家开创的基业。

他想:原本这武家庄是有一个竞争对手的,他就是钱掌柜,可如今,他已无常了,可能骨头都快朽烂了吧?这武家庄终还不是成我赵二爷的天下嘛!

赵二爷抹了把脸,觉得皱巴巴地不舒服,像是才记起老婆说的“脸上有屎”的话来。

于是，他蹲倒身子，捧起黑河里的水，撩拨到脸上洗着，一次一次抹着。他感觉水很凉、很渗人，差不多渗得他的牙缝疼汪汪的。

赵二爷咬了咬牙，又长长嘘了一口气，自语道："又快到冬天了！"二爷对光阴的流逝也是非常疼惜的。他觉得自己倘若是现在的财富加人生经验，但却是二十岁左右的年龄，那才更精彩哩！

赵二爷回到家里的时候，房里已来了人，是兄弟媳妇，即三奶奶。

二爷心里有些纳闷："这个卖尻子的货，平日里到我这堡门口闪烁一下，那都是有限数的，今儿个跑来做啥来了？莫非是他那不成气候的儿子布拉又闯下了麻达，求我给解决来了？若真是那样，拿我把这骚板子痒死的，先睡了再说。这女人的一身绵软丰腴的膘，真叫人馋涎欲滴啊！哼，别看她平时装得一本正经，在人前头人模人样的，好像贤惠得弄不成紧，可还不是假正经一个。哼，这一套，嘿嘿，我赵二爷可见得多了，要是压到身子底下，没准比花女儿还骚情呢。我可把你们这些女人看透咧！"想至此，二爷便径自走向太师椅那边，稳稳地坐了下来。

三爷的老婆抬起那担挂在炕沿头边上的丰盈身子，掂着一双碎脚脚儿站在地上，现出温和的面孔和贤淑的目光。紧接着，用绵软的嘴问了一声赵二爷：

"哥回来了吗？一天忙得很呀？"

"你坐着，坐着和你嫂子好好拉话。我闲着哩，刚在黑河边转了一圈。"赵二爷把头摆向别处对弟妇说。他装出一副漠然置之的态度。赵二爷没有用焦渴难耐的目光对三奶奶作大量的扫描。他知道，那样一来会立刻引起别人的警觉和反感，三奶奶毕竟是识书达理的人。再则，时机不成熟，老婆也已有埋怨，说他一点都不关心她。

二爷坐在太师椅上，找不出什么理由来掩遮他的恐慌和心虚。这时，他突然低头见自己的青袍上的一处线缝开了，便乘人不备，伸手又往大撕了一把道：

"我这儿的线缝儿开来了，你替我缝下素福妈。"说着就赶忙脱下来，展臂放到了炕沿头上。

赵二奶奶这时已从炕上下来了，她挪着一双碎脚，提了水壶分别给弟妇和二爷倒了一盅水，接着带笑看了二爷一眼，又摆头对着弟妇子笑笑，似乎有话要说，但却欲言又止。

赵二爷装作若无其事的样子。他端起水“稀溜”喝了一口，烧得他又吐到了地上，便又把嘴搭到盅子沿，朝凉里吹水。其实二爷的心根本就没有在盅子的水上。

三奶奶接过水，见连根茶叶棍也没放，就又架到了窗子上，她心里有点不舒服，心里说：

“二奶奶这个女人，是个富抽筋，给倒一杯水，连几枚茶叶棍棍也不舍得放，真是越富越吝啬。”当然，女人的心一般都比较细，尤其爱占个小便宜，在那些小意思上特爱计较，你给她一根针，她心里都会乐得不得了，自以为是捞上了便宜。

“她新妈想给咱尕西木当个媒哩……”二奶奶手按着立柜的沿儿，笑着对二爷说。但她再次止住话句，想先试探下二爷的口气。

“你们妯娌间怎不商量拿个主意？啥事都要问我，那要是我死了，你们问谁去哩？”二爷故作愠怒的样子。他喝了一口水，接着说：“不过这是件大事，还得我拿一半主，余一半主交由家里人。不过这还得尕西木本人定夺。总的来说，只要女娃的家道好，两家大人没掐嫌的，就能成。”显然，赵二爷的话里有话，意思却明确：一切还须他同意了才行。再则，富汉找媳妇要看门当户对，看看相互之间有没有互相利用的价值，还有就是图个好声名。这样，富汉家生的一定还是富汉。毫无疑问，有头有脸的种子，生的当然是有头有脸的种啊！

“那女娃长得瞎还是好啊？”二爷问道，他最关心就是这个问题了。

“这你们是知道的。那次，你家诵经时她来过的，干净乖爽得不得了！”三奶奶脸上播放着温爽的红润，心说，先让二爷知道了那女娃的漂亮模样，若是有心再说不迟。

“哪个女娃娃？到底长个啥模样？我咋没注意，看你嫂子看见着吗？”二爷说了违心话。记得上次，他差点没把那女娃的毛角辫瞅飞，这时竟却说是他没留意。此刻，他的心里已挽起活络扣子，觉着先看看情况，再下定论。

“我不信你没看下，不就是扎了一根独角辫儿的那娃娃了么？”二奶奶用一副鹞子眼翻了二爷一下，似有些不纳服二爷没看到那女孩的样子。

“你们看，你们中意了，就能行啊！”二爷笑着把目光移向了兄弟媳妇，心里开始有了诱她上钩的雏形计划。他觉着这女人平时怎么都不愿到这堡子里来，既然为了亲戚娃的亲事不辞劳苦，说明她的弱点和可突破的缺口就在这达；或许她已给那女娃家的人打了保证。他觉着这事她只要越迫切，便迟早是我二爷口里的肉。赵二爷禁不住高兴得喝了一口水。

“这事还得你们一家人好好商量哩。依我看，人家女娃配咱西木能行哩。女娃模样儿标致、端正，又没缺鼻子少眼，七个窟窿都全着哩。”三奶奶自认为幽默地说着，笑了一下。

“我还没问，那女娃家都是些啥人哩？”二奶奶插了一句。

“实说吧，那娃家是困难了点，因为没大。她大无常得早，便常来我那儿，是我的一个远房侄女，针线茶饭没拨嫌的，都很好！”三奶奶说着，脸上平添了一份得意和兴奋。但她那双瞅着二奶奶的淑眼，猛然又变得惆怅怅的样子。接着，她左右看了二奶奶和二爷各一眼，就静下来凝视着他们僵硬的面孔。

二奶奶一听穷，马上就有点不对头了：“他新妈，这是件大事，你先回去，等我和你哥商量咯了再说。”

“那你们先商量，过两天我再过来见话。”三奶奶说罢，怀着一种不踏实的心情，颠着碎脚摇动着丰盈的身子走了。

赵二爷只从太师椅上站立起来，象征性地送了一下，并未送出堡门去。但在三奶奶走到院子时，他从窗子眼里详细地观摩着弟妇子那发达有加的尻蛋子。当那女人走出堡门后，他心里像似失落了什么的样子，毕竟那又圆又大的尻蛋子上有一丝灼热的诱惑。

赵二爷的老婆送走三奶奶，摆着小脚旋进来，见了二爷便拿一对鹞眼偷着剜了一下道：

“你咋刚才不把这事推脱算了？”

“你们妯娌坐一起拌嘴着哩，我咋知你的意思？”二爷似乎也有点不高兴，他向来都是把老婆吆喝得嘟溜溜儿转，要不是看老岳父的福面，把个丑八怪早一顿棒赶了。可二爷又觉得两口子已经凑合到老了，就容她废话吧！

“那号穷汉家的人把我的心冲了，我纯粹憎恶着见不得穷人。你没听人说：你硬给富汉子拉马踩蹬，别给那穷汉家的人鼓劲。穷人你不要可怜他们，可怜之人必有可憎之处，那号可怜的人必定有好多可恨的地方！”二奶奶嘴里不住地唠叨。她一面抹桌子，一面摆一副见不得穷汉家人烧着吃的架势。

“咱先给尕西木说知道了，叫他自己拿主见。”赵二爷又老谋深算开了。

“咱们的娃你还不知道吗？那驴松瓜着哩。听这嫁汉的意思，那女娃已让咱西木奸了。我觉得不成，咱怎能比得那大地方人，娃的事，咱大人一定得做主。要是由了娃娃的心病，早把武家庄的天踢破咧。”二奶奶自以为是地说。她怕二爷嫌她的话多而生气，就一再赔着笑脸。

二爷当然自有小算盘于胸内。他尽量装得不动声色，待老婆把话说罢，本想责备几句，却又忍了，只觉得没必要计较似的叹了一口气。

十四

晚上，尕西木走进长工主麻的房里，见主麻已裹着烂山羊皮袄睡了。房子里冷冰冰的。西木有意无意地伸手摸了下炕，冰得连石头一样。他忙把手抽回来，筒到了袖筒里。那蜷缩在炕角里的长工主麻，像个幽灵一样，尚在呼吸和跳动着心脏。

西木知道只有炕角的那一小坨地方才有一点点屁温子，因为母亲不让往长工主麻的炕眼里多放柴。

主麻见是二少爷站在地下，忙诚惶诚恐地爬起来，借着隐约的光线问：“二少爷有事吗？”声音仿佛从地洞里传来。

主麻那呆板冰冷的肉体，令尕西木很不舒服，似乎影响了他的谈兴。但他还是想把他高涨的情绪宣泄一通，因为主麻是他演说的听众，加之他现在没有睡意。

“起来、起来，这么早就睡觉！”尕西木根本就不体量主麻一天来的劳累。他催主麻快些起来。

主麻无奈，只好爬起，到窗台边点着了油灯。他脸上带着憔悴，头上的柴草棍棍交织装饰着他蓬乱的头发。但他脸上依旧挂着温和的笑容，用一双碎眼睛瞅着尕西木。

“我新妈家那亲戚女子，你见过吧？让我给睡了。”尕西木嬉皮笑脸地说。坐在在炕头的主麻傻乎乎地望着二少爷。

尕西木见主麻听着，便把他和赛尔之间的事情无所顾忌地讲了一遍。他讲到精彩处，动作也跟上出来了。他学赛尔的呻吟更是绘声绘色、惟妙惟肖，羞得主麻一次次不敢拿眼看尕西木。

“二少爷,你啥时娶赛尔呢?”主麻突然像是担心的样子,问了一声。

“我不想娶她了!要娶我就娶个比赛尔更好看的。现在,穆家沟有个碎女子,心疼得不得了,我准备娶她哩!”尕西木把五六十斤重的头颅撑得高高儿的,油腔滑调地说。

主麻听了,不禁同情和可怜起那个赛尔来了。同时,他又不时为穆家沟那个女娃生了一份莫名的担忧。他觉得那赛尔太可怜了,眼看什么都是一场空,却还把个富汉家的尕西木当成个宝贝,又回想到他自己的身世,不禁偷偷流出一股泪,乘着尕西木不注意时,揩掉了。

尕西木撅着一张嘴,热烈愉快地倾吐乏了,才吹着口哨,抹了把油光锃亮的头发,流里流气地回房睡觉去了。

夜深了。

整个武家庄沉浸在一种窒息的梦中,那酣睡的人们仿佛在睡梦中听到窗外那寒冷的夜风在经久不息地吹拂。

夜,像是在狂风的呜咽中痛苦地挣扎着。

窗外骤紧的风声,不依不饶地撕扯着人心。主麻想,这一场寒风刮过之后,黑河的水就可以结冰了。他内心充满凄凉,仿佛黑河正在慢慢地凝固起来了。

第二天鸡叫二遍时,赵二爷打发了两个短工和主麻一起到羊圈拐子的大场里碾场去了。二爷担心出什么差错,便想让尤素福到大场里监督和看着。

可尤素福说了几次都在炕上没动弹。二爷在窗子外面一喊,他只把脖子拧扭一下,身子两摇,待听不见二爷的声音时,便又睡着不想动弹了。

“这个老怂,你睡一阵阵,他都不叫你睡安然。”花女在丈夫跟里故意装模作样骂二爷。

那赵二爷在人前是一副正人君子的样子,好像他从不进媳妇子的屋里,所以就在窗外又一次喊尤素福:

“素福,我说你耳朵塞驴毛了吗?你再不赶紧到场上去,我一顿砖头把你的门砸烂哩!”其实二爷的老毛病又犯了,巴不得将尤素福赶走,好来个鸠占鹊巢。

尤素福没办法，只得穿好衣服走打麦场上去了。

尤素福到麦场之前主麻就已经到场上了，见另外两个短工已和他摊好了麦子，主麻赶着套好的牛，吆上辗起来。

这是那号由三头牛拉的大碾子，碾场效果特别好，先前还是几乎淹过人膝盖的、厚厚的、解开草腰子后摊开在场上的麦件子。但是，经过一圈一圈石碾子的碾压之后，过上一阵，那些摊开的麦件子，就开始贴到场面上了。而且，越碾，那个原来土黑色的麦秆子，变得越来越白也越来越单薄。大家见牛走得轻松时，碾子转得也有些轻松了，便再打开一些麦捆子，摊在先前的麦子上面。于是，牛拉着碾子，又一次觉得有些艰难地走起来。那牵引着碾子，套在牛脖子里的牛夹板和那个显得笨重的红石头碾子，也都分别再次发出咯吱吱、咯吱吱的声音。碾子缓缓地转动起来。待再转上几十个来回，就又碾得顺畅了。

麦子就是这样一圈一圈碾出来的。先是把麦秆碾柔、碾软，把麦穗碾得从麦秆上脱离开来，再碾得麦子蜕掉衣皮，直到那肉色的麦子受不了石碾子的碾压，从麦衣里挤着钻将出来，才轻省一些，这就跟接生的感觉一样虔诚和神圣。

主麻喊着牛，并不时用胳膊裹紧身上的烂山羊皮袄，以免寒风从各个空隙钻进来，侵蚀他的肉体。他就像是一只冷得抱紧翅膀的野鸟，可无论翅膀夹得多紧，却依然冻得直打哆嗦。

主麻的那双别人送的烂布鞋，已经破得只剩下一个坨圈子了。他的脚就像两只冻红薯，红肿红肿的，且裂开许多横七竖八的口子，流着血，疼得他没命地咬紧牙关忍着。

天已大亮，可能是天气的缘故，太阳依旧尚未上来。主麻吆着牛，远远见庄那头谁家的烟洞眼里窜出一缕缕青烟，急速地在村子的上空弥漫着。那袅袅的烟气，让主麻有些迷醉般地依恋和向往。他想着，倘若此刻自己能够坐在一面热炕上，或者蹲在谁家的灶火门跟前烤烤火，那该多幸福啊！

突然，一股浓浓的，冒着团团热气的牛粪的膻腥味儿，袭入了主麻的鼻孔。

主麻不禁欣喜若狂，头脑里一下子萌发了一个想法，就是用牛粪的热量，来驱赶脚上冻得削骨般的疼痛。于是他吆喝几声，让牛先停下来，自己便一下子甩开那双烂鞋子，不顾一切地将双脚伸入到软囊囊的热牛粪里面。

那一瞬间，一丝温暖由主麻的双脚传遍他的身心。为了那一丁点温暖，他流出了眼泪。心酸把他的心再一次攥紧了。他多么需要温暖，需要快乐啊！

主麻满足和陶醉在那转瞬即逝的温暖里。因为那牛粪的热量，很快便会被寒冷吞噬，不一刻就会消失殆尽了。

"主麻你个碎尿子子，不赶紧辗场，停了牛在那里日啥鬼着哩？"有个短工开始喊着骂主麻。

另一个短工，也在用眼睛瞪主麻。

人如果变成了富汉，真的劲大，所有的人都会给帮忙鼓劲，俗话说："一个财宝心，二十四个干蛮劲。"也就是说，一个有钱有势的人，操闲心的人就特别多，就是肛门拉屎，牛把子都要鼓个闲劲儿哩！

这实实儿的。

主麻吓得慌慌张张，用脚拖上破鞋子，赶紧吆了牛继续碾起场来。

快临近中午时，赵二爷背搭着手来到了麦场里。他站在场沿边看了看，一言不发，只是打了一个转身，就又走了。

下午，主麻和两个短工正挑场，又来了几个给赵二爷家白帮忙的杂帮五姓的人。所以，场上的活计进展神速。

第二天中午，赵二爷见花女儿正在填炕，便装作往大房里走，他经过花女儿身边时，冲站在不远的老婆道：

"你看看这媳妇子，眼见娘家这两天辗场快忙死咧，也记不起过去给他们家帮帮忙的，看样真是嫁出了门咧，好像娘家的事情与她没有一点关系咧，心咋就那么硬呢？"

二奶奶看了看花女儿。

花女儿勾着头，依然忙着她手里的活计。她忙完炕洞边的活，起身提了背篼往装柴的窑里走去。她仿佛被赵二爷一下说红了脸盘子，无奈且不好意思地向二奶奶道："妈，我洗身上已过去了（月经来之后，已经洗上了大净），明儿我想回娘家一趟，不知那边的粮食都辗了没有？"她一边说，一边忸怩了一下身子，又抬手把那漏遗到包巾外面的头发，往里面塞了塞，慎怕头发被天日见着，而违背了当地的妇道和风俗。

二奶奶说："你是想你妈了吧？也难怪你有这么一份孝心。回去一趟也好，唉！我啥时候，能有人这么记挂着就好了！”她有些羡慕似地叹息，“可惜没有啊！”她仿佛要引起别人同情的样子。从表面看上去，她是在夸赞儿媳妇，其实是在哀怜自己。

第二天，赵二爷让尤素福陪花女儿去娘家，给帮帮忙做做场上的活计。

优素福一开始不愿意，说：“她自己去就行了，干吗一定要我陪着去呢？叫她别去了，自己家场上的活计，都还没有干完呢，却去给娘家帮忙，哪有这样的道理？”

二爷一听，就有些恼火，道：“我叫你干吗，你就干吗，叫你去，你就去，废话还多得很！再说，你媳妇一个人去，让人家娘家人看了怎么说，还以为你们小两口闹矛盾呢。同时，家人看她一个人回来，不心寒吗?你陪着去，正好可以帮你姨娘（岳母）家干点场上的活计。咱们家的一点点活，不要你操心，你看看帮忙的人这么多，三几天就干完了，反正咱家的活儿，也指望不上你！”二爷立眉横眼地斥责和教训了优素福一顿。

尤素福知道胳膊拧不过大腿，扭不过父亲的意思，又见媳妇已穿戴好了浪娘家的黑盖头，在火房门口哭泣。

这时，二奶奶又装着骂尤素福不体己花女儿。她还说，毕竟花女儿是她妈身上掉下的一疙瘩肉，将心比心，都一理，人家家里人还是感觉亲得很。要是换成咱们自己，到了这两天各家都忙着碾场的时节，有个人帮帮咱们，心里是啥滋味？二奶奶翻过去羊三川，翻过来羊四川，也故作贤良地数落了尤素福一顿。

尤素福经不住一家人合起来的攻击和收拾，便只好准备了一头毛驴，驮了点洋芋，送媳妇浪娘家走了。

尤素福两口子走了后，二爷立刻有了新的行动。他觉得事不宜迟，须尽快把自己的这个丑妇人也赶走。他算计到，再过一半天，就是那古道坪拱北上的大尔麦里，便决定让尕西木送她妈同去那里点香上坟，吃油香去。

赵二爷预计来，尕西木是一定会去的，因为点香上坟的时节，那里就会人山人海，热闹得不得活。

那尕西木，平时最喜欢图热闹了，岂有不去之理？至于这个丑婆娘，就说是我二爷得料理家中事项，让他们到拱北上出几个平安乜帖钱，并到老人家和辈辈的圣贤的坟上沾沾吉讨个吉祥，想必他们母子是不会不去的。

赵二爷盘算好了之后，便把母子二人叫来，把打发他们母子上坟的事，郑重其事地说了。

二奶奶听后，觉得此时出门虽有点冷，但毕竟有男人给钱哩，会落个逢不多的便宜；何况自己棉衣套着棉衣，耳朵和脑袋都有保护的行头，加之又有儿子一路护送，就一口答应了。

随后，二爷又跟尕西木调盐加醋，把那上坟点香的热闹场面细细渲染了一番，直听得尕西木搓手顿足，满口应承。尕西木一时竟高兴得差点等不到明天，就要动身的样子。

第二天一大早，尕西木着意将自己打扮了一番，牵了驮着母亲的牲口缰绳，直奔点香的拱北而去。

全家人走光之后，赵二爷心里突然一阵得意和轻松，觉着自己只要略施一点办法，就将他们这些头脑简单的人，全部打发得不见踪迹了。

堡子里，就剩下个长工主麻。白天里，主麻只知道在外面拼命地干活，晚上只管待在他的那间放杂物的小屋子里，从不出来走动。说白了，他就是个干活的机器，是个地地道道的睁眼瞎子。再说，他就是看见我赵二爷有什么不轨行为，谅他也不敢说出去。否则，他是真的不想活了，或者不要命了。在我赵二爷的大堡子里，不懂规矩，我就打断他碎狗日的腿。

赵二爷将一切安排妥当之后，便大步向堡子壕那边的赵三爷家走去。他走入三爷家后，便装着来借场上挑麦草的木杈，嘴上还故意喧哗着："杈在哪儿放着？我拿去场里用一下！"他边说边用眼四处寻摸，观察房里面的动向。

三奶奶闻声，忙颠着一双碎脚，播弄着美好风韵的身子抢步出来道："是二哥吗？先进屋里喝着吃上点，吃了再忙去喀！"她甚是殷勤的样子，心下正盘算如何把赛儿的事再给二爷提念一下。

"不咧、不咧，场里人还等着用杈哩。"赵二爷故意提高嗓门说。另外，他是想把钓线抛得尽量远一些，好彻底钓到这个让他垂涎已久的三奶奶。

三奶奶一面喊了赛尔取杈，一面凑到二爷跟前笑着问道：

"哥，那天我说的事情，不知你们咋商量了？也给我给上个准信，我好给人家娃娃有个交代啊！"三奶奶的样子有些讨好。

"噢！我还把这事给忘了，最近真是太忙了，一天忙得人迷瞪三道的。关于你说的那个事情，还不是全在于你哥我的一句话嘛。说实话，我这阵还忙着哩，得到麦场上给他们送杈去，场上这两天帮忙的人手多，杈少，不够用啊！这样吧，下午你若闲着，或者有空，就过来到家里来，咱们好好商量一下。反正都是咱们自己家的娃娃，咱们自己商量着办，好吗？”赵二爷感觉十分良好，但又故作亲近地添上说，“我等你过来啊！”

赵二爷知道在人家的院子里待久了，也没个安全感。再说，三爷要是知道了，也不是个省油的灯盏。

二爷做贼心虚，也慎怕泄露天机，让人发现他的不轨行迹，那将会大丢其脸。于是，他把话说完之后，就接了从房里出来帮忙的赛尔递来的杈，仍不忘盯着看了一眼她的容貌和尻蛋子，才匆匆转身出门走了。

赵二爷回家后，把自己好好儿拾掇打扮了一番，就等着三奶奶到家里来。他不知道为什么，竟就是觉得今天的时间过得异常慢。太阳仿佛一直高高地挂在昏暗模糊的天空，凝固了一般，再也不肯动弹和向动弹进似的。

赵二爷长长地吸气、呼气，在堡子院里焦急地来回走动着。他将院内各个角落皆都转了一圈儿，好像太阳依旧在原来的地方，没有丝毫前行。时间仿佛完全静止了！二爷心急得不得活。为了打发时间，他便拿了一把老扫帚在院里胡乱划拉着。

此时的赵二爷，活像是尻子里把鸡毛捌上了，瘙痒得怎么都安静不下来，在整个堡子里不安地打发着时间。他不时地看看打开的堡院门。

就在赵二爷的心仿佛蛾子的翅膀样扇圆的时候，三奶奶便从堡子门里走进来了。

这时候，二爷忙装作没有看见三奶奶，只管在忙自己的事情。他在窗台上胡乱地抓取一些晾晒的干枣子，似乎是在忙活计。

“哥，你忙啥哩？我嫂子他们哩？”三奶奶颠着一双碎脚，脸上平静美丽，一举一动，使得女人的风韵更增添了许多。不一刻，她那生动丰满的身子已到了赵二爷跟前。

赵二爷恨不得就想上前一把就拧了她，但又觉得会令前功尽弃，便说道：“我晒了几个蔫枣子，打算泡茶哩。你快到屋里，到屋里，自己把茶倒上，柜里的红罐里面有腌下的羊羔子肉哩，还有油香哩，你自己取着吃！”二爷显得有些激动，尽力扮演得体己大方的样子，其实只是给自己慌恐无绪的心作掩护。

“我嫂子哩？”三奶奶纳闷儿地再次问道。

“我回来时，人家和尕西木已经游山玩水去了。”赵二爷编了个谎。

“我那嫂子也真是的，走时也不给哥打个招呼吗？”三奶奶翻动着紫红色的嘴唇，带着微笑故意挑唆了一句。

“那个女人，现在越来越不像个样子了，只要一有机会，就喜欢往外面跑，爱慕虚荣，把点香上坟这么正经的事情，竟然也当成了游玩。骑上个大牲口，可喜欢旅行了，只要有人搭伴叫，恨不得想到月亮上去，可惜上天去，有屎拽着哩，入地去，把头就碰烂了。一点也不看看自己的山形，丑得跟个蝙蝠似的，还把她一天日能得很！这些年，简直让我像惯小娃娃一样惯出了毛病，自由自由坏了，真格放了羊了。我们现在是我不管她，她也别管我。你看看，那丑八怪的样子，你说说她哪一样能抵上你？有一样能比上你的话，我的心上也落个舒坦，可什么都比不上你啊，却还不知道天高地厚！”

二爷故作恼怒了的样子，嘴里骂着自己的老婆，眼睛和人已然跟三奶奶一起进了大房里。

世上凡男人在别个女人面前骂自己的老婆的，那肯定是脬牛的卵子——埋得不善。

“看哥说的，我嫂子各个地方都比我强。”三奶奶脸上挂着笑，为二爷骂另一个女人感到有点舒坦，可脸上依然放出贤淑的样子。她看上去很是妩媚，且身上飘散着一股女人特有的香味儿。

这在赵二爷看来，三奶奶才是真正的极品女人，是树梢梢上的槟榔。

“你说她哪个地方能比你强？我看连你的脚后跟蛋子都比不上吵！”

三奶奶禁不住笑了。

赵二爷的一双立眉子眼，像一架自动化的按摩器，仿佛带着湿漉漉的温度伸了过去，给三奶奶的眼睛、鼻子、脸蛋子、嘴、耳垂、脖子以及高大抖动的胸部进行着准确、柔和且有节奏地按摩。

三奶奶开始有点不自在起来。她觉得能让一个有身份和地位的男人，一个土皇上这么看她，也不失为一种女人的荣幸和福分。渐渐地，她开始镇静和适应下来，道：“哥，你看那赛儿和尕西木的事情，咋办好？”三奶奶一边问，一边心说，不能叫你的一双嫖风眼颠上白看。

“商量不商量，那还不是你哥我的一句话。你要知道，你哥再瓤欠，可说句话在咱们这武家庄,在黑河一带,那还是地动山摇的,有分量的,何况是咱自家的一点事情。"赵二爷趾高气扬地给弟妇夸耀着自己的能耐。

三奶奶捏着衣角,用舌头尖轻轻润了润有点干燥的紫红色的双唇,用睁得圆圆的,平静而透着潮湿的眼眸望着赵二爷说:"哥,不瞒您说,我给人家赛儿和赛儿家的人把保票都打了,说这事情让他们放心好了,肯定能成。若是这门亲事拉倒了,叫我这堂堂的赵家三奶奶咋丢下这人?"三奶奶微微地笑着。

"哈哈,这好办呀,要想这门亲事成……你到里面来咯……"二爷自己先走进那间套房里面。这时,他听见外面的脚步声,在逐渐向大房的外面慢慢挪去。似在门口又停下了的样子。

良久良久,赵二爷内心焦躁不安,但却尽力耐心地耸着耳朵,倾听着外面的动静。

赵二爷的大脑一片混乱,内心处于一种胶着状态;一双眼睛干巴巴的,有一丝丝灼热感。他闭上了眼睛,稍稍平复了一下内心强烈的欲望和紧张跳跃的心。他想,如果违背了他的意愿,就跟她彻底翻脸算了,从此叫她什么也别妄想。

当赵二爷再次把眼睛张开的时候,那女人已然站在了他面前,并用一双热切而又胆怯的眸子望着他。

二爷的眼睛里不禁一阵充血的潮涌。他尽力先让自己保持良好的状态,以免因过度紧张而影响他后头的事情。

赵二爷调整着自己的内心,终于缓过了神。他走过去,关上了套房的门,接着又拿门后的一根顶门棒,把套房门顶了。

顿时,整个屋子里的光线变得昏暗、柔和且带着一丝神秘的感觉。

赵二爷这才转过脸来,仔细地看着这从一开始就令他倾倒的女人。虽然她已成为人个妇,且已经生过了孩子。但她那美丽而令人垂涎的风姿依然犹存。他在心里说:"现在,你已是插翅难飞了!"他不禁欢喜得不得了,搓抚了一下手,先用目光慢慢地解剖着她,然后再消消缓缓地沐浴她,领受她的全部,包括征服和震撼她的灵魂。

三奶奶不时用舌舔着嘴皮, 那双看上去贤淑的眸子盈满流动的湖水般的漩涡儿。她的碎脚使得她丰美的身子,有点摇摇欲坠的感觉。

赵二爷知道目光的按摩结束了。于是,他慢慢走过去,托扶着她,走到炕沿边，一猫腰竟然把一条如美人鱼似的三奶奶抱了起来，然后轻轻放到炕沿上，又替她脱去那双绣着红花花、绿花花的碎鞋子。随后，二爷自己也脱了鞋，上了炕。

接下来，二爷把三奶奶拉起来，和他面对面地站在炕上，对她命令道：

“我想让你自己脱。”二爷的口吻有些严厉：“快些！脱了！”

女人便解开了上面那件紫檀大襟子棉袄，然后一声不吭地从上到下，一件一件慢慢地脱着。

赵二爷已经拉开了新毡、缎被儿，以及绸褥子，铺在了热上来的火炕上。这时候，二爷也脱起了衣裳，他很是熟练老到的样子。他知道，女人向来是不注重看男人脱衣裳的。

当赵二爷赤条条地跪在女人的面前，并再次把目光落到她身上时，竟然痴呆了：女人那雪白天光的脖子，那羊脂玉似的胳膊腿儿，美得简直无可比喻；那胸部顶起的一片红肚兜儿，还尚未被揭下来；下面那一点红红的裤头儿，煞是神秘着。

那两条白玫瑰样的腿，把二爷深深地震撼了。再看下面，那双曾经被布条禁锢束缚过的碎脚，似乎委屈了多年似地抖动着。

赵二爷倒曳着女人的两只脚腕子，让她躺倒在缎被儿和绸褥子上面。他伸手摸了她一把，体似凝酥一般。于是，他开始像一条狼那样一点一点爬过去，突然猛扑上去，跪爬和潜伏在女人的那双玲珑小巧的脚下，吐出舌头舔她的脚指头。这是赵二爷的一个怪癖。渐渐地，他的舌头移到女人的脚心，一路上去。

女人婉转地呻吟，咽着唾沫，且不停地舔嘴唇。

二爷用门牙轻缓地啮咬着女人的嘴唇和舌头，用胡须拱扎她的脖项和耳坠。

“你是咱黑河边上的人才梢子，把你得到了，等于把这周遭一带的牛黄给拔了！”二爷解开了那诱人的红肚兜兜儿。

赵二爷屈起女人的两腿，跪趴在她的两腿之间。二爷在这方面，一点都不客气，也不顾及自己的老命。

当二爷像个沉重的沙袋跌落下来时，便“哐哐哐”咳嗽起来。毕竟是老了哈！

过了好一会儿，二爷才歇缓过来，说："我的个妈呀，你才是我的克星！"便不动弹了，像条死狗一样展展躺着。

之后，赵二爷答应了尕西木和赛尔的事。

三奶奶高高兴兴，便穿衣回去报信去了。

赵二爷见女人走后，抹了一把头上的虚汗，心中有些释然，同时又有一丝莫名其妙的空虚和难言的孤独及伤感。

十五

赛尔自得了赵三奶奶的报告后，更是高兴得不得了，天天梳洗打扮着不消闲，她开始亢奋快乐地等待着即将到来的好日子，梦想着和尕西木结婚时，那盛大壮观的场面。但她最近老是感觉有些恶心想吐，就是啥都想吃，可啥又都吃不进去。

莫非是"害口"了不成？她不由又羞又怕，可忽而又令她感到踏实和安慰，若真是有了的话，也是个富汉家的种，到时他赵家可就是奉子完婚，双喜临门了。想到这里，赛尔便不由高兴得笑出声来。她要耐心地等着赵家早日来提亲。

再说尕西木陪着母亲点香回来以后，便三天两头往刘家沟儿跑，去那里找另一个刚刚相识不久的女娃。

那女娃叫彩带儿，不大不碎的中等个子，天然微黄的金丝头发，常常披散在身前抑或身后，看上去很讨男人喜欢。

这个女孩子一张瓜子型的脸蛋子，镶嵌着白皙诱人的皮肤；一张樱桃似的小嘴像抹上了红胭脂，眼睛一挤，就能把小伙子们迷倒。她浑身匀称饱满，具有催人遐想般的伸张力。彩带儿在这刘家沟一带人的眼里可谓是最美、最能打动男人心的一枚含苞欲放的花骨朵儿。

话说尕西木头戴黑礼帽，挂着黑胡儿眼镜，身穿黑绸棉袄、棉裤，踩着冬天积存的薄雪，沿着马家席沟的那条羊肠小道，心如离弦之箭般来到了刘家沟。

没有想到，这一程路，竟把尕西木走出了一身汗。他站在那棵粗壮的大榆树下，抬头张望。

在那榆树台的坎子上站着一个女孩子，就是已经等候尕西木多时的彩带儿。她家就在那榆树台子的上面。

早已说好的彩带儿，正站在门口踮着脚尖子，观望坎子下的榆树台台。她见尕西木在下面踱步，便向家门口回望了一下，方款款向坎子下的榆树跟前走去。她那天然微黄的金丝秀发在随风飘飞、拂卷着，有一种天然的原生态的美。这种原生态的美，并不是说不会撒娇和不讨人喜欢，而是对男人更具有秒杀的力量。

尕西木转过身去，装作没看见彩带儿，他稍稍叉开双足，成八字形，挺胸扬首，摆出一副威武的姿势，直引得彩带儿产生了快活无比的眷慕之意。

彩带儿蹑手蹑脚到尕西木身后，舒展胳膊，伸出一双柔软白净的手，蒙住了尕西木的双眼。

尕西木情绪迸发，内心欣喜不能自已。他伸出又长又大的舌头够着舔彩带儿的手指。随后，他用自己的大手，抓住了她的臂腕，一拧身就搂住了她的腰，接着大嘴就熟练地凑过去，猛烈地亲她。

这个尕西木已是今非昔比了，对待女人，绝不逊色于他老子赵二爷。真可谓是老猫房上睡，一代传一代，青出于蓝而胜于蓝呐。

尕西木和彩带儿亲热了一阵子后，彩带儿便娇娇嗲嗲喊了声：

“西木哥，你就是一头脬牛犊子，有劲有劲儿的，撩拨得叫人心里直打摆子哩！”

彩带涨红着脸，左一声西木哥，右一声西木哥，叫得尕西木的心里冰雪融化了，水一样地流淌着。那一阵，尕西木觉得自己也分辨不清东西南北了。

过了片刻，尕西木又猛然抱住彩带儿的腰，又是一阵狂风暴雨般亲吻，直弄得彩带儿差点透不过气来。

那个彩带儿，原本比尕西木的年岁还小，在尕西木面前蹦来跳去，像一只小白兔似的，她时而抱住尕西木的脖子，时而在尕西木额头上跳上去亲一口。一时，令尕西木欢喜得不得了，觉得命中注定她就是他生命中的一个仙女。

彩带儿伶牙俐齿的，直哄得尕西木高兴得不得活。彩带儿这女娃，了解到尕西木家是黑河一带的大富汉，于是便缠住尕西木不丢手。有时候，天黑了以后，竟然敢跟着尕西木去他家里过夜。

那彩带儿家中人，也对自己的女儿异常支持，叫她死缠着尕西木不要放。他们也早都听说那赵二爷家，是武家庄一带有名的大富汉，所以怂恿自己的女儿，并教着说：“女儿娃，就是要会妖精，越是会妖精，就越是能找到个吃香的男人！”他们还一个劲儿夸赞自家的女儿有本事。

赵二爷和老婆对尕西木和彩带的事，是睁一只眼，闭一只眼，还觉着自己的娃娃有能耐。天高任鸟飞，海阔任鱼游。况且赵二爷自己，也好的这号嫖风浪荡的调调儿。只是他担心答应三奶奶的话，到时候难以兑现如何是好。那三奶奶就会和他断绝关系的。

赵二爷也觉得，他愈来愈不能离开三奶奶这个女人中的活宝了，便决定对尕西木和彩带儿的事情作一次阻挠，让尕西木赶快丢开彩带儿，和赛尔两个成婚算了。这样，既保住了他和三奶奶之间如胶似漆的关系，并且还可借助赛尔对他的感激，以便以后把赛尔也弄到手，玩于股掌之中。二爷想到高兴处，内心不禁翻腾起一阵激动。

几天后的一个下午，彩带儿跟着尕西木又来到赵二爷家。他们刚进堡门，就被赵二爷截住了：

“西木，你一会到我房里来一下，大有话跟你。”二爷说罢，背搭了手，一副正人君子和好为人父的样子走进了大房，然后看着墙上的二胡，出了一会儿神。他觉着人一上年龄，就总是不由自主地喜欢回顾过去，喜欢追忆自己年轻的时候那些如烟往事。那些往事，无论高兴的，还是烦恼的，但都变成了美好的回忆。

尕西木把彩带儿领到自己房里，压伏在她身上，亲热了一阵，道：“彩儿，你先坐着，心慌了，就看看墙上的画张子，我大叫我，我去去就来！”说罢就向大房里去了。

赵二爷见尕西木进来，一时不知如何开口，竟有点莫名尴尬。但赵二爷毕竟是赵二爷，他还是开口了：“西木，你也长大了，大想给你说个媳妇，也好叫你正正经经地过日子。咱是有头有脸的大富汉，千里万里的人都知晓，咱富汉的威望那是名声远播着哩，千万可不能做那些见不得人、叫人家说，或者戳脊梁骨的事，也别给咱赵家大户的脸上抹黑。我的娃，你可要像我一样，节节上进和上升哩，一定要像我这样，做个正正派派、堂堂正正办大事情的男人哩。”二爷说这话时，心脏的跳动明显地加快，耳根和脸也有点烧，并已经微微发红。他添上说，“虎父无犬子，大在你身上寄托的希望很大，生你的时候，大还梦见一颗太阳跌进了大的怀里，这是个啥征兆、啥概念你知道吗？我的娃，你就不是一个凡夫俗子、不是一个一般娃娃，所以你可要赶紧成就事业哩！大知道，咱们家钱这么多，不愁没钱花，你们花，你们的儿女花，就这么放开手脚地花，也花不完。大自豪的是，大给你们把江山打下着哩！”赵二爷对儿子推心置腹地说，“你再看看那个穷二代主麻，他先人是个流浪汉，他妈也是个要饭的叫花子，一双流浪的，生的个娃娃，说白了还是个流浪汉，还是个要饭的，对不对？咱们是富二代，他们是穷二代，他们的穷根生生世世都休想拔掉了！因此上说，你得听大的话，等我死了，你想干吗全由你自己，你的婚事让老子做一回主吧。我如果做不了你的主，传出去，让大多丢脸啊！”

尕西木是个有啥说啥，夹不住话的人。他是这个家里最不怕赵二爷的一个。他说道：

“大，我给您说，别人我谁都不想要。现在的这个彩带儿，要白白跟我哩，这正好可给咱家节省些钱，节省些花销，这是多大的便宜，我的眼里，除了官和钱，别的都没什么意思，你让我上进，上进干吗？如今有钱就可以当爷爷，就可以瞧不起别人，这就够了！”尕西木说他已经和彩带商量好了，到天南海北转着去旅行，有钱人最时尚的事情，就是旅行，旅行是最可耀眼的炫富方式，出去还可结识许多有钱汉，尔后再建立各种各样经济和事业上的联姻。说白了，这个世界就是一个有钱人的联姻世界。

“你原来瓜得劲大，我赵家娶亲怕没钱花吗？怕没牛羊宰吗？穷是根本，富是命。咱们祖祖辈辈就是命大人，知道不？现在，家里就剩下你一个人的亲事了，无论如何，咱也得好好大办一番。关于你和赛尔的事，你新妈也跟我说了，你们两个的事情，大都知道了，咱真个不能亏了人家娃娃。你新妈，打算要做这个媒，我觉着这也是造化。咱得赶紧把这事定下来，随后请人看一个好日子，给你们把婚事完了，媳妇娶进门，我的一颗子心也就放下了！”二爷不容尕西木再加以置辨，就一口气把自己的决定说了出来。他觉着平时可以哄着和纵着点尕西木，在旁人那里，尕西木即使做错了，犯下了王法，那也是正确的。但是在他赵二爷这里，谁都得以他为主，否则再这样下去，真有点拿这娃娃没办法了。二爷觉得，今天无论如何都不行，都得下定决心把儿子扭过来，唉！一切还不都是为了那个“克他的女人”嘛！二爷心下暗暗自忖。

“你不是说，都是命吗？我和彩带儿两个在一起，也是命，我们两个谁也离不开谁，这是我们两个人自己的事情，不要大人掺和。这个事情，谁也管不了我，您可别说是我不孝顺您，不听您的话，您也再别逼我们了，再逼我们，您一定会后悔的！”尕西木的大嘴跟女人的破裤裆一样一扇一扇的，闹得二爷又没趣又无奈，气得胸口发闷，大骂一声：“滚！”便结巴了半天，才又骂：“你给老子滚得远远的。把你个驴变下的，红崖里窝死的，干啥这么欺人？这个亲事你不听我的，你就滚蛋，不要叫老子再看见，你想去哪儿去哪儿。真是翅膀还没长硬，就想飞到你先人头上去，还没见过你这样的娃娃！”赵二爷把尕西木骂够了，才坐在太师椅上喘粗气。

尕西木没有接嘴，只转身回了东厢房。进屋见彩带儿擦眼泪，便猜测她可能听见了父亲的话。

其实，尕西木一出去，彩带儿便伸长了耳朵听着。果然听到了他们一些对话。于是，她便在尕西木进来前，将口中唾沫抹到眼窝里，做作着哭。

“碎妈，你哭啥哩？除了你，别人哪怕是长着金的银的，我也一律不要！”尕西木紧里忙里保证着。

赵二爷曾经感慨地说：“男人一旦爱某个女人了，就会当亲妈来伺候。新娘子其实就是新妈！”

这话在尕西木身上很妥帖。

“让你受气了，尕西木。”彩带说罢肩一耸一耸、抽抽搭搭的。

一番话，让尕西木大为感动，一下子抱住彩带，美美亲了一口。他下决心说：“只要有我二少爷一天，就有你彩带的好日子过，我敢保证，你这辈子是掉进福窝窝了！”

尕西木话没说完，彩带就把手伸进他的衣服里，抚摸着他的胸部。

尕西木突然说：“我们远走高飞吧！”

第三天，尕西木和彩带儿两个失踪了，害得赵二爷发动了全村子的人到处寻找。整整寻了两天两夜，几近翻遍了武家庄所有的山涧、树林、沟沟儿、渠渠儿，连个毛也没有找见。二奶奶差点哭死过去。她站在堡墙上，咒骂着三奶奶。女人是灵敏的，她心里也是亮堂着哩，只是平日里对二爷睁一只眼，闭一只眼罢了。

十六

赵三奶奶知道赛尔的亲事已是无望和泡汤，便挪着一双小脚到赛尔跟前，指责道：“你这个傻娃娃，眼睛里没水，明明知道赵家这些男人都是些嫖头，可你却就是不学好，老是夸尕西木如何好。如今你看看，人家竟然把我们当鸡毛耍咧。不争气的，害得老娘也不能干出身，落得叫人笑话。你说，让我怎么见你家人啊？”三奶奶全没了往日的平静。

赛尔最近明确感觉肚子里的小生命在伸胳膊展腿儿了，有时似乎还脚踢拳打，仿佛在一个劲显示着他的存在力量。这惹得赛尔又嗔怨又心疼。

这就是女人的天性，一种固有的母爱。在那一刻里，女人才是本真的，也是最可爱的！

赛尔明显瘦了。她内心抑郁而愁肠，认为自己很可怜。她希望世上有人能够疼她！

如今，连三奶奶也不喜欢她了，赛尔无奈至极，只感到自己走路的样子渐渐笨拙。都因那肚子里的小生命，在不断贪婪地搅动她的血液，搅乱了她呼吸的节拍。

现在，已经到了非说不可的时候了。再不说，肚子也一天天鼓起来，想隐瞒也没法隐瞒了。于是，赛尔又一次轻轻来到三奶奶身边坐下来，含着泪吐露出肚子里可怕的秘密。

三奶奶竟一声：“哎哟！”立即从炕上跳下来，“这还了得，把人羞死了！我以前还以为你是个好物儿，没想到你却把我的脸打尽了！赛尔，你死去，你死了才能清清白白的，才能不被人侮辱，才能换回我在这黑河的一世好名声！”

三奶奶那丰盈的身子不住地抖动着，接上道：

“给我滚，我不想再看到你。赶紧滚回老家去，不要在这里丢人现眼了！”

一声声斥责、辱骂，以及声嘶力竭的怒吼，如青天响过霹雳，把赛尔击得眼冒金星，差点晕倒在地上。

良久良久，赛尔才仿佛从梦中醒来，开始无声地啜泣。她知道自己完了，不干净了。她觉得她现在是一具肮脏的躯壳，在这武家庄以至整个天地间都没有她立足的地方。她想：她怎么这么傻，这么不争气！

赛尔擦干最后一滴泪，回到了碎房子。她和主麻一样，都是没娘娃，都寄人篱下。她用近乎颤抖的手摸抚着自己的腹部。她觉得脏腑像葡萄样轻轻地快要破裂开来了，乳波向乳房的顶上慢慢上升着。

赛尔不知道，该向谁诉说自己内心的痛苦和一肚子冤屈。灵魂一阵恐惧。只有悄悄地流泪。她觉得浑身衰弱，血液被压榨溢流出难受和万般的痛楚。

……

夜里，落了一场罕见的鸡头大雪。

第二天一早，整个武家庄银装素裹，一片妖娆。太阳照着黑河两岸这世外般的雪景。顿时，天地间似乎分外刺目和耀眼。

大家看那天上地下，都一样，落得那白茫茫的一片雪地，真干净。

赵三奶奶出门倒尿盆子时，见那门前的大杏树杈上，长长吊了一个人，不由惊呆了，细细看，原来竟是赛尔那女子。可怜那女娃，肚子里还有一个未能出世的生命！

三奶奶吓得又喊又叫，可又手足无措。当赶来的人们放下赛尔时，早已经冻得像个冰棍一样，死硬棒了。

人们围过去看，见赛尔的肚子就像一面锅底样凸了起来。大家只长吁短叹一番，说了几句可怜同情的话。

那天的雪，似乎是专为赛尔戴孝的。人们议论说。

两三天后，武家镇派人来调查赛尔的事了。那赵三奶奶自是不敢妄言，只一口咬定娃娃是羞死了，谁也没有逼迫她什么。因那赵二爷早已暗中跟三奶奶交代勾涉好了，并一再招呼清楚了不许乱说。

“谁胡说，都就小心着！”二爷的这个“小心着”，包含的意思多了去了。

派来调查案情的人，来了两回，都是在二爷家了解情况的。

二爷对这两次的鞋脚钱，给得都不同于往日，是加倍地付，好吃好喝更不消说。

这么一来，直高兴得那几个公差又抹油嘴子，又拍那鼓起的衣袋，一去再不复返了。

十七

这一年的七月份，即伊斯兰教历的九月份，是全世界信仰伊斯兰教的斋戒月。这一月，是这些信仰者的一项重要功课。据说，在这一月封了斋拜了主的，可免除许多平日里干过的罪恶。

黑河边，武家庄的人们开始换上了洁净的大水，停止了一切娱乐，清淡而寡欲，仿佛连闲话也不多说了。

人们封上斋，一天除了干一些应干的活计，就一心一意虔诚地行好，包括记主赞圣等等。有条件的人可以五番乃麻子不撇，晚上还要集体到寺里礼特热外罕儿(斋礼)。

武家庄的人们，把那大寺草草收拾了一下，阿訇也住进了寺里面，并安排了寺师傅，即伺候阿訇的人，在寺里干些烧水、扫院、端饭、填炕的杂务。学东和乡老(管理寺内一切事务之人，包括收学粮等)均由赵二爷要了去一个人当着，寺里又都恢复了原来的模样，一切按绪就班地进行着。

赵二爷在这一月仿佛变得特别虔诚、善良。他鸡一叫就被老婆喊起来洗脸，吃斋饭。

接下来，一家人就开始举意，会念经的用经举意，不会念经的用汉语说："哎！胡达啊主，我因为害怕你着，封了然麦扎乃(贵重)的月份里的一天诺斋。胡达啊，你给我准承着！"

最后就漱口三遍，再一整天不准进食，不准饮用。

在黑河一带生活的人，平时洗漱净身等等，每个部位都是不少于三遍，过也有更多，总之洗净为原则。只要邦达(一天中的第一拜)的梆子声一响，斋戒者就不能再吃东西了，可以咽唾液，可以漱鼻子，但不能挖耳屎。

接下来还要礼撇世尼，即第二拜，时间一般在接近下午的时分进行。然后礼地格热，即第三拜，在黄昏时分，尔后就礼沙木，一般在赶麻时分，即麻雀落窝之际。俗有沙木到，麻雀子叫之说。沙木一礼结束，就开始吃斋饭了。

最后礼的是虎夫旦，即第五拜在八点左右。这一拜，大伙儿便都集结到寺里与特热外罕(斋戒拜)一道礼。

八月份，即伊斯兰教历的十月份，一年一度的开斋节终于到来了。

这天，赵二爷换上了一件新青袍子。他已经沐浴好了，准备到寺里参加开斋节的活动，去礼尔迪。他差点等不得开斋了，因为对一个时常放荡不羁的人而言，这一月的痛苦煎熬真是一言难尽的！

武家庄的清真寺里举行了盛大的庆祝开斋节的活动。人们有新衣的都穿上了新衣，衣服破旧的也都缝补后洗得干干净净的，穿上来到寺里礼拜。

但见寺里人头涌动，一派喜悦与繁闹。

礼完尔迪后，大家互相说着动人的色俩目，一些曾经结下冤仇的，也都主动给对方说色俩目，尚未出寺门，当下就和好了。

最后，阿訇让赵二爷代替他，领上一群娃娃和大人，说说笑笑地从上庄往下庄走着，给各家开斋拜节。

赵二爷走在前头，挺胸阔步，威风得不得活。他们每到一家，先给主儿家说揖问安。接着主人家便用木托盘端出油香、馓子让大家口到(吃)。

于是大伙儿“扑棱棱”一家伙就扑上去，抢着吃个精光。被抢的时候，折碎的油香和馓子碴儿就撒到地上，主麻和几个穷汉家的娃娃见状，立时就爬倒跪在地上拾着吃起来。

不料，被赵二爷看见，他恨恨地剜了主麻一眼，嘴里骂道：

“看你那饿势，就像是几十年没见过五谷似的，看着咋那么叫人憎恶？”

二代流浪汉主麻吓得连忙提起烂皮袄，站着不敢动弹了。他用恐惧而又陌生的目光望着赵二爷。随之，就悄悄隐没在人群中。他知道，自己无论做什么都得看赵二爷的脸色行事。他不知道，他为什么从来到这个世界上，就没有欢乐、没有自由、没有人尊重和爱他。他只有爱别人，只有一味的付出，却永远得不到温暖，时刻都像是一只惊弓之鸟一样，活在忐忑与不安中。

在这最欢乐的日子里，其实许多人的心里，是根本高兴不起来的。一切节日都只是属于有钱人的。

在这贵重的日子，即使武家庄最穷的人家，也要在锅里抹个油粘布，烙两个烫面饼饼子吃哩。吃了之后，就跟上寺里管事的人一起去拜节。

但是，流浪汉尤努斯的儿子主麻，却在这个盛大的节日里感觉不到应有的欢乐。

二爷今天要降下自己的架子，扮成行善的天使。

二爷领上大家转来转去，把各家的几个媳妇子、女子都重新捋码研究了一遍，了解得清清楚楚，并牢记在心了。他可以对所有人家漂亮点的成年女性，如数家珍似的扳指说上一遍。大家转着转着，就转到了赵二爷家的大堡子门口。

赵二爷不让大家进去，叫都在堡子大门口的场地上等一下，自己进去了。

大家便都神秘地把头探着，往堡子里面看。他们其实都很想进去瞧瞧堡子里面的情形。但是，赵二爷不会邀请他们的。

一会儿工夫，二奶奶、尤素福和花女儿端了一大筛子油香和馓子出来了，刚端到大门口，大家就一窝蜂涌上去抢了。

二爷家的油香、馓子这些吃的东西，的确是又香又酥，十分可口有味。因为来帮忙做这些特色小吃的人，全是庄子里针线、茶饭方面最优秀的妇女。

大家吃赵二爷家的，也只是偶尔，或者一回半回的。但是，大家依然把赵二爷夸赞为世上最乐善好施的人，评价他为黑河边上的大善人。

赵二爷自己，自然也乐意别人这么宣扬他。为此，他有时不得不演戏，这也是形势的逼迫，这也是他的两面性和多面性的表现。当然，大家都清楚，二爷所施舍给别人的，跟他从别人那里索取的相比，简直是微不足道的。

二奶奶生平最喜欢有钱人，尤其喜欢有权力的有钱人。她对下苦力的人，向来厌恶，连他们身上的那种泥土的气味，她都会感到恶心。看到他们抢着吃，她生气地嘟囔道：

“这帮穷鬼、这帮穷鬼，真的饿疯了，就像是跌了年成了！”她捡起地上的空筛子，钻进堡子里去了。

大家转完之后，主麻回到赵二爷家，不敢再轻举妄动了，乖乖儿独自进了那间长工房。他爬在炕上，想到别人都有人疼，自己却没人喜欢，于是眼泪便淌下来。他觉着自己活在世上没意思，心里的苦冲撞着心肺：

“主啊！为什么我却不如一头牛和驴，不如一头牲口呢？我每天都在干活，却还是吃不饱、穿不暖，还要受窝囊气。谁给我们立公道呢？”

主麻在心里叩问。但是，他害怕被人听到了，又要挨二爷的打骂了，因而尽力不让自己的情感流露出来。

十八

开罢斋时间不长。一天正午，日头红得就像火炉一样烤着大地。主麻他们在山上的麦田里，给赵二爷家拔麦子。

尤素福躺在一捆麦子边，欣赏麦客子们拔麦子的动作，每个人的动作都不一样，有屁股朝天撅着的，有连爬带滚的，有蹲着干活的，看上去各个造型都很富有农事诗的味道。

尤素福是二爷派来专门监工的。

忽然，麦客中有人喊：

“你们看哟，看山下那儿，哪来那么多队伍呀？”

“噢哟，你们快看，是不是在打仗了？”

“你们看，队伍怎么停下来不走了！”麦客子们七嘴八舌议论着。

于是大家停下手里的活计，十分惊讶地向山下看。他们从来没有看见过那么多的队伍。

尤素福不睡觉了，他也翻起来看，只见队伍就像一个黑片，从马家席沟的那道豁岘里如一股黑水一样漫了过来。

后来大家知道，那是马鸿逵的八十一师的一个团，被毛泽东的工农红军从黑山那边追赶过来的。

尤素福和山上麦子地里的麦客子们，都看呆了。突然，他们发现山下的队伍好像都停了下来，不走了。有几个骑高头大马的，像是队伍里当官的人，竟然一下子都涌进了赵二爷家的大堡院里去了。

一时，麦客子们和尤素福一群人你看看我，我看看你，他们猜测那些人到底去堡子里干什么。

尤素福提议说，大家干脆一起下山去看个究竟吧。

于是，大伙把拔好的麦子捆了，码好，就撇下手里的活计往山下面跑。

尤素福的刺雀子眼睛，都瞪到太阳穴那边去了。他带着麦客子，不一刻便气喘吁吁地来到他家的堡门口。

到堡子门口一看，门口却设了岗哨，不让闲杂人出入。

尤素福站在堡门前，小心翼翼地领着麦客子试着往里走。

“站住，干啥的？”门口站岗的队伍执着枪，厉声喝问。

尤素福差点吓得尿着裤子上了，他嘴皮抖动着话都说不清了。

这时，主麻走上前去，把那冬夏不换的烂皮袄一抖，笑着说：

“这是他们的家，我们都是他们家干活的。让我们进去吧？”主麻见那些人有些不相信，接上说：“不信，你进去问问就知道了。”

一个当兵的就进去了。一会儿，赵二爷与那个当兵的一起走了出来，笑道：

“他们是给我家干活的，咋圈到外面了？那一个是我的大儿子。”二爷指着瑟缩发抖的尤素福说，“其余都是给我家干活的！”

就这样，尤素福一伙被放进了堡院。进去后，主麻与几个麦客子去了主麻屋中，尤素福跟父亲去了大房。

大房地下坐着几个当官模样的，说着河州一带的话。他们喝着茶，吃着油香和馓子，悉心交谈着什么。他们把指挥部临时设在了赵二爷家。二爷进来，他们忙给让坐。

赵二爷指着尤素福说：

“这是我的大儿子，刚领着麦客子从麦田里回来。来，优素福，见过你这位团长巴巴（叔叔）。你这巴巴可是个真正的大官，是队伍的头儿。”赵二爷笑着，很殷勤地给团长倒茶说：“你们慢慢吃、慢慢吃！”

尤素福也上前，笨嘴笨舌地说：“巴巴，你们好好吃吵。”

“尕娃回来了？好哇，我把团部设在你们家里了。麻烦你们了。”那被称作团长的，大约有四十开外，操一口浓重的河州口音。

赵二爷让团长他们先喝茶、吃油香，就将优素福赶紧叫到房门口，说：“你赶紧去看，我让人去宰羊了，看回来了没有？”

尤素福便去了不提。

赵二爷一时跑前跑后，勤快得不得活，嘴里一个劲儿念叨着：

“哎呀呀，这可是咱们的队伍、咱们的队伍呐，一定要让吃好喝好哩！”他吆喝了几个麦客子，让他们和主麻一道去挑着几对大水桶，到甜水泉子上给队伍挑水去了。

二奶奶和花女儿在伙房里，用几口大胎锅给队伍烧起了茶，并在另一口锅里已经煮起了刚刚宰好的羊肉。

尤素福见羊肉已经煮上，就回到到自己的西房里去休息。

那个小个子的团长等人，吃了羊肉之后，一边抹着嘴，一边给二爷交代着：“你们可要保护好自己的家园哩呀！那共产党的匪军们来可是又抢东西，又是欺负人家的妇人丫头。你们得赶紧组织一个自卫队，也得有点准备！”

赵二爷又是点头又是哈腰，说：

“您老放心、放心，我在这个庄子里还是有些威信的，组织些人还是没有麻达的。您看，你们来看喀。”二爷说着，便急忙翻出了自己当保长时照的相片，一个劲儿地给团长他们吹嘘自己。

那位团长等几个人，仿佛似是而非地看了一下，就把照片丢在桌子旁，开始商量人家的事情。

随后，团长好像跟手下的人嘀咕了几句什么。于是，时间不长，有号手站在二爷家的堡墙上吹起了号。但听号声响过不久，一群尻蛋子上挂着盒子枪的人，匆匆忙忙陆续走进了二爷家的堡院。也许是连日连夜行军打仗，以及逃跑的缘故，他们的脸上都挂着怨声载道的表情。

主麻爬在窗眼里仔细地看着，只见那帮人互握了手，从他们相互的称呼中得知，都是田团长手下的营长和连级干部。

过了一阵儿，田团长手下这些中层领导便在堡院里排成了三列，田团长就走出房来，站到二爷家的大房台子上对那些人喊了一声："稍息！"

那些手下便给田团长集体敬了个礼。

团长挺着威武的碎牛犊个子讲道："尕娃们，你们是军人呐！你们可不是土匪。刚才听说，你们一路上，竟然把人家老百姓的毛驴都拉来了。我看我还把你们给带不住了。"

主麻听见那三列人里有人唠叨了一句什么，像似不服的样子，却被团长听见了，那团长好像非常生气，道："这个家伙，我还给带不住了，拿我给一枪崩了去！"边说边掏手枪。

赵二爷见了，吓得立即跑上前去解劝。

于是，团长便把似乎恼怒的脸变得平静了一些道：

"老赵啊，你看，把你们的羊肉吃了，面饭也吃了，现在你们的面子有了。"团长又把手枪重新插进盒子里，让把那个连长按倒在地上，狠狠地抽了一顿棍棒。团长让美美地打，不要留情。那几个行刑的队伍，把那个发怨言嘟囔的连长，打得牲口一般叫唤。

打完后，团长又叫过几个当官的，嘀咕了几句什么，就给赵二爷说："以后，你若有机会到了县上，就给我那个姓孙的县长亲戚捎个信儿，你就说，过去的田(甜)瓜子(傻子)，已经当上团长了！"接着，他又笑着说："我们的队伍马上就要出发了，这次到这里把你们叨扰了。你过来，把大门口那两头毛驴子给你们留下吧。"团长命令手下，将门口他们在沿途抢来的两头毛驴拉了进来，给赶进了二爷家的牲口圈里。最后，团长还给赵二爷歪歪扭扭写了个将两头毛驴赠送给赵家的凭据，并盖了团印。

二爷手抖着接过一看，其内容是：

"我八十一师独立团，送给黑河武家庄农民赵永富家毛驴两头，特此证明。田向奎，某年某月某日。"

随后，田团长他们撤了团部，带着队伍向下川里那个方向走了。

刚安静了片刻，不料马家席沟一带又传来了号声。赵二爷一家全爬上了堡墙观看。堡子壕下面像是有人喊着：

“快跑啊,红军要来了!”

于是,只见全庄里的人,像起了漫水一样往山上跑。主麻跑下堡墙,也跟上尤素福两口子和二奶奶他们,一道往外面跑。

不料,却被赵二爷一把扯住胳膊,道:“娃娃,你跑啥哩?我的娃,你不要跑。队伍来了,到时候咱爷儿俩还要接待和伺候哩!”足智多谋和诡计多端的赵二爷给主麻赔着笑说,“爷爷都不跑,你跑啥呢?你别怕,你有爷爷保护你哩!”

主麻还想挣脱二爷的手,跟上那些人逃。

“你怕死得很吗?”二爷没好气的无奈地道。

二爷刚才看见主麻那盲目逃跑的背影,觉得滑稽可笑,不禁摇了摇头,苦恼得自言自语道:“你他娘的个蛋,奶腥花花儿的,可怜着,还把自己觉不着当个什么人物了。你跑什么跑?你一个穷二代,流浪汉的娃娃,名副其实的无产者没娘娃,要啥没啥,也跟上疯子扬土哩,跟上大个子撑天呢,真是掂的碾子打月亮哩,不知道高低轻重,也给咱们泥腥气着跑着哩?你到底有啥资格跑哇?”二爷觉着失笑得很。

但是主麻却吓坏了,放大声地哭。他越想越伤心,心说:

“二爷呀,二爷,你咋那么心瞎?你让自己家的老老小小都跑了,却不放我逃命去。”主麻的眼泪打湿了他的烂皮袄。

赵二爷拉着主麻的手进了伙房。两个人挖了美美一案板白面,面粉糊了二爷一身一脸。红军如果来了,二爷准备自己亲自下灶。他心里想,管你是谁的队伍,你们谁来,都是我的爷,我都得把眼睛擦亮,都不能亏待。

不料,这次又是国民党的一把子队伍,大约有多半个团,看样子走得非常匆忙和紧张,像是被人紧紧追赶上似的。

刚刚跑上山的二奶奶一伙,只好又唉声喘气地回来了,准备给队伍做饭。赵二爷说:“天快黑了,先把堡子门给我关上,看看动静再说吧!”

二爷喊了主麻把堡门上了之后,便和二奶奶去了大房。

这里,优素福两口子和主麻又爬上堡墙看那些逃跑的队伍。

那些队伍,口里不时地喊着番号。

忽然,跑过来几个队伍,拼命撞二爷家的堡门,并喊着:“开门、开门!”。

二爷走出房门,站在台子上悄悄向家人挥手示意,叫别开堡子门。

这时,那些队伍便拿一根长杠子捣起了门,只听那门发出“咔嚓、咔嚓”,

几欲破裂的响声。

赵二爷家的堡门再怎么厚,也经不住这么样破坏呀！一时,赵二爷被吓得没了主张,急忙小跑去开了堡子大门。

那些当兵的一下子涌进来,像嗅觉灵敏的狗一样,一拐弯,就直接扑进了驴圈,他们二话不说拉起田团长留下的那两头毛驴就走。

赵二爷跟了出来。他取下头上的黑礼帽,勾头哈腰地给那几个当兵的下话要驴:

“老总,你知道吗?我家就全靠这两头毛驴着哩,求你们把驴还我好吗?”赵二爷都快把个腰弯折了。人就是这样,越有钱,有时越是执迷不悟。他一直像一条狗一样“嗖嗖嗖”地跟在那几个兵娃子后面,一个劲地讨要毛驴。

二爷见其中的一个身背步枪的大个子,已爬上了一头驴的背子,骑上跑开了。另一头毛驴也已驮上了乱七八糟的东西。

赵二爷很固执,依旧跟在队伍的身后说情,一直到下川里时,差不多都跟了快二三里路程了,赵二爷终于拿出了最后的一张王牌,以为有用,就是孙团长留下的那张纸条儿,展给了那几个兵看,仿佛很有理似的道:“老总你看,你们看看,这是田团长送给我的驴,是两头纪念品的驴,还写下凭据着哩。你们看吵！”赵二爷依伴着乞求。

那几个当兵的,根本不理赵二爷的茬儿,看都不看那纸条一眼,依然只顾赶路。

赵二爷又缠到跟前,准备抱住驴头再说。

可是,里面一个黄眼仁子兵转过身子来,端起步枪,一拉枪栓,用土洋结合的话道:

“日你妈的尻,你个狗日的不想活了。你来,你来,你再过来,老子把你个驴日的一枪崩了哩！”

赵二爷吓得又猫颠狗窜地往回跑,就像个碎娃娃一样边跑边回头看,担心那些兵忍不住向他开上一枪,那他的小命就没了。

从未吃过亏的赵二爷,做梦也没有想到,自己也会有狼狈的一天。他真是哑巴吃黄连,有苦说不出。

夜里,枪炮声一直不断弦地响,仿似从东大山那边传过来的。主麻被优素福叫起来,他们走出房,只见堡院里已站满了赵家的一门子人。主麻抬头见堡墙上也爬满了听枪炮声的人。

赵二爷站到堡墙上,伸长耳朵听了一阵说:

"你们听,那边打着哩,怕是咱们的人和红军接上火线了。"随后,他嘴里念叨着:"哎!主呀,咋成这么个世道了啊?"随后,他把刚刚爬上堡墙的主麻叫下来,领到大房里,取出了田团长一伙吃剩下的羊肉,非常平和地说:

"我的个娃,快吃去。打你到我家里来,一直都干得不错,今年下来,我准备给我娃缝上一身新衣裳,让你继续给我家干,我不会亏待你的。"二爷伤感而心乏地说着。

二代流浪者主麻,也没想太多,只顾吃肉。他从来没有这么放开肚皮吃过一顿肉。这一次,他几乎把一辈子的肉都吃了。主麻吃完后说:"二爷,我到堡墙上去听枪声去了!"便转身跑出来,爬上堡墙,伸着脖子听着山那边如炒豆子般密集的枪声。偶尔,传来一声炮响,仿佛很近,又仿佛十分遥远。

"小心一点,堡墙高得很!"赵二爷故作关切地嘱咐主麻。

大伙儿在堡墙上一直听到鸡叫左右。忽然,下川里传来了几个吆大车赶脚的(跑买卖的),唱着骚花儿上来了:

哎
呵哥哥我不是欢乐着唱
忧愁着解个心慌

啊
上了么高山望平川
平川里有一对儿毛(牡)丹

噢
白毛(牡)丹白的照人哩
红毛(牡)丹红的破哩
娘老子把你咋生了
模样咋那么俊了

那花儿音调低沉,而又些莫名惆怅!

第二个人接上唱:

啊
大燕麦出穗穗姿拉拉掉
平川里落不下你了
哎毛茸茸眼睛,扑哈哈笑,阳世上好不过你了
那花儿的音调高昂扯长,有种激越感、兴奋感。

又一个接上唱道:

哎哟
茬茬背斗叫牛吃了,底底儿烤了火了
嫁汉的婊子叫驴日了
空名声背给我了
哎哟
世上的有钱汉
把恶行了
却把行善的名声留传下了

那花儿的音调高亢而伴着一丝难过和呜咽。
起先唱的那人忽而音腔一变,以连贯而轻快亮丽的高音唱道:

哎
三十两银子的花箱子
四十两银子的锁子
不开门来么开窗子
阿哥给妹想说两句实心心儿的话

几个脚户蔓儿扯得长长儿地漫着那古老的音调。
赵二爷站在堡墙上朝下面喊着问:"哎,脚户哥,你们打哪里来?枪炮声

咋响得很呐？你们听见着吗？”

黑地里，那几个脚户答道：

“哎！你看你们，红军都已经快到武家镇了！”

“红军把国民党的队伍放了几野炮，国民党的队伍分不清人，自己互相打开了，你没见死的那人啊，啧啧啧！”

“现在，红军可能把国民党的队伍又追上了！”

“你们就光知道占据着自己的一亩二分田，把自己圈在大堡子里，真以为是坐江山哩！”

“人家全国都解放了，你们还在窖里活人着哩。”

“红军已过来了！”

那夜，有着一种神秘如火焚烧般的神秘感，就像酷热的盛夏在雨夜中孕育、舒展。

大家感到紧张，同时都感到兴奋。

二代流浪汉主麻，擦着头上不知不觉流出的汗，目视着大山的那边。

第二天，一丝黎明的曙光从黑河的岸边徐徐升起，大家的心情都莫名地紧张。

下 部

一

天亮之后，赵二爷马上派了几个消息灵通的人，四处打探。随后，他叫家人赶紧把钱财和贵重的物品等，都统统收拾了藏起来，能埋的金银之类，在堡子里就地找地方埋了。做好这些之后，就等着迎接红色队伍。

二奶奶嘴里唠唠叨叨复述着一些道听途说的话，说是红色队伍来了还要共产共妻哩，叫大家都防着点。她还说，干脆把各个地方的富汉们都串联起来，把那些红色队伍赶走算了。

二爷说：

“你能把他们赶走吗？咱们的几百万军队都没顶住事，就凭咱几个富汉哪行？中国的富汉毕竟少得很，是多数人养着我们少数人，怎么能赶走他们呢？”接着又添上说，“咱们这些有钱汉，恐怕苦日子要到来了。唉，钱这个东西有得花就行了，太多了，有一天保不齐要吃钱多的亏哩！”

二奶奶对花女儿说：

“这成什么世道了呀？钱多也遭人妒忌！”随之，又非常气愤地说，“我想，他们也不敢把咱们富汉怎么样，咱们毕竟根深叶茂，不行拿钱雇一帮穷人，让他们相互去干仗。人为财死，鸟为食亡，不信把他们这些没脑子的穷人还给没办法？”

二奶奶一面扫炕，一边发泄着自己的不满。她似乎觉得，全身突然有些疲惫和虚弱。在镜子里，她发现自己一下子变得干瘪和苍老了许多，不禁有些感伤。

赵二爷这几天一直心绪不宁，在房里坐立不安，他暗暗为赵家的盛衰和将来的前途捏着一把汗。他尤其担心的是，自己当保长的时候，曾干了许多坏事，要是被大家揭发出来，对自己十分不利。

二爷看见花女儿一个人时，就走到跟前对她说：

“娃娃，红色的队伍来了，不会轻易放过我的。大啥都舍得，就是舍不下个你。要是我活不了了，丢下我娃孤孤单单的，你说让大的心里恓惶不恓惶啊？”

“大别担心，他们来了，还得靠咱们这些有钱人哩，大就是拔一根毛，也比他们的腰粗，看谁能把你怎么样？”

二爷接过花女儿递过来的茶水，用眼睛看看她的臀，又看看她脸上的表情，尽力表现出可怜巴巴的样子。他想起一句话：若要识人心，遇事害病跌年成。在顺境中的时候，都是锦上添花的，只有在灾难来临的时候，才能知道谁是忠臣，谁是奸臣。他搬来一把太师椅，在房门前的太阳下面坐下来，微微地闭上双眼，感受着阳光的沐浴。他想起许多往事来。他当保长的时候，可以说是当时最年轻的保长。那时候的赵二爷，英武、强悍，沐浴在阳光里，被所有的人敬畏和仰望着。只要谁家有年轻貌美的媳妇子和姑娘，他就会成为这家人的座上宾，经常往人家的家里跑，直到达到目的。他想要的女人，没有人敢违背他的意愿。

有一年的阳春三月，剪刀似的风携着黄土掠过黑河两岸。镇上安排每家出一两个壮年劳力，让二爷带领在黑河上下两川植树造林。树栽子从镇上拉到武家庄，大家分成组，将树栽子拉到植树点上开始挖坑造林。

二爷头戴大礼帽，身穿青色的棉袍，戴着石头眼镜，来视察植树的情况。他早就想好了要收拾村里的几个年轻人。之前，二爷就已把这几个人编在了一个劳动小组里。

二爷的身后紧跟着甲长和几个保丁。他们沿着黄色的土渠道，闲适地游荡过来。二爷每经过一组人，那些人就停下手里的活计，鞠躬点头。

二爷一声不吭地继续往前走，空气凝结了似的。那气氛，让所有的人感到害怕。他们知道，马上会有人要遭殃了，只要不是自己，就感激不尽了，都慌忙加紧了干活。

二爷虽然一句话都不说，但是那几个年轻人的话还犹在他耳边回响："叫他个赵二狗再别来家里，再来欺负女人娃娃，我们就打断他的筋骨，砸碎他的踝骨哩！"他们还跃跃欲试，说是要把二爷腰下面的东西割下来，喂狗哩。

这些话通过他们的女人，就传到了二爷的耳朵里。二爷大为恼火，说他们因为说出这样的话，会后悔的，不信你们等着瞧。

机会说来就来了。

二爷带着自己的手下，来到那几个不知高低的年轻人跟前，伸手就将那刚刚植入土里的树栽子拔了出来，说："简直是胡日鬼，土把树根都没有盖住，植啥树？"

一会儿，二爷在一边站着看，叫手下把那些刚刚植入的树栽子全部拔出来，扔了一渠背。

二爷狞笑了一声，眼睛里突然火星子一闪，眉毛阴森森的，他大喊一声："把他们几个，给我绑起来！"

二爷的手下闻声，就跑过去把那几个年轻人一个一个压倒，给绑了个结结实实。

二爷说，像这种破坏植树造林，浪费国家资源，抗拒国法，劳动怠工的人，如果不治一治，那这项荫庇后人的大工程，就都毁于一旦了。他不容他们分辩，就让他们趴在地上，然后叫手下拿树栽子抽打他们的背子。

一会工夫，就打断了好多树栽子。疼得那几个年轻人用嘴拼命地拱着地面，直到他们昏迷过去。二爷这才一面嘴里说：

"就让他们好好给我装死吧！"一面叫人把他们抬回家去休息。

随后，二爷带着他的手下，便离开了劳动的工地。

那几个被打的人，抬回家后，因没有药医治，又放在了热炕上，伤便郁结在了内脏里，不久其中的三个竟然一命呜呼了。

这件事情，因没人向上面反映，所以也是不了了之。后来那几个被打死的年轻人的媳妇，对赵二爷却愈益地好。这些女人就是这样，谁得势，她们就跟上谁跑。结果，村子里许多女人们生下来的孩子，都像是赵二爷。有人悄悄说，将来变成一村子的赵二爷，可就把人害死喽！

二爷一想起自己干下的那些事情，便担心现在的红色政权会找他算账，为那些穷人报仇，心里不禁一阵恐惧。

二奶奶见二爷一天忧心忡忡，就给出主意说，那些红色队伍的人来了，让他们吃好喝好，款待好了，咱们照样又成了他们的红人。

赵二爷无奈地笑笑，觉得女人的这个办法，倒也不失为一个好办法。

二

不久，红色的队伍就大批地开过来了。部队驻扎在武家镇的马莲滩子。听说镇上还设立了区人民政府，伪镇长早就逃跑了。那个伪镇长所干的一切，红色队伍的人早都了如指掌。有人说，镇上原先摆摊子卖零碎的，还有一些要饭的叫花子，竟然都是地下工作者，后来都分派了工作。

时间不长，野战部队背着七九步枪，以及冲锋枪和三把式的长枪，挎着盒子炮开进了武家庄。他们时常三个一伙，五个一群，在庄子里走动，有时也会去黑河对岸的村子里走走，有些神秘。

有几次，队伍到赵二爷家转上一圈，就走了，也不逗留。过了一段时间，红色的队伍依然去二爷家，在他们家看看，跟他们家一些干活的下苦人说说话，偶尔也在二爷家里休息。

二爷叫他们睡他家的火炕，那些人却不睡。二爷就叫人在几间空房里给他们支了几张门板，上面铺上毡和褥子，让他们歇缓。

红色队伍在二爷家跑得次数多了，二爷便开始高兴得不得了，觉得他的机会又来了，心里想：就是换上十个朝代，穷人最终还是他娘的穷人，我们富汉到头来还是个富汉，这武家庄将后还是我赵家的天下，无论张三李四王麻子坐江山，他们离开我赵二爷这样的大富汉，还真的就是不行。他对花女儿说："花女儿，你们娘儿几个，今天好好做一顿长面肉臊子，咱再宰一只羊，让这些队伍里的人香香吃上一顿！"他提高嗓门喊着，故意让那些来家里的红色队伍的人听见。

"大，你想得就是周到，我们的脑子咋就不够用呢？真的啥方面都不如大！"花女儿说着就和婆婆去厨房赶着做饭去了。

二爷吩咐人去宰羊了。

二爷心里说："你们这些凡夫俗子怎么能和大比呢？老子就相当于一梁柱，你们充其量只是一根小椽子，能比吗？没有可比性的。"

二爷安排好一切之后，就去那些红色队伍的房间，设法跟那些人聊天套近乎。

到中午饭的时候，家里的吃头就都做好了，有羊肉，还有长面肉臊子，大少爷给端到红色队伍的房门口，问二爷怎么办？

二爷就叫尤素福端进去，自己殷勤地跟在后面，说是大家不要光顾着工作，今天就请他们吃一顿家里做的便饭。说完，就摆好桌子，将吃的放到了桌上，请那些人吃饭。

可是，人家却说他们部队上有纪律，不许随便吃人家的东西。有一位当官模样的，又命令通讯员把肉和饭端回赵二爷家的厨房里去了。

二爷心里很不舒服，心说："不吃算了，不吃是你们这些穷命鬼无福享受！"

从此，二爷对这些人心里的敌意就更大了。

一次，队伍里一位满脸黑胡楂的领导，叫过主麻，问他是赵二爷家里的什么人。

主麻说自己是二爷家雇来干活的。主麻觉得这些人，跟以前那些国民党的队伍有些不同，但是自己也不敢过分接触，因为二爷看见，会给他脸色的。二爷见那些人不吃他家的饭，心里也非常不舒服，私下里嘱咐主麻和别的在家帮忙干活的人，叫他们不要和这些红色队伍上的人接触，他们问什么也不要胡说。

大约又过了一段时间，四处都传来消息说，全国已经彻底解放了。

有一次，二爷在寺里对大家说：

"我前几天听庄里的几个干活的，对别人讲，说是新的政府要改造我哩。

去他娘的，我是清油细白面，还有牛羊肉吃着长大的，不是吓大的，看谁敢对我姓赵的怎么样？”他把压抑很久的憋屈，一股脑儿全释放出来。

有积极分子给区政府汇报了，两天后，区委的王书记就开会说，要给赵二爷一个警告，这对以后在武家庄开展工作有好处。

会后，王书记领着几名战士来到了武家庄。书记神采奕奕，长得非常魁梧，据说他从小就参加革命，也是个穷苦出身，曾爬过雪山，趟过草地，参加过抗日战争和解放战争，是一位大英雄。他在二爷家的堡子门前吸了一根烟，让几名战士提着枪去把二爷叫出来。

一会工夫，二爷被叫了出来，脸色非常难堪，嘴里依旧嘟囔着骂人。

王书记在赵二爷的面前来回踱步，指着二爷的鼻子，训斥道：“赵二，你不要太嚣张了，再别到处播撒反动言论了，你最好放老实点，现在是人民当家做主的时候了，以后我们就是要改造你哩。听说你扬言你这只老虎的屁股摸不得，我们就是专摸老虎屁股的，至于那些平时受欺压的可怜人，我们就是要给他们撑腰哩，就是要让他们过上好日子。你还说谁都把你没办法？告诉你，我们办法多得无以计数。你要好好反省，反省你过去做的那些对不起人民的事情！”最后又添上一句说，“真是马不跳，鞍子还跳开了！”

武家庄的许多人，都眉开眼笑，有人看到赵二爷如此狼狈，竟想乘机冲上去，踏上赵二爷几脚。

王书记走后，赵二爷的脸上笼罩着一片痛苦的阴影。他只能把气出在家里人的身上。一会儿骂尤素福，一会斥责二奶奶，不停地咆哮发威。

更为有趣的是，花女儿以前对赵二爷百依百顺，但是最近渐渐却出现一些微妙的变化，有时二爷叫她在牛圈里等他。去了以后，她却不在。二爷恨得牙痒痒，心里说，狗咬下坡狼的势利小人，等老子有一天重振旗鼓，不会有你们的好香果子吃的。

只有二奶奶真正担心二爷有个什么闪失，一会儿陷入沉思，一会儿又想起音信全无的儿子尕西木，于是就哭起来。

三

翻过年，全国要扩军，招收志愿军，许多人都积极响应。与此同时，上面还派人到武家庄摸底调查，准备培养一大批积极分子。顿时，武家庄变得空前的热闹。

主麻也心潮澎湃，他在二爷家也没有心思待了，几次想跑去报名参加志愿军。但都被二爷拦挡住了。

主麻掐指计算，离长工期满还剩一天时，他便收拾好了自己的东西。晚上，主麻独自坐在大堡子那间库房的窗户跟前，望着窗外悬挂的繁星，盼望着天快点亮。只要天一亮，他就自由了，就将不再受二爷的管束了。想到高兴的时候，就激动得悄悄哭了。

天快亮的时候，主麻从炕上下来，换了一个大水。太阳在地平线冉冉升起的时候，他就去赵二爷那里辞行。

二爷穿着一件青夹袍长衫，戴着礼帽走出大房，正打算出门去看看外面有什么新的情况，却见主麻过来，就对他一副假惺惺关切样子，柔和地问道：“娃娃，这两天你那房间里的炕热着吗？”

“热着哩，热得人都睡不着！”主麻老实地回答，记得以前每晚都是冰房古炕，如今主麻的炕也变热了。

赵二爷最近总是在主麻跟前套着问话，了解上面来的那些工作组在他那儿问了些什么话。他希望主麻能多说些他们的好话，多讲他们家从不欺负来家里干活的下苦人，不仅不欺负，而且比对自己家的人还要好呢。

二爷把主麻带进他的房间，让主麻坐在他的太师椅上。

主麻不坐，说他害怕着不敢坐。后来吞吞吐吐地道：

“我……我今天是来向二爷辞行的！”

赵二爷尽力地挽留主麻道：“我娃做活这么实受，不要走嘛，你干脆在咱家再干上一年吧，到时候我给我娃好好缝上一身新衣裳，把工钱再开高一些，以后不会亏待你的，还是留下来吧！”

“干不成了，我现在全身是病，有时候连骨头都麻着、酸着疼呢，真的干不动了，会耽误家里的活计的，让我走吧！”主麻一边说，一边望着二爷的眼睛，心想：这个曾经神圣不可冒犯的人，让王区长收拾了一顿，如今也变得老实了。俗话说：瘦狗莫踢，病马莫骑。主麻也知道这个理，他只是讨要了工钱，就走了。

赵二爷有些惊讶，心里想，连这个长工也敢对我的苦苦挽留无动于衷。他想发作，但是一想王区长等人对他的警告，便不得不忍气吞声地看着主麻从他家宏伟的大堡子大步流星地离去了。

四

主麻回到孙老汉家，一进那座坍塌的土院子，就看见自己的媳妇赫澈。她长着一副圆疙瘩脸，头发乱糟糟的，并略微显得有些黄，面孔上生着许多麻子一样的小斑点。这个女子，喜欢上树偷杏子、摘榆钱，练就了一身猫狗般的功夫。主麻却并不喜欢她这样猴手猴脚的秉性，觉得女人应该安静一些好。

主麻穿着那条炉灰染的白布裤子，只顾往房里走。

孙老汉坐在炕沿头上，头上勒着个白布手巾，瘦腰里系一根草绳子。他是个痨病患者，成天咳嗽不止。老汉看见主麻来了，便拄着立在炕沿边的那根牛角把的拄棍，站立起来，用浑浊的眼睛打量着主麻，接着颤着声说：

"你不在赵掌柜家好好干活，跑回来干什么？"

主麻说自己不想干了。

"你不去干活，家里又得添个吃闲饭的人，咱家这日子还咋过？"孙老汉说。

主麻知道岳父不高兴，但是他目前没有更好的地方去，心里非常作难。这时候，灶房里传来赫澈哼唱的声音：

三把司
铁盖盖
人说八路军没太太
有心跟上你当太太忽而嗐
八路军的工作忙
突然调子一改，又接上唱道：
白羊肉
细白面
三哥哥吃上上前线
这一个前线上得远忽而嗐
三五年再见面

这些歌是编给志愿军战士的，赫澈在拾粪寻柴时，就唱会了。主麻听着，心乱如麻。他在岳父家又待了大概一年时间，打算离开岳父家，再找个活计干。

第二年，主麻到钱文家给当帮工，他的身上还是那件烂山羊皮袄，炉灰染的白布裤子，烂得不像样子，到处都是补丁。烂皮袄的羊毛里跑满了虱子。俗话说，虱多不咬，账多不愁。这个二代流浪汉主麻，整日只能以那首《穷人歌》解愁：

跑着耕地去
倒把个铧打了
世上的那个穷人多
哪一个就像我
跑着拾铧去
倒把那鞋扯破
世上的那个穷人多
哪一个就像我
跑着锥鞋去
倒把个针打了
世上的那个穷人多
哪一个就像我
……

歌中的这个穷人呐，真是倒霉透顶了，无论干什么都干不成，总是屡屡以失败而告终。

早上，主麻给钱文家耕地，他把牛停在地头上，就蹲下来捉虱子。他把捉住的虱子一个个放在地上，堆成一撮，虱子们很快便四散开来，像蚂蚁一样东奔西跑。他拿起鞭杆，将那些寄生虫从最大个的开始，一个一个把它们磨死了。

虱子们个个吃得身圆体胖，连尾巴都长长了，但是它们一点不同情骨瘦如柴的主麻，仍然昼夜不息地吸主麻身上仅有的血。

虱子的个头越大，磨死的时候发出的声音越响亮，叭叭叭的，如同放鞭炮。有几只虱子的肚子略显瘪陷，主麻便心生怜悯，又把它们抓起来，放回到自己的身上，心想：等它们再咂一段时间的血吧，等吃肥了，血涨得要破的时候，再收拾它们不迟，那样弄死他们的时候声音会震撼一些。

钱文的弟弟钱海到地里给主麻送吃的。他穿着青上衣，个子高大，头大面阔，长着一双牛眼睛。这个钱海，在本文作者的另一部叫《野村》的小说里叫模子，是个植树造林的能手，是大家学习的榜样。他这个人一直挣巴着想参加个工作，但是一直都没能如愿，倒是他哥钱文后来参加工作了。幸亏他们家叫赵家害成个穷光蛋，共产党一来，反而顺势成了进步人士。钱海的结局是平平淡淡的一辈子，总而言之：他是心比天高，命比纸薄，少爷的志向，长工的命。也有人说他的身材和长相就决定了他是个没有福气的人。他的腿长，身子短，头大脖子细。有人笑着戏谑他说："头大脖子细，越看越胀气！"有的人欺负他，叫他大叫驴，也有叫他大牲口的。

一开始，主麻喜欢听钱海唱一些歌曲。他每次唱歌的时候，先是"愤愤愤"地几声将鼻孔里面清理干净，让呼吸流畅，再提起裤筒抖几下身上的土，然后"吭吭吭"清一清嗓子，就用地方语言掺和着洋气的普通话唱起了《某某年》：

某某年
是咱们胜利年
全中国的老百姓把身翻
敲起来锣
咵不楞噔咣
唱起来歌
哩格啷个哩
锣鼓喧天和往年不一般
……

钱海有跳有唱，把地上的土弄得四处飞扬。唱完给主麻说："镇上今天来人了！"

五

就是在这个春天，不冷不热的阳光洒在黑河两岸的黄土高原上。

区委王书记领着几个工作组来到了武家庄，这次他们不像过去的人一来就去大富汉赵二爷家，或者到别的富汉家去住。他们来之后，就住在了钱文家，因为钱文现在变成了进步的积极分子，愿意跟着区委的人开展土地改革。

以前，那些从来在富汉面前不敢开口说话的穷人，终于开始敢说话了，一切麻木的人都开始行动起来。他们很快就发动群众，组织起积极分子和基干民兵开会，研究讨论和制订土改的方案。

王书记抽着烟，在会上给大家讲了，哪些人是依靠和团结的对象，哪些人是必须打击的对象，因为这些人一直高高在上，也该从上面把他们请下来了。

钱文踊跃赞同，也发表了自己的看法。他大致把王书记的话重复了一遍，赢得了大家的鼓掌。最后，他承认他家曾经有过剥削，表示他家应该比地主下降一个档次，划分到富农的行列里面比较合适。

大家又一次鼓响了巴掌。

就是，与其等待别人来改造，不如自己改造自己。钱文几次想说："地主就是赵二爷。"但他还是力争没有说出口来，那样心思就太明显了。当然知情的人会说，钱文一定不能放过赵二爷这样的人，不知情的人还以为他钱文是个毒蛇，在濒临冻死的时候，被赵二爷暖活了，可现在却反过来咬自己的救命恩人，这还是人吗？

钱海把脖子伸得老长，几次想发个言，可是人家却不给他机会，而且哥哥钱文也用眼睛瞪着他，怕他说错什么话，不让他说。

钱海只好闷闷不乐地蹲在门口。

会后，王书记要主麻陪他到黑河对岸的几个小村子走走。

老王让主麻把那件爬满虱子的烂皮袄脱掉，把自己的棉衣给主麻穿。

他们一路上说说笑笑，还唱歌，讲笑话了。后来王书记问及主麻的身世，才了解原来这是个二代流浪汉，未免心生同情。主麻讲到伤心的地方，老王和他一起都难过得差点哭了。

老王说："我和你的情况都差不多，都是苦出身，也是流浪汉。咱们的胜利就是全天下流浪汉争取来的胜利，这也是人民大众的胜利！"

老王还说，他们南方的有钱人比北方有钱人富有得多，那才是真正的大富汉，北方只是一些土地主而已。南方，都是官商沆瀣一气，流浪汉和老百姓根本没有任何出路。还说什么：当官的算盘响，穷人的眼泪淌。他看见主麻身上的鞭伤，再一次激起了他对过去世道的厌恶和憎恨。

二人不觉来到黑河岸边，河面上的浮冰断断续续地消融了，水变得稠乎乎的，一片浑浊的样子。那水似乎在孤独地向着一个人未知的地方缓缓流去。

过河的时候，主麻要背王书记。

王书记有些不高兴，不让主麻背，硬是背着主麻从冰碴林立，且寒冷蚀骨的黑河走了过去，腿子都叫冰碴划烂了。过了河，王书记说：

"主麻，如果再过半个世纪，或者一个世纪，历史再重演今天，但愿还是我背你过河，而不是你背着我过河。这样，我们那些曾经为了今天，流血流汗的流浪汉大众，乃至付出生命的人，就不会感到悲哀和难过了！"

主麻像是听懂了，重重点点头。

六

赵二爷听说是工作组要把他家的地分给那些没有土地的人去种，就气不打一处来，胡乱诅咒，说是这帮穷光蛋活得不耐烦了。他正想对策的时候，听见有人说尕西木回来了。二爷欠了欠身子，从窗眼里向院外张望，见尕西木真的领着大肚子的彩带回来了。二爷便自言自语：

"驴日的，以为自己会有多大的本事，现在知道离过他老子，是会混不下去的，看看回来了吧？"

尕西木饿得又黑又瘦，六十多斤重的特大头颅，上面已经看不到多少肉了，只丢下个头颅的骨头架子，乍一看，就像一个大罐子，被一根细竹竿顶着，顶得非常吃力！

在外面游荡的日子，哪能比上在武家庄当二少爷的舒服？他只是武家庄的富二代，他老子只要把财路一断，他就无法生存了。不像人家官二代，走到别的地方，也许还有人巴结哩。然而，赵二爷毕竟只是一个土财主，武家庄在地球上也许只是一粒尘埃。到别的地方，谁知道赵二爷是个什么东西。现在的人就认钱，加上他爹又不是什么名人，也无价值可利用，所以谁都不买他的账。尕西木只能沦落成个下苦力的。但是，他干活又不好好干，也确乎什么都干不了，最后只好向人要饭吃。总算是摸着回来了。

回想起来，尕西木和彩带依然心有余悸。他们差点回不来了，幸亏尕西木平时有个附庸风雅的爱好，走的时候带了一把了不得题诗的纸扇，在路上遇到一个识货的人，换了些路费钱才算是回来了。否则，他们就会饿死在路上的。真的，等于是了不得救了他们两个的命。在那一刻，尕西木才知道，世人知道世上有了不得哩，却不知道黑河岸上武家庄有个第一富汉赵二爷！

尕西木第一次才明白，他大那么有钱，却没有几个人知道，和那些真正的有钱人一比较，他们家也还不算有钱。记得他大以前常夸耀自己的面子多大多大，说他的面子在外要值千金哩，谁都会给他几分面子的，却原来不值人家落魄文人了不得的一把小破纸扇。

这时，尕西木犹豫了一下，仿佛鼓起勇气走向二爷的大房。

二奶奶拉着彩带的手去了偏房。

赵二爷坐在太师椅上，应了尕西木的问好。他睁开微微闭上的眼睛，故作惊讶地看了看尕西木。随之，又低沉了面孔，皱着眉头问尕西木吃了没有，如果没有吃，让去和彩带吃些东西，不要饿出病来。

大少爷尤素福的脸上始终挂着亲切地微笑，告诉尕西木，母亲是如何想念他的，他不在的时候，母亲差点把眼睛都哭瞎了。每次家里吃稀罕的好东西，母亲总是念叨她的尕西木没有吃上什么的。

后来，二爷就谈到工作组的人领着大家要分他们家田地的事情。

尕西木一听，立即火冒三丈，说看谁敢分他家的地，是不想活了。

“赶紧悄悄地，我看你娃光是嘴上的劲大，你怎么把饭尽吃到牙茬上了，牙为啥那么大呢？狗牙大得很，经常吃屎着哩，就连武家镇的张镇长那个驴日的——咱们自以为永远不倒的大靠山——都跑得没影了。真是，多大的官都靠不住，就连我们的委员长也不可靠，听说带着老婆、孩子和钱罐罐，屁滚尿流般地逃到一个岛上去了，何况是我们。嘴快悄悄地吵！”二爷制止尕西木不要逞能，并要他晚上把赵家翅膀硬一点的都叫来大家一起商量一下。

晚上，赵家的大堡子里面人头攒动，商量的结果是坚决不能让他们分赵家的田地。

第二天鸡叫，二爷骑上他的土黄骡子，袖里藏了把短斧，便向黑河下游的几个村子去动员那边的一些富汉，准备联合富汉反抗土地改革。为了这件事情，二爷到处跑去游说富汉，那一条条杂草丛生的小土道几乎被赵二爷走成了一条大路出来。

太阳一竿子高时，二爷到了黑河下游的黑海子。他把骡子拴到黑海子大富汉家门外的一棵榆树上，就连爬带滚地跑进去。

黑海子大富汉家也是前后两道院，门洞是拱形的。赵二爷被人家的管家接进去，在距人家掌柜的房屋还有几十米砖铺的路基时，他就拉长哭腔给黑海子的大富汉说了个色俩目，后就小跑过去推开双扇门，趴伏在人家的腿子跟前，哭起来。赵二爷声泪俱下，说是不得活了，人家要把咱们富汉家人全枪毙了哩，把土地分给那些穷人哩，如果我们这些富汉不团结起来和他们大干一场，就等于等死哩！

这位黑海子的大富汉是一位面丰白须的老人，他身着青袍，眼睛闭得实实儿地听着，头都没抬。

赵二爷说你们如果愿意人家把你们家的东西全部抢走，坐以待毙的话，他反正也无所谓。接下来，就装着流泪，说咱们这些有钱汉活不成了。

渐渐，二爷发现黑海子的大富汉的身子在炕上摇动着，有些坐不住了。

赵二爷见有了动静，就哭着罗列了土改者的十大罪状，其中包括破坏宗教圣地等等。

“起来别哭了。依你说，这事我们该咋办哩？”黑海子的大富汉求教于赵二爷。

二爷便说要和土改的人斗争到底。最后还将他们家挖了个地道的事情也告诉了黑海子的大富汉。他富有经验地说，地道的用处大得没边子，并鼓动黑海子的大富汉是否也可将他们家下面钻个地道出来。赵二爷今天才觉得讲出了一些秘密和经验。他们又联合了一些有钱人，商议安派周密之后，二爷才骑上他的骡子回家了。一路上。可把他给乐坏了。心说：“我要把你们这些搞土改的人一个一个灭了哩！”

那二爷家的地道，与他家的各个房子都是连通的，入口处在二爷大房门后的换大水沐浴的地方。乍一看，上面铺着砖头，是典型的净身沐浴之所，可谁能知道下面竟是木头做的地道入口，不细心的人是看不出的；地道的出口一直延伸到赵家大堡子后面的老树林子里。

二爷常认为只要把所有的富汉联合起来，就能改变他们的命运。可是全国，能有多少富汉呀？穷汉显然比富汉多好多好多倍。他以为，只要谁把他姓赵的惹了，就没有他们的好果子吃。他甚至想着把有些穷汉用钱收买来，帮助他们对付那些土改的人。可是，眼下大部分穷人都变成了土改的积极分子。

尕西木已全副武装，背着大马刀在堡院里走动着。他被那些富汉家的人捧为团长。

二奶奶也觉着她一生就养下尕西木这么一个有本事的儿子，觉得别人都是窝囊废，是种气不好的原因。这也是二奶奶的一个秘密。

花女儿在房里出出进进，瞅来瞅去，觉得院里站着赵家那么多人，就数尕西木攒劲。

彩带倒是有些害怕，她担心这帮人会给自己和肚子里的孩子带来灾难。

半夜时，二爷走进了堡院，见满院皆是自己家门的人，便三步并作两步，走到人群里，缓了口气，说他们欺人太甚，反了算了。

二奶奶觉得尤素福没有出息，觉得他愣头愣脑的，丝毫不像赵二爷，想着让自己最爱的这个男人硬是戴了一辈子绿帽子，就有些忐忑。她记得和二爷刚结婚时，多少还有点负疚感，可越到后来，这种感觉不仅踪影全无，而且还成了她寂寞时回味的最有趣味的事情。

七

二奶奶小名叫舍女子，姑娘的时节喜欢穿一身猩红的紧身大襟衣裳，是黄土镇大财东的独生女儿。她自幼被母亲用打碎的瓦碴子死死缠裹了脚，大门不出，二门不迈，硬是缠出了一副皇上都不嫌弹的三寸金莲脚。一时舍女子的脚在黄土镇一带硬是拔了尖儿。只是舍女子生着一副鹰鹞相，模样也占不到上风头，但她再丑，也是有头有脸人家的丫头，不会担心没人来家里提亲的。那舍女子来做媒的虽多，可她家的人就是嫌对方太穷了，所以一直拖着没有出阁。

再说，那黄土镇大财东家有个老不老，年轻不年轻的半拉长工，他人长得异常魁梧，裤子常磨在脚下。他长一副猫头鹰的相，猫头鹰俗称狠猴，因而他便被人唤作狠猴。这个长工无父无母，也没有对象，穷得连名字也没有，给舍女子家下了一辈子苦。狠猴耕地像头牛，背柴驮垛，像一头骡马，是个只知道下苦干活儿的厚道人。

那年舍女子十八九岁，她白天在家过着小姐的生活，心中自是寂寞，她见狠猴正背土垫圈,就喊过来逗他玩儿,故意说她眼里打进去了一个什么东西,眼皮里面磨得不行。

“咋咧,小姐?”狠猴闻唤,忙放了背篼,走进屋惊诧地看着大财东的千金。

“哎哟哟,我的眼睛,像里面有东西掉进去了,快给我看看!”她揉着眼睛,接上说,“你怎么就像个木桩桩,赶紧给我看看!”舍女子尖叫着。

狠猴显出惶惑不安的样子。他不知道怎么办好,紧张得直搓手。

“快过来,给我扳开看看!”舍女将身子两扭,移至炕沿边,嘴唇撅得老高,让狠猴看。

狠猴听话地翻开了舍女子的眼皮,看见里面白的是白的,红的是红的,一切正常,便说:“你现在试试,是上眼皮磨着哩还是下眼皮磨着哩?”

“不是上面就是下面,你给找找!”舍女子故意拖时间。她又担心狠猴手上的脏东西真的打进他的眼中,就让他用舌头舔舔,说这样就能用舌头渣土黏出来。

狠猴听了舍女子的话,就老实地吐出猩红的舌头,像条忠诚的老狗一样,开始舔舍女子翻过的眼皮。他感觉有点冰凉和光滑。

“轻点,轻点,嗳,就这样,慢点!”舍女子渐渐感觉痒了,浑身舒服,身子跟纸人似的飘起来,说:“别舔了,别舔了,滚吧!”她猛然生起气来,认为狠猴装得老老实实来占她的便宜。她不容分说就将狠猴赶出屋去。

从此舍女子老是感觉有个光滑的舌头在舔她的眼睛,耳朵和脖子,连梦中都是这样的。她有天半夜,实在无法安睡,就偷偷钻进长工狠猴的房子里。不等那长工说啥,她自己已裸身钻进了人家的被筒里,并用手捂住他的嘴,随后就把他硬拖过来偷尝了禁果。然而,正是这次,使她怀上了孩子。那时候,科学不发达,谁的孩子除了从面相上辨认,大家没有更好的办法去分辨。幸运的是,不久大财东就将舍女子许配给了赵二爷,很快就结了婚。婚后,赵二爷发现老婆肚子上有一个蛋,便好生奇怪,以为是什么胀腹病,想问人,又因碍于自己的身份,没好问,后来,他去了一个阿訇那里问了,人家说前不久有人领来个女人,肚子也同样出现如他所说的那样个蛋,让他给吹些杜瓦吃了,就好了。后来还生了一对双胞胎哩!

“那您赶快给我也吹些杜瓦吧!”二爷急切地说。

人家就地抓了一把土,给吹了些杜瓦说:

“回去一天吃两顿，一顿吃一匙，记住，早上一顿，晚夕一顿，保你生个娃来！”

二爷高高兴兴向人家讨了杜瓦，怀着亢奋的心情回到家里，立刻就让老婆吃上了。后来，果然如那人所说，生了个男娃，就起名叫尤素福。

时日不长，二奶奶感觉愧疚于二爷，曾生过设法弄死尤素福的念头，却几次都未能得手。后来，二奶奶再起杀心时，又恐怕会拔出萝卜带出泥，惹出事端，令赵二爷生疑，就收了心。

赵二爷总算在人前把那个专事写杜瓦的民间神医服了，见人就说，我赵二爷最服的就是杨毛拉的杜瓦了。除此之外，二爷觉得自己非等闲之辈，常常自比是胎里会，意思就是他妈把他尚未生下，在肚子里的时候，就啥都知道。

八

关于武家庄成分划分的第一榜已公布出去，王书记等人见大家没有异议，便叫钱文将基本定性的第二榜，撰抄在一页大红纸上张贴在麦场沿上的显眼处，单等第三榜一公布，就要执行了。

夜里，主麻和钱海一组到堡壕沿上放哨，因大队里担心赵家转移财物，便叫他们来盯梢，几个晚夕以来，赵家似乎都静悄悄的。只是看见赵二爷空脚空手地出进过几次堡院。其实二爷家的人多半走的是地道，谁也发现不了！

这时，主麻冷得不行，就在腋下夹着矛杆子，筒了手来回踱步。

急躁的钱海几次要到赵二爷家的门缝里探视一下，因他恨不得叫赵二爷家自己折腾出个事情，然后好借机收拾，但均被主麻阻拦了，叫他服从组织的安排，不要乱来。

“那咱绕庄子走走总可以吧？我实在冻得受不了！”钱海说着向手上呵了些热气，他看着对面山上的乱杂坟出神，发现那坟地黑咕隆咚，像似有些披头散发的啥东西在踩着夜空跳舞，心里不禁一阵发毛倒竖。

整个武家庄沉浸子在一片静寂中，偶尔传来几声狗的叫咬。狗叫声划破了茫茫漆黑的夜空。

主麻见钱海冻得发抖，就劝他回家睡一觉再来。

“这么黑的夜，你一个不害怕吗？”钱海问。

“没事，我在赵家干活时，常常半夜里一个人还在大山背柴哩！”主麻说。

二人说话间,那边过来个人,钱海说是不是躲一下。钱海的心里此时如揣了只兔子跳得很欢。他出门时,钱文一再嘱咐他,别叫地主和富农家的人看见了,若是看见了,等有朝一日人家翻身之后,会打击报复哩。

主麻说:“大队里给咱是怎么交代的?凡乱转的嫌疑人一定要问清,深更半夜他们在干吗呢?是转移东西吗?”主麻果断地说,“我们过去截住他!”那黑影已向这边过来了。

“站住,别动!”主麻抢前一步,用矛杆拨开钱海,堵住了来人。

“我是钱文!”钱文吓了一跳,心说:这两个屁,把我当赵家的人对付开了。

“我们还以为是坏人哩!”主麻讪讪笑着,收了矛。

“你们两个瞎屁,连我都不认得了!”钱文瞪了主麻一眼,他接上说,“我来看看你们,没啥问题吧?”钱文摆一副领导般居高临下的架势。

“没有!”钱海拖着腔说。

主麻对钱文一向都比较尊敬,他腼腆地看着钱文,也说一切正常。

“让我看你穿得薄么厚?”钱文说着伸手摸了把主麻的身上道,“哎哟,这瞎屁咋穿得这么薄?”他不等主麻发话就把自己身上的衣服脱下来,披到了主麻身上说,“瞎屁,出来时也不向我要件衣服,瞧冻成什么样子了!”

一旁的钱海气得用眼睛直剜钱文,心说,“看你的怂姿势,妈不亲倒是媳妇亲了,兄弟不亲,旁人亲了,还常教训我说什么牛肋巴长上丈二长,向里弯不要向外弯?可你……”他在一边一个劲儿地生闷气。

“来,我看看钱海穿得咋样?”钱文摸了一把道,“哎哟,这娃也穿得这么少!这咋办?”钱文显出为难的样子。

主麻的脸红了,觉得人家把自己的亲兄弟都没理,却一味地关心自己,于是要把衣服脱下来给钱海。

不料钱文却说,“不用脱了,待穿上多暖和,干脆这样吧,让钱海先回去暖暖身子,穿暖和了再出来!”

主麻便一连声儿的应承。随后,钱文夸了主麻一通,就和钱海回家了。

主麻看钱文兄弟走远,才耸耸肩。把身上的衣服往紧裹了裹,便蹲到坎子旁,留心周围的动静。他看见天空里那斑驳的月影出来了,映衬着懵懵懂懂的群山,想起自己给二爷家背硬柴的那些不眠之夜。他眨着眼睛咬牙忍受着寒冷。

直到天亮也没见钱海再来。守了一夜的主麻活动了一下困乏的身子，向大队院走去。主麻到大队部，见到了王书记。王书记把主麻拉进房给他用热毛巾擦洗了一番，又让主麻洗了脚，才叫他在自己的床上去睡一觉。

主麻一觉醒来，见头跟前放着一碗热洋芋和两个冒气的馒头，王书记坐在旁边冲他笑着。他揉了揉惺忪的睡眼，抓起洋芋就吃起来。

王书记微笑着叫他赶紧吃，吃了开会。

会场就是隔壁的一间大房子，里面除了从镇上来的帮助大家土改的工作组之外，另外是大队干部和一大帮积极分子。

二代流浪汉主麻在老王等人的心里成了提拔重用的对象。前两天，关于主麻的一些材料，已被王书记报给了组织，并诚恳建议能让主麻参加工作。

来武家庄蹲点的王书记今天非常精神，也有些激动，土改已进展了大半，基本未出现啥问题。他总结了近期的工作，随后又布置了关于对问题比较严重的地主分子要进行揭发斗争。

会后，王书记又叫上主麻打算到庄里串串家，听听群众的意见，关于对赵二爷可再做些了解，最好从正面再做些工作，以开导教育为主。上面的政策好，不能到我们这些执行的人手里变成了整人的工具，以往的事情那是制度不同造成的，不是个人的原因，能宽大处理的尽量宽大处理，另外赵家人口多，分地时还得分公道。王书记边走边想。

他们两个串了几家。出来时，王书记叫主麻把他的盒子枪背上。问起教他的那些字都记下了没有，并要主麻好好学文化哩，学好文化就让主麻留在身边工作。

可把主麻高兴坏了，又蹦又跳的，要王书记说话算数。

二人一路说说笑笑的。

到了中午那阵，微热的阳光在西北这似乎褪了色的黄土高原上斜射着。天空蓝乌乌的，武家庄显得肃穆庄严，几只乌鸦叫唤着从黑河那面飞过来，掠过主麻与王书记头顶。那乌鸦的鸣叫使得整个庄子有一种遥远的悲凉。

黄昏时分，王区委和主麻转到了赵二爷的大堡子前方，王区委回过脸看着主麻像感觉在考虑什么，又像是要征求主麻意见。但他终于按自己的打算去做了。他让主麻在附近等他，自己去赵二爷家转转。

主麻让王书记把枪带上。王挥挥手说不用，然后，就走进了赵二爷家。

主麻蹲在一个土坎的土堆边，耐心地等着王书记。

九

赵二爷在堡墙上远远望见区委王书记走来，心里不禁纳闷。他皱了皱眉头，铁青着脸又朝远处看看，见只有区委王书记一个人，便脖子在头上旋了一周，筒起手臂，走下了堡墙，然后给尕西木暗语了几句，就走去开门迎王书记。

王书记见赵二爷站在门上，向四处探头观看，像个老狐狸似的。二爷戴着个青孝帽，样子有些神秘。

赵二爷见老王走进来，便用一种无比亲热的笑脸，躬身迎过去，说：

"快到家里坐！"说着就将老王连推带搡地请进了堡门，随之。那厚厚的堡门就吱吱响着又关上了，只听得那厚重的回音依在沉重地叫唤。

尕西木在下房门口闪了个面，忽又钻进房里，神情有些慌张。

二爷回首用眼角叨着看了尕西木一下，就抢到头里揭起了门帘将老王让进了房，接着喊尕西木把茶提来。他的声音有些沙哑。

老王见赵二爷的脸色很重，就说：

"老赵啊，你心上别放负担，我们的政策一向是以宽大为怀，只要你配合支持我们的工作，过去的一切咱既往不咎！"说着就坐在了桌旁的一把简易的凳子上。二爷的那对艺术品般的太师椅竟不知搬到哪里去了。

二爷的眼睛里绵善得就像要死的老羊一般，那颗粗大的喉结时不时骨碌地翻滚一下，欲言又止。他的鼻孔里喘着一股莫名的气息。他咧开嘴笑了一下，样子愁惨。他见王书记坐下了，便也坐在桌子的另一头。

尕西木给王书记倒了一杯茶，就立在老王的身后，他把手伸进了裤腰像是摸什么东西。

赵二爷看了一眼尕西木，又看一眼王书记，嘴里却不住地劝王书记喝茶。

王书记发现赵二爷有些异常，不禁回身看了一下，竟令他大吃一惊：只见尕西木高举一把牛耳尖刀，正欲对他下手。他大喝一声：

"放下凶器！"他的话音刚落，就被赵二爷自袖筒里拿出一斧，寒光闪处，老王的头上就挨了一斧。他的头脑似乎还清醒着，欲跑出房门，身子却踉跄一下，栽倒在房门框上，鲜血一股脑儿地涌出，喷洒到墙壁和门框上。

赵二爷眼放塞光，紧咬大牙，上去一连又是几斧，嘴里说：

“我叫你们分我家的地，叫你分地。你们就是分了去，有朝一日，我们这些富汉还是会夺回来的，你们这些穷人是守不住土地的！”

尕西木冲上去也胡乱扎了老王几下。

赵二爷旋身到屋里取了个烂毯子，将老王卷了，便与尕西木一起抬到后院去，将老王丢进了一个洋芋窖里。然后一个填窖，另一个用水冲洗四处的血迹。

一会儿，二爷的几个得力干将从地道里钻上来，浑身是土，只有眼睛在骨碌骨碌地转。他们个个手里拿着斧头，上气不接下气地报告联络四方富汉们聚集的情况，以及攻打武家镇和县城的时间。

赵二爷却冷冷地一笑，说：

“你们平时吃我的，喝我的，现在也该到报答我的时节了，说说你们灭了几个了？告诉你，老子刚才就把一个大的干掉了。”赵二爷声音低沉。

二爷的那几个手下慌忙弯下腰，钩下头去。二爷突然又换了一副面孔，拍掉他们几个身上的土，说按照原计划进行吧，随之揭开地道盖子，把他们送走了。

赵二爷家的其他人都躲到亲戚家去了，尤素福临走时说，他把媳妇送到娘家后，就回来和二爷一起闹事。但他去了后，因为胆子小，再没敢回来。

二爷送走他的手下，就跑到后院抱了些柴草，撒在埋好的窖口上，遮掩了现场。

黑河两岸，武家庄一带充满了恐怖与杀机。

十

眼见太阳落山，麻雀子叽叽喳喳骂着仗回巢穴的时候，却依不见王书记的踪影。主麻看了好多回赵家堡子的大门，却不见丝毫的动静，他想再等会儿，要是王书记还不出来，就去赵家看个究竟。

太阳的光终于陷落到西面的那座山里了，只在那天际的尽头，还有一抹儿浑浊的红光，那红光看似异常凄婉，仿佛撕扯着幻化成了一只鸡。

主麻看见前面的水渠里慌慌张张跑过来一个身影，他不禁握住了枪柄。

那影子一会蹲下来，一会又立起来。主麻却看不清那个影子的面目，他的心里突突跳得异常紧张。

那身影一会儿就跑到了主麻跟前，上气不接下气的样子，用手揩着头上的汗水。主麻这才看清是谁了。原来是自己的媳妇赫澈。她叫主麻赶快离开武家庄，并说如果再不走，恐怕就来不及了。

“到底怎么啦？你晚上乱跑什么？”主麻责备着。

赫澈像似委屈的样子，泪眼汪汪的。她告诉主麻，说赵二爷要把土改的人全杀光哩。

原来下午那阵，赫澈在山上打柴刚回来，赵二爷和颜悦色的从院子里走了进来，他进房时看了看赫澈。

赫澈被二爷的目光看得心里充满了恐惧和不安。

今天的赵二爷不同于往常的样子。赫澈就到大房窗子外面偷听。

这时，听二爷说：

“你都是快进土的人了，要给咱们这个村子做些好事哩，如果这些人真的不除，咱们这里就要遭难了！”赵二爷似乎顿了顿，又接上说，“我今天来，希望你们找个借口把主麻叫回来，你帮着我们一起把这个祸害铲除了去——他背叛了我们的信仰，跟上那些土改的人跑，会给咱们带来灾难的！”

“那我的娃以后咋办？我以后谁抬埋？”孙老汉战战兢兢地问。

“你这人咋这么麻卡(思想意识顽固，境界不高)？你是托靠主哩，还是靠那个流浪汉的儿子哩？”又说，“姓孙的，反正你看着办，不要因为那个娃娃，把你们一家人全部带害了。”二爷停了片刻，接上说，“至于你娃的事，我们大家保证给找个好主儿家，不会叫她受罪的，你放心！说不准你还要沾女子的光哩。到时，我再把我家的地给你们家承包些，租子可收点，也可不收，你们雇人种上，这总可以吧？”

孙老汉，咽了一口唾沫，像是盘算着什么，终于说：

“咋能白种你家的地哩，应交租子的！”他的声音激动中有点沙哑，继续说，“晚上我叫娃做点吃头，把主麻从大队里叫回来，剩下的，我们可就不管了。”也许孙老汉在心里想：只要我不杀人，就是了。

赵二爷后来像是把嘴凑到孙老汉耳边低声说：

“告诉你，我把王书记干掉了！”接着又警告似的说，“别说出去，小心你的老命！”赵二爷掏出几个银元塞给了孙老汉，就走了。

二爷家的人最近都是不走大门的，一直是从地道里出出入入。

赫澈听到这里，吓得浑身发抖，她顾不得许多，爬上伙房旁的那棵杏树，从墙上溜下去，给主麻送信来了。

主麻听到这里，嘴皮翕动几下，感觉到眼里像充了血似的，他提着枪要去二爷家看个究竟。

赫澈拉着不让他去，并且低声地哭着。

“你就不管大队里那些土改的人了吗？快给他们送个信吧！”赫澈提醒主麻说，“不然，就来不及了！”

主麻心下很乱。但觉得赫澈说得有道理，便跳上土坡，直奔大队部去了。

武家庄笼罩在一片夜幕之中。二代流浪汉主麻在夜色中飞快地奔跑着。

十一

话说二爷的几个得力的手下，在武家镇转了一圈，想搞点恐怖袭击和制造点混乱，但是却找不到机会，准备回去向二爷复命，又怕二爷不高兴，便走到武家镇的炮楼下面，抬头朝炮楼上面望了望，最后掏出身上的手榴弹，使出吃奶的力气扔了上去。不料，手榴弹却被上面的人又扔了下来，轰一声，在炮楼右侧下的空地上爆炸了。随后，炮楼上朝下打起了枪。

他们几个知道武家镇不可久留，便向武家庄返回，打算配合赵二爷收拾土改的大队部里的人。

主麻在奔向大队部的途中，在赵二爷家的树园子里，看见了钱文跟赵二爷在一起。这使他十分震惊。他趴在距离他不远的地上，听赵二爷到给钱文说着一些让识时务的话，还骂主麻，说谁喂下的狗娃咬谁哩。

主麻抢在钱文前面赶到大队部。

土改的干部和工作组听了主麻的汇报后，最后大家统一了意见，认为先向县上紧急汇报，同时叫武家庄开展土改的同志全部速度撤离，都转移到县上去。

于是，大家乘着夜色奔向县城。主麻见农会主任不在，提出要去找找，随后追赶他们。不料，他迟了一步，农会主任那个老头儿竟被赵二爷的手下骗到赵二爷的堡子壕下面用斧子剁了。

主麻觉得情况十分紧急，便沿黑河畔向县上进发。在他刚过黑河时，发现从后面追来了那个手握长斧的赵二爷的手下拉西子。

主麻立刻将子弹推上了膛，喊道："别追我，再追我就开枪了！"

拉西子见主麻手里有枪，不敢靠近。主麻走，他就跟上赶。主麻停下来，他也停下来。主麻走时，他就又开始追。他们两个一直纠缠和僵持着。拉西子紧紧地咬着主麻不放。当主麻端枪停下，拉西子就又连忙趴倒在隐蔽处，就这样反反复复地较量着。

主麻开始用心理战术，他嘴里镇静地哼着歌儿，眼和耳朵密切地注视着拉西子，并作出寻找合适的仗口，要击毙拉西子的样子。渐渐，二人拉开了距离。

他们整整纠缠了一夜，当主麻过了马莲滩滩子，投到备战路上时，已是早上做礼拜的时分。他长出了一口气，见拉西子已被他甩远了，不由一阵轻松，此刻他发现浑身被汗水洗了。

当主麻隐隐约约看到县城那些建筑物时，不由亲切起来，眼泪禁不住留下他瘦削的脸颊。

十二

时间不久，解放军骑兵部队沿着黑河一带经武家镇准备开到情况危急的县上，去援助县城，以防集结的土匪攻取县城。

赵二爷派尕西木等一干人马到县城的外围与其他土匪汇合去了，他自己则率领贴身的手下坐守武家庄，并叫人密切注视县城的动静。

赵二爷庆幸这把火越烧越旺。他立在他家的堡墙沿上，面孔似乎完全凝固成一块钢板。他吩咐庄里的妇人娃娃都做好打仗的准备，说是情急时，叫提起擀面杖、菜刀这些锅灶上的东西一起上。

是夜，满天繁星忽明忽暗在天际飘闪着。

当骑兵团开到武家庄的赵二爷家的羊圈拐子时，赵二爷一伙开始无休止地骚乱起来，他们人尚未接上仗，就狂叫声响成一片，嘴里喊叫：

"杀啊！冲啊！"

那些赵二爷煽动聚集起来的人，统统提了土枪、刀矛、铁叉和削尖的木棒儿，从堡子壕下面烟一样涌上来。顷刻，庄头庄尾喊杀声震耳欲聋。

骑兵团是分几路行进的，关于走武家庄这条道路的部分队伍，当时不明情况，也不熟悉地理，加上尚未接到上面让开火的命令。于是，队伍又调转马头向来路奔跑。

一名跑散的骑兵，出现在了赵二爷的眼皮底下，那匹马挣得嘴张得像簸箕一样大。

二爷吩咐说，你们谁去把那个当兵的剁了。

拉西子提了一杆长把斧头像猎犬般追了上去。

那骑兵发现有人追来，就掏出手枪朝天空放了两枪。

拉西子吓得趴伏到土坎子下面，躲起来。一会儿，他借助坎子做掩护，继续追赶那个骑兵。

那匹马被一个土壕绊了一下，疲惫无奈地叫唤一声，前蹄子一软，栽倒了。

拉西子乘机一个箭步溜到了那骑兵的背后，手起斧落。

那马发出了一声凄惨的嘶鸣。

这时，月亮照得武家庄如同白昼一般。

从下川方向，上来两名骑兵，用枪击伤了意欲再次行凶的拉西子。他们抓住了拉西子，用绳索绑扎了他的手腕，把绳头拴在马尾巴上，朝天开了两枪，急驰而去。

拴在马后的拉西子只得跟上马死命地跑，最后跑不动了，拖在马后，被拖得血肉模糊。

两天后，跟着尕西木去的人回来说，尕西木攻打县城时被人家打死了，尸首也没找见。

惊魂未定的赵二爷，听到消息，眼前一黑，但他毕竟是从大喜大悲中走过来的人，硬是把要流出的眼泪咽了回去。接着，他的眼皮冷冷地闪动了两下道：

“我的尕西木进天堂咧！”他把声音故意提得高高的给围着他的人说。

报信的人又说：

“野战部队正在追剿咱们逃跑的人哩！”

先前还有几个胆子大的，蓦然像几盏被冷水浇灭的油灯，丧气了。后来，那些围着赵二爷的人都相继溜走了。二爷的脸上的肉仿佛在挣扎着，就连他藏在袖里的那把短斧也像是要从他的袖筒里滑落下来了。

刚刚还围着二爷出谋划策的那些人,突然就都散了。二爷刹那间感到身心冰冷,他用从未有过的陌生的目光看了一眼身边仅剩的三个半人,不由心生感慨。一种岌岌可危的感觉撞击着他的灵魂。

集结的那些有钱汉和有钱汉雇佣的人,陆续被人家剿灭了。赵二爷开始做好了逃跑的准备。他想跑得远远地躲起来,躲一天算一天,抓住了再说,不定还能拣条老命哩。他想至此,不由感叹晚年不幸。

十三

赵二爷还没有来得及逃跑,就被一伙积极分子抓住了。当那些人把他从地道的出口——那个山洪冲开的扁夹沟缝子里押上来时，他的腰终于深深地弯下去了。

工作组的人也过来,用枪口顶着赵二爷那用青棉褂子包裹的腰眼,并命令他:

“走快点！”。

二爷突然在人群里发现了主麻,他向主麻点了点头,并示意,像是希望主麻能帮他说说情。但是,他看见主麻有些麻木和冷漠,就又迅疾地转过脸,垂下了头。此刻,他觉得冷汗顺着脊梁骨直往下流,赵二爷觉得他的富汉真的当到头了。有些人想千年万年地富贵下去,但是都似乎富不过三代,想到这里,便心上些许有些超脱和释然。

钱文不知从什么地方猛然蹿了出来，从押着赵二爷的那个积极分子的手里抢过捆绑赵二爷臂腕余出的供牵拽的绳头，抡起来朝二爷的腿肚子就是两下,口里大骂:

“老不要皮脸的,可把人都害惨了！”

钱文的脸涨得通红,他紧紧咬住嘴唇,尽力控制着自己激动的情绪。他让自己的内心先平静了一下,然后冲主麻讪讪地笑笑。

赵二爷等反抗土改的那些人被陆续押上堡子壕，二爷看见身子就像一棵干枯树,仿佛来一阵风就能吹倒的孙老汉。老孙孤零零地摇摇晃晃一个人立在堡壕沿上看着,他没有想到他这么弱的一个人却平安着,而赵二爷那么强大的一个人却被人家用绳子捆了起来。他有些想不明白。一切都像是反复无常。他看见赫澈在一个高处,用手拨开人群伸长脖子看,她的脸上似乎还带着兴奋的笑容,这使孙老汉感到自己已经老糊涂了。

随后,工作组领着民兵在赵二爷的大堡子和一些跟随者的家里搜出了许多刀矛斧头。所有的凶器,都堆放在钱文家的大场里。

赵二爷一行人被绑在一条麻绳子上,站在钱文家的老麦场里,面对着围观的人群,一个个纳下头去。

人们的脸上都是异常严肃,像默默地等待什么似的,场里静寂得能听到蚂蚁嬉戏的声响。

突然,钱文喊了一声:

"杀人偿命!"不待工作组发话,他抢先手脚并用,一推一踢,便把赵二爷掀了一个狗吃屎。

不知谁喊了一声:

"来,打这个有钱有势,欺压百姓,剥削穷人的恶霸!"在场群众纷纷响应,喊叫着、谩骂着围拢到赵二爷跟前,你一拳,我一脚打了起来。

有几个老奶奶抹着泪,哭着叫着向赵二爷要儿子,说赵二爷当保长时,把她们的儿子抓了壮丁,连骨头撇哪儿了都不晓得。哭诉声激起了大家对赵二爷更大的愤恨。一个富汉,在全村子那么多的穷人面前突然变得渺小了,他完全被这些有人撑腰的穷人包了饺子,那情形就像大海淹没一颗小石头一般淹没了这个富汉。人们排山倒海一般涌向了赵二爷。

工作组上前阻止人群不要激动,叫大家有苦的诉苦,有冤的申冤,好好审判这个赵二爷。

群众见不让他们打赵二爷,就又茫然不解地看着工作组。

钱文又积极地替工作组向群众解释,说是等审判了,再任由大家处置这个恶霸。

人真的就像是潮水一样,潮涨起来的时候,就变得难以抑制,汹涌澎湃;当潮落下的时候,就又变得无声无息和万般祥和的样子。

这时,钱海见哥哥在场上非常活跃,就把模仿领袖人物的大背头用唾沫抹光溜,骗驴摆卵子似的走到二爷跟前,他伸长脖子,瞪着赵二爷等人,嘴里即刻说出几句顺口溜来:

"哎——哎,旧社会,真黑暗,穷人的媳妇说不起话,抬不起头,烧的麻秆柴,豆板火,一口两口吹不着,刚吹着,毛辫子燎了个大豁落;赵永富(二爷名字),老地主,剥削穷人代代苦,老百姓,把枪拿,不为江山不为啥,只为不再受欺压,不再——受——欺——压!”

钱海口里说,脚下也不闲,踩着点子,用脚板打拍子。

赵二奶奶颠着一双小脚,扶着一个土坎子站在一边小声地哭泣,脸变得蜡黄,不停地抽搐着嘴巴。

花女儿的眼泪就像那勺子舀不干的泉水,刚擦掉,却又流出来了。她回到娘家坐了几天,就又回来了,她盼着杀杀打打的日子能早些结束。她最近也有些失落,圆脸盘子上起了许多的红疹子。

赵二爷看见花女儿,脸顿时由黑变成紫红。他显得惶乱不堪,膝盖微微发抖,生怕花女儿说出些什么来,那将比剥夺他的生命还令他感到尴尬和羞愧。这时,他最想念的竟然是他经常骑的那头土黄骡子,只有它不会站出来说他欺压了它。

两个民兵一左一右揪住赵二爷的肩膀,押着他们一行人在场内象征性地走了一圈儿。

赵二爷勾着头走过来后,慢慢抬起死羊般的头,睁开眼皮微微笑了一下。

哪里想到,二爷的这一笑立刻引起了人群极大的愤恨和不满。不知是谁带的头,说他还敢嘲笑蔑视劳动人民,便朝赵二爷扔过去一块砖头,于是各种各样抛出去的东西如飞蝗般砸向赵二爷。

二爷只是顾缠着脸,别的地方却也顾不得了,只任东西砸在身上。有一刻里,他还在心里暗暗庆幸花女儿没有把他们的事情在大庭广众下说出来。他在心里突然对花女儿有一丝莫名的感激。

有几个老百姓说花女儿出身可怜,在赵二爷家肯定受尽欺压和折磨,就提议让花女儿讲讲赵永福是怎么欺压她的。花女儿不说。那些人就逼着让她说,她说她不知道说什么。

那些人就说,平时听见你唱的歌子凄凄惨惨的,里面的内容就是证据,如果她说不出来,可以唱出来的话,就唱出来吧。

平日里花女儿最爱唱的是母亲教她的那首担水歌,后来在大家的怂恿下,她好唱开了:

“鸡娃叫鸣大亮了呀,我花女儿担水着出了门,出了大门上南畔,碰上我娘家里的亲人,我手搬胡基(土坷垃)让亲人坐呐,有难肠我给你哭着说。我早担水来么二十担嗳,晚担水来四十担,再担二十担浇菜园。我手扶堡墙丢了个盹,不知道婆婆要骂几声,我吃黑饭时已经星星全,洗锅抹灶到鸡叫唤。”

赵二爷以前曾听见花女儿唱这歌,就不让唱,说一听就像是家里死了人一样,不知情的人还以为他家虐待妇女儿童着哩。

大家听见花女儿唱到有些地方,竟然都引发大家哭得鼻涕都流进了嘴里。

二爷心说:“这些穷人,就是受苦的命,就是把江山给给,也还是守不住的,终有一天我们会用神不知鬼不觉的和平演变的方式重新夺回来的,到那时富汉还是富汉,穷光蛋还是个穷光蛋!”

二爷等人被拉到县上公判去了。

赵二奶奶回到家里后,惊恐瘫软,疲乏得抱头睡了一觉,她躺倒后越是想忘记这些可怕的事情,可越是睡不着,满脑子尽是不幸的事情。

二奶奶感觉自己不再是原来的保长太太了,以后与儿媳尽量避免发生不必要的碰撞和摩擦。今年不像满年咧,她的眼泪哭得没希望了,就不再哭,只是浑身虚脱脱走了魂儿似的累,脸上在经历了种种的煎熬之后,布了一层茶色的斑点和锈气。

土地改革成分论定,是在经历了一场生与死的较量搏斗之后才实现的。主麻捧着大红纸写的榜示,贴在了钱文家的老麦场沿上,围观的人群吵嚷着要主麻照着榜上,给大家念一念。

主麻微微清了一下嗓门,就照榜上写的依次读了下去。

其实大伙除了关心自家外,最关注的还是想了解庄子里的赵钱孙三家是怎么划分的。当主麻念到赵钱孙三家分别是地主、富农和贫农时,人们的脸上露出了从未有过的笑容。大家相互这个在背子里拍一巴掌,那个又在对方肩头擂一拳,相互传递着消息。

三天后,所有地主、富农的土地牛羊和农具一系列财产皆充了公,集中到一起,然后工作组领人经过筹划打成价分给了群众。

赫澈把牛缰绳搭在肩胛骨上,前躬了身子用力拉着分给她家的一头红犍牛,黄黄天然的头发里有激动和细碎的汗珠。那头牛非常大!她高兴得一路上笑着。

孙老汉跟在后面走着,激动得用衣袖擦着泪渍渍的眼睛。他做梦都想不到，那些富汉家的财物被没收充公后，竟然打花后能分给他们这些穷人。事情怎么会变得这么有意思！以前，他想穷人永远只是富汉的奴隶而已，没想到还有平等的一天。世事无常啊！他暗暗窃喜，同时也有些担心，觉得穷人都是些没有脑子的人，到手的土地和财物能守得住吗？不定日月转到那一天，又被人家夺去了呢。他总是崇拜人家富汉的脑子比他们这些穷人的脑子好使，觉得富汉的头脑总是非常非常的狡猾。

主麻跟在岳父后面扛着分来的犁铧，夹着一盘糖，走得磕磕绊绊的。他见岳父那变得轻捷了步伐，不由暗自好笑，对于岳父的所作所为，他也不去计较，毕竟他是赫澈的父亲。对有些事情，一定要睁一只眼，闭一只眼，都是生活逼迫的缘故，对钱文也是这样。生活可以叫一个人变得高尚，同时也可以让一个人彻底堕落，化成魔鬼的替身。但毕竟都是生活逼迫所致，不是他们本身想害人的。主麻这样想。

二奶奶在大场院里看着自家的东西被别人一样样地拉走，心里的那个痛，难以言述，就跟揪心的一样。光阴对她来说是命系子，如今却要眼睁睁看着男人通过各种手段和渠道挣下的这些光阴，统统被人拉走了，怎不叫她肝肠寸断？无可奈何的泪水出血一样，流到她衣服前襟子上。以前，家里像狗样豢养的那些好吃懒做的打手，一天吆五喝六，耀武扬威的，到关键时刻就都跑得没音信了。

花女儿这个女人，也不想那么多。她蹲在伙房门前，用铲锅一下一下铲那锅底上积下的锅墨子。

尤素福筒了手，斜倚在房门口，呆呆地想着家里那么多的东西都陆续被人拉走了，他有些生气地想：

“要拿走，就快一点拿走，反正别人一无所有的时候能活，自己就也能活，但是自己以后得好好多干活了，再不能像以前一样那么懒惰了，再不好好勤快点下苦，就会被饿死的！”

钱文这几天去赵二爷家的大堡子，领着大家一起去拉东西时，兴高采烈的样子无与伦比。他来回走动着，招呼大家把东西从这个规模宏大的城堡里运出去时，话变得非常多。他讲着一些幽默的笑话，真的突然好像变了一个人，回到少年的时候了。他和他家族里的人，脸上洋溢着春天般的微笑，那气氛非常怡人和甜蜜。

钱文让大家把他家多余出来的地，也都打乱分给了没有土地的人，表现得异常慷慨。因他对土地改革的大力支持，赢得了群众和工作组的信任和好评，这为他日后走上工作岗位，奠定了一些基础。

十四

赵二爷被公开审判后，就在枪毙前的那天，喊叫说他是冤枉的，是最大的受害者，说是国家扶持我，给我权力，帮着我富起来，成为一个富汉的。说虽然以前的统治者跑了，但是现在国家还是国家，为什么说他有罪。审判者说他杀了那么多的人，他说以前那是国策的问题，再后来那是因为有人来抢我家的东西，我难道高高兴兴地看着人家来抢走我多年积攒下的光阴不成？反正理由充足得很。

但是，人家说，你赵二爷毕竟杀人了，而且杀的还是我们的工作组。即使二爷怎么狡辩，人家就是要判他为死刑，并立即执行。

那天，阵势和场面空前浩大。在审判大会上，二爷突然感到从未有过的寂寞和孤独，对生的向往和憧憬，撞击着他的每一根神经末梢。他甚至觉得自己有些太委屈。从良心上来说，可这委屈又不知源自何处？自己难道真的死有余辜吗？难道天下所有的富汉不都是这么干的吗？今天是什么日子啊？日月一直都在变幻。他想要是昨天主麻日枪毙他，还是个好日子，现在想来想去连星期五的主麻日也错过了，真是倒霉透顶了。死也死不到个好日子上，再想那钱干狼，竟然无常到了斋月里——他狗日的命大。他想，过了今天，就再不会看到明天的太阳了。自己死后，到后世里将对他如何论处？可是生命不到最后的一刻，没有人会思想这些问题。他没有想到自己是这么个下场。

二爷内心极其复杂、极其混乱、极其愁肠，又极端可怜。他想听清可总是听不清周围的人嘴里讲的是什么。他悲伤之际，抬头仰望了一眼蓝天，天上的白云像棉花团一般温馨，又像是一群刚初生不久的婴孩儿，裸着光身子在那里抱卧爬滚。多好啊！

忽然，一只麻雀从头顶啁啾着飞过去了，以前怎么没有听出一只屎麻雀竟会有如此动听的声音呢？那鸣叫简直亲切得像几百年来未见的老知己和他微微交谈一般。他由不得鼻孔一酸，落下了泪来。他突然又十分慎重地看看四周，担心自己老泪纵横的样子被围观的群众看了去，会笑他的。于是，他便把头竭力地向胸窝里勾下去，下巴一直贴到那张打着红叉叉的大纸牌子上。他觉得只要能让他活下来，让他变成什么东西都行：一只猫、一只雀，抑或一只狗、一条小虫什么的都可以，而且他愿意禁锢自己的一切欲望，包括不再和女人干那件他自认为有益于身心健康的事情。

二爷猛然开始发现他的灵魂变得纯洁、优秀、标准、合格起来，老了老了，却怎么这么天真呀？他那黑黑的八字胡中多了许多根白色胡须的影子，浓烈的立刀眉，变得何其的腼腆。那些押着他的部队娃娃，终不待赵二爷想得更多，就精干利落地挽紧了他的双膀，一扯肩膀，就让他的头抬了起来，面向千千万万人的目光。接着拉着他的大卡车启动了，直向河滩的刑场去了。

二爷昏昏沉沉望着潮水样的人群，脑海里一片空白。

尤素福吆着一辆破牛车，车上铺着些干麦草和一页毡，几丈白布，在刑场的远处等着。当执行的人员枪毙了二爷撤走后，尤素福才与他家本门里几个亲坊弟兄擦着眼泪走向了赵二爷的尸体，他们是昨天接到通知的，二奶奶不知何时也跟了来。

与二爷同刑的几家中也来了收尸的，哭得厉害。也有个别不哭的家属，就只是匆忙地卷了尸体，抬到车上拉走了。不哭也许是为了省些劲儿，回去了慢慢再哭吧！

尤素福一路上哭得头昏脑涨，便有些哭不出来了，却依是干挣着号叫，旁边的几个亲坊弟兄让他再别哭吵着叫路上的行人看，说哭着也没啥光彩的。

赵二爷一死，即使是亲坊，说什么话的人都有。

二奶奶听了有些胀气，心说："我男人活着时，谁敢这么说？可他人刚走，你们就说出这样的话来！"于是，她就越哭得凶，也哭得有滋有味，嘴里扯长祷告着：

"大大的爷哟，你和尕西木说走咋就都走了噢？撇下我娘儿们，没人疼没人管咧呀！你爷儿父子可是咱家的顶梁担子呀，你们倒下了，房就塌下了哎——呜呜——呜呜——"

尤素福一伙回到家里，见院子也没几个人，冷清清的，二奶奶就坐在伙房门前，双手拍打着双膝盖，撕扯着身上的衣服，哭得难心得不得活。

花女儿躲在自己的房里，脸色惨然，神态凄艳，沉鱼落雁一般，嘴角向左右两边轻轻地斜抿着，像个受了委屈的小孩子，让人看了又心疼又不忍。

屋子里光线很暗，也有些潮湿，花女儿终于沉闷地偷抹起眼泪，赵二爷这个在家里对她充当着双重角色的男人，终于走完了他人生的历程，画上了一个遗憾的感叹号。他将不再在她面前出现了，对于她，只剩下回忆将在她日后的生命里陪伴着她。可是，她总是感觉赵二爷像是还活着。她说不清楚自己为什么会对一个长辈和父亲有着这般意味深长地思念？也许在她以前的有生之年，生活中会缺少了太多的东西。她仿佛不敢相信自己竟会生出如此一些被伦理所不齿的想法和念头，以致使她对人这种古怪的东西，产生了一丝说不清的憎恨和厌恶。

二爷的坟地，可说是一块上好的粮田，显得异常宽广，坟园的前面有两棵巨大的榆树。听说这两棵大树吸纳了这方圆所有的风水和脉气。二爷说过，在这里埋人，子孙后代依然会发旺的。这是二爷当兵时学到并接受的新知识，因而他生前非常注重坟园的绿化和修整，诸如在坟园外围挑挑水渠，以免山洪流进坟园里面去，抑或拔拔坟地的杂草、修修树枝什么的。所以，他不仅考虑活着的事情，同时也考虑自己死后子孙后代的事情。

凡是赵家门户里的人，皆都听赵二爷的话，他们曾一度为赵家出了赵二爷这样一位人物，而感到无比的骄傲和自豪，一直把他奉为胎里会。赵二爷生前率人把赵家几代亡人四处散埋的坟，都陆续迁徙到他看好和开辟的这座新坟，逐步实现了赵家亡人的骨灰由各据一方向大一统局面转变。二爷还叫人打了坟园的院墙，留了一个可以出入的小门，园门时常扣着，以免猫儿、狗儿的家畜进去拉屎祸害。

二爷认为坟地也是每个有钱的富汉不可或缺的一份家业。如果连一片坟地都没有的人，至少说明这个人生前是个穷困的人。关于他一手修建起来的这座坟园，却做梦也没有想到自己走向这里的时间会比他以前想象的快多了。

赵二爷被抬进那扇小门，埋进了自己一手设计和安排好的这座坟园。他生前毕竟是一位有头有脸的场面上的人，依照世俗，自己的坟坑是不能安置在其他死者墓穴的靠下的地方，要尽量往最顶头埋。但是，无论他的身份和地位再高，也不能高过他的父亲和母亲，在他父母的那里，他依然只是个孩子。所以，他是被埋在中间的一块狭长的空地里，显得异常不幸。或许他再也不能像生前那样在别人面前指手画脚了,不能为所欲为,不能按照自己的一切意愿去实现自己的想法,不能像羊圈里的骡驹子,踅踢顺咬了。真的,他再也不能显他的能耐了。他尽管看上去很委屈,可又能给谁说哩?活着时不管有多么大本事的人,死了就和屁一样轻。因为生者大多还是在考虑活人的感受,而不是以死人为重的。一切都要按照活人约定俗成的规则来进行。如果死了的人,不接受死后的审判,不安分守己,到处祸害活人,那活人就会毫不客气,叫一个阿訇或者阴阳先生把你这个鬼魂捉到一个瓶瓶子里,埋到地下让你永远在地狱里不得翻身。

大家埋了赵二爷这个有头有脸的人物,武家庄倒显得清静祥和了许多。一切并没有因为这个大人物的消失,而朽坏。花草树木,依然伸枝展叶,开花结果;黑河照旧向着一个永恒不变的地方倔强地流淌着。

日子夕去朝来,往复循环;自然界的一切依旧在熟悉中陌生,陌生中熟悉着。

十五

话说赵二爷就在枪毙的那一刻,害怕极了。一声枪响,二爷觉得像有一根特制的钢针自他的舌根下面攮进去,他仿佛是在奔逃。后来,他感觉自己逃到一个荒无人烟的碱荒滩里,风簌簌地吹拂着荒滩里稀疏的芨芨草,以及细细的碱土,这使他愈益显得空荒和害怕。他像是翻越了一座深山,跨过一条江河,步入一片沙漠。孤独使他对自己无限怜悯起来。

红日四时初生魂,苍颜白须悲悲回。
人生一世皆自空,不论高低和贫富。

二爷觉得拿命的天使取了他的命向后世行进。起初,他想着倘使能逃走,还可以寻机会再当他三十年的富汉。可自知处境不妙后,便跟泄了气的皮球似的蔫瘪了。

据说人在生前,左右两个肩膀上的天仙日夜记录。右边肩膀是记行善和干好的,左边肩膀是记人干歹的。因此,什么都一清二楚,休想狡辩,脚干的脚说,手干的手说,不许舌言。

二爷觉得自己仿佛掉进了一个坑，那坑中蛇蝎成群环堆，大莽站班列队。它们见掉下来个人，立即争先恐后扑上去又叮又咬，那情景惨不忍睹。有一条大莽将二爷的头生生地吞入口中，摇头摆尾往肚子里咽，血沫子顺那怪物的嘴角流淌着。吃进去又吐出来。坑里突然起了火，直窜上云霄，仿佛这里的火和人间的火比起来，那人间的火只是这里面的火的烟雾而已。那火直烧得赵二爷浑身一层又一层，烧了旧的长新的，层层烧得冒火烟，七窍流血实难看，火蝎子火蟒遍身缠。

今天就要你千倍万倍拿还报！

更为奇巧的是，赵二爷觉得自己在受刑时，额头直至后脑勺，长出一圈又一圈大小不同的女人的生殖器，异彩纷呈，这些生殖器都活跃着，有些毛长，有些毛短，有些是卷曲的，有些还没毛，且从那些生殖器里面徐徐地流出肮脏的水，直流进赵二爷嘴里，他怎么揩都揩不干净。赵二爷就只能把这些脏水吞咽进肚子里。他似乎听见执法的天仙实在忍不住了，说："赵永福这个人间的活宝，没有想到生前还是个风流倜傥的人，真不愧是个富汉呐！"

十六

刚才二奶奶做了一个噩梦，梦里全是赵二爷受罪的事情。她醒来扶了扶枕头，便顾自猜测男人怕是在后世里受委屈哩，想至此不由默默祷告，让宽恕男人的罪行。她下得炕来，在桌头角旁的香盒里抽了三根香，插到香炉里，连点了三次才点着。她的心狂烈地跳动着，烦躁不安。

二奶奶走出房间。天略微阴着，院里有个旋风正卷着几根鸡毛在飞舞，且伴着呜呜的叫声，听来像那鬼片里的叫声。二奶奶便头皮发麻，周遭的空气似乎也歪门邪道起来。当那几根鸡毛忽然旋转到二奶奶脚跟前时，直吓得她用手捂住面孔连连后退，接着逃也似的躲开了。那双碎脚碰磕在门槛上差点绊倒了。她逃也似的退进屋来，立在窗子根下望着院子。

良久良久，二奶奶猛然记想起又该给男人上坟和诵经的时候了，宰个啥哩？什么都没有啊！家里的东西全被人分了，几乎要什么没什么了。她心里有些为难。头几回,家里均都是念得简单,什么牲都没有宰,仅只是在锅里抹了个油布子,烙了几个烫面饼饼。可马上到赵二爷的百日了,总得宰个什么吧！她觉得再也不能像男人在世的时候那么排场地祭想亡人了,那时候多红火,多有面子啊!她觉得他们赵二爷一家穷了,仿佛全天下的人都穷了。她心里想:本来穷人就该是过穷人的日子,因为他们过穷人的日子并不觉得穷,而让我们富汉过穷人的日子,真的非常难熬！那些穷人把我们的东西分去之后,也不知道怎么用,舍不得用,说是勤俭节约,到底给谁攒着呢？该挥霍的时候,就是要让我们这些人挥霍嘛,后人自有后人福。那时,我们派的长工、短工去大山里打柴,背回来半膀子粗的檩条,那些檩条估计得长几十年吧,我们回来劈碎了当柴火烧，有人就说，这些原始林子里的树长这么大不容易,要好好保护,留给将来的后人,赵二爷听了说:“放他娘的屁,老子这个有头有脸的富汉不用,留给后人用,简直是笑话,如果哪个山上有金子,老子就是要把他挖光、挥霍和享用,不可能留给将来的人,让他们去享用。再说,穷人就是个穷命,把那些好东西留给那些骨子里带着酸涩相的穷鬼,他们也还是舍不得用,即使自己一个个饿得面黄肌瘦,勒紧裤腰带活着,也不知道享受资源和高贵的幸福生活！”

二奶奶想:光阴真是一个阶段一个阶段的,现在家里连个宰牲都没有的了,谁能想到呢?!

后　记

杨风军

进入新世纪之后，固原市的文学艺术呈现出了蓬勃发展的趋势。尤其是文学创作，取得了令人振奋的新成果。这一方面是因为成熟的作家勤奋不断地创作，文学新人如雨后春笋不断涌现；另一方面，也因为市委、市政府的高度重视，审时度势地提出要进一步提升西海固文学品牌的含金量，加大对西海固作家群的培养力度，同时明确强调要建设文化固原、文明固原、书香固原。面对新形势、新任务、新目标，固原市文联积极发挥“团结引导、联络协调、服务管理、自律维权”的职能，竭尽全力办好西海固作家的训练营、文学的主阵地《六盘山》，积极争取到了宁夏回族自治区人才工作领导小组“西海固作家培养工程”项目，组织精兵强将，紧紧围绕西海固文学和文学固原品牌的打造与提升，先后编辑出版了“六盘山文化丛书”（12卷本）和《六盘山民间故事》（5卷本）以及《云蔚六盘》《她在丛中笑》等20部图书，展示了固原文学创作成果。

2015年以来，新一届市委领导提出打造“文学固原”品牌，市政府对此项工作高度重视和支持，市政协对全市作家的生活、工作、构成以及如何更好更快地提升创作质量进行了专题调研，形成提案并报请市人民政府通过，对作家的创作、结集出版、对外交流、培训学习等给予专项资金保障。

自治区党委常委、市委书记纪铮同志上任不到两月时间就会同主管文化宣传的疋儒常委，对全市宣传文化系统进行了调研，并发表重要讲话，要求固原市广大作家一定要按照习近平总书记在全国文艺工作座谈会上的讲话精神，在文学固原的高原上，打造高峰。本着力求精品，推出文学固原新人的原则，由市委宣传部牵头组织征集编选了这套丛书。因此，“文学固原”丛书第一辑书稿重点放在了两个方面：一方面全力推出在西海固土生土长、在全国有一定知名度的成熟作家的个人作品集，另一方面集中展示全市近五年来在小说、诗歌、散文、文学评论等方面的最新成果以及各县（区）在此领域内所取得的最高水准的文学作品。这就有了“文学固原”第一辑中的石舒清、郭文斌、火会亮、梦也、了一容的个人作品集，也就有了“文学固原”小说卷、散文卷、诗歌卷、评论卷和各县（区）精选卷这14本风格各异、体裁有别、隽永深刻、文采斐然、厚重大气的书籍。使“文学固原”这一品牌有了切实可感、触手可及的“硬件”。

当然，作为文化的传承与传播，作为工程的实施与推进，我们有理由相信，全市的文学创作者们，将会更加珍惜今天良好的创作环境、更加珍惜来之不易的创作条件、更加扎实地融入火热的现实生活、更加贴紧这伟大的时代和人民，深入生活，扎根人民，努力创作出更多有筋骨、有温度、有能量的精品力作，为以后逐年出版的“文学固原”各辑增光添彩，为文学固原的高原添砖加瓦，为锻造文学固原高峰而坚持不懈地努力奋斗。

作为一整套即将陆续出版的文学丛书，从选题、组稿、编校、排版、印刷，到发行，其工作的琐碎与繁重是可想而知的。其间参与的诸多作家、诗人、评论家们都是值得赞许和感谢的；文联与此相关的各位同仁同样付出了让人感佩的努力；宁夏人民教育出版社的领导和责任编辑们为此所洒下的汗水，熠熠生辉地闪耀着文学的光芒；市财政对丛书的顺利出版鼎力支持；各位编委对丛书的重视、关注、参与和付出，也是值得我们深表谢意的。

需要特别说明的是，丛书的统稿工作是由《六盘山》编辑部的李方同志完成的。

（作者系固原市文联主席、《六盘山》主编、宁夏作家协会副秘书长）